Friedemann
Berger

Krippe bei Torres

Ein neapolitanisches
Idyll

Gustav
Kiepenheuer
Leipzig

Die Enkel fechten's besser aus.

ISBN 3-378-00533-5

Erste Auflage
Umschlagentwurf: Dietmar Kunz
Gesamtherstellung: Offizin Andersen Nexö Leipzig GmbH,
Graphischer Großbetrieb
Printed in Germany

Werter Bürger Gorani.
Lieber Freund.
Monsieur, ich schreibe Ihnen, obschon ich nicht sicher bin, daß Sie sich meiner erinnern. Gewiß, unsere gemeinsamen Abende bei Frau von Epinay sind auch von Ihnen unvergessen, aber ich weiß nicht, ob Sie sich meiner jetzt noch erinnern wollen. Die Geschehnisse, die sich in Paris abspielen und für die Sie, wenn ich Ihre Leidenschaft für die menschlichen Schwächen, das Modische und die Ausgeburten der Langeweile recht beurteile, lebhaft Partei genommen haben, lassen es mir fraglich werden, ob Sie mit einem ehemaligen Gesandten, alternder Abbé zumal, noch in Verkehr stehen dürfen. Ich rechne dabei aber auf die Einsicht in die von Ihnen selbstgewählte Bestimmung, die Welt nach ihren Seitenwegen und nach den absonderlichen Spuren der menschlichen Steckenpferdreiterei zu durchforschen, und ich bin mir dabei bewußt, daß auch meine Person als eines besoldeten Nutznießers des Ewiggestrigen für Sie in das Skurrilitätenkabinett der Geschichte gehört.
Also in Kürze: Ich erwarte Sie nächstens in Neapel.
Seien Sie versichert, daß ich seit meiner Rückversetzung aus Paris hier wieder soweit heimisch geworden bin, daß ich Ihnen Bekanntschaft mit Käuzen und den Zugang zu einigen sehenswerten Sammlungen vermitteln kann. Ich zweifle nicht, Sie werden meiner Einladung folgen und spätestens im Herbst Paris den Rücken kehren. Ich bin umso sicherer, weil ich Ihnen bei dem Arzt Torres, der am Kai Santa Lucia wohnt, die seltsamste und absonderlichste Sammlung, von der ich je gehört habe, ankündigen kann.
Neapel ist zugleich himmlisch und erdisch.
Die Unvernunft des Paradieses paart sich mit der Verschlagenheit der Weltkinder. Hier ist alles Wunderli-

che gewöhnlich und alles Gewöhnliche bemerkenswert. Eine Gegend, der nichts mehr fehlt, als Sie unter ihre Bewohner zu zählen. Die Regierung ist die schlechteste von Ganz-Europa, die öffentlichen Zustände sind derart miserabel, daß nicht einmal die Pariser Revolution hier eine Veränderung, die dauert, heraufführen könnte. Dabei ist das Volk sehr gläubig. Es glaubt an alles, was zu glauben vernünftig scheint. Das ist der Grund, weshalb ich mich hier durchaus wohlbefinde. Doch glaubt es noch mehr alle Unvernünftigkeiten. Das sollte Sie bestimmen, Ihr gegenwärtig mörderisches Land mit dem jungfräulichen Süden zu vertauschen.
Bis dahin leben Sie recht wohl.

Neapel, den 6. März 1793
im Ersten Jahr der Neufranzösischen Ära, am 16. Ventôse, dem Tage des Spinats.

Sie sehen, bei allen Ungereimtheiten sind wir hier nicht so sehr zurücke, uns nicht Ihres neuen Kalenders zu bedienen.

Galiani

ZUM GEBRAUCH
und zur allgemeinen Unterrichtung wird hier der im Nachlaß des Verfassers aufgefundene Entwurf zur »Krippe bei Torres« dem Publikum vorab an die Hand gegeben

Einleitung,
welche den Brief enthielt, der als ein Anlaß benötigt wurde

Beginn
des Ersten und Einzigen Kapitels,
wie der französische Bürger Gorani im vierten Jahr der Revolution von Neapel nach Neapel kam

Erster Teil

Erste Station,
worin Gorani erlebt, daß die menschliche Gesellschaft eine Gesellschaft von unterschiedlichen Menschen ist

Zweite Station,
worin Gorani einsieht, daß der Mensch nicht durch elterliche Verrichtung sondern von der Umwelt produziert wird

Dritte Station,
wie Gorani begreift, daß die Dummheit nicht Dummheit ist, sondern ein Zusammenspiel von zuständlichen Betrügern und betrügerischen Zuständen

Vierte Station,
worin Gorani erfährt, daß das Zusammenleben der Menschen nicht durch Taktik und Überredung allein geändert werden kann

Fünfte Station,
zeigt an, daß es Mittel gibt, dem Menschen zu helfen, zeigt aber auch, daß Hilfe Privilegien kennt und wie Hilfe teuer ist

Sechste Station,
davon, wie Gorani einen Künstler sah, und davon, daß der Künstlermensch erst inmitten der Gesellschaft ein Mensch wird

Siebente Station,
worin Gorani lernt, daß das menschliche Zusammenleben durch Gesetze und Rechte geregelt wird, und wie er erfuhr, wem das Recht gehört. Dieses Stück enthält auch die Erste und Letzte Mathematische Beilage

Achte Station,
eine der Wissenschaft wegen wichtige Geschichte, zugleich etwas von Menschen, die von der Gesellschaft geflohen, aber auch davon, wie die Gesellschaft sich solche Menschen eingeordnet

Neunte Station,
ein Brief, der zeigt, daß Überlegungen förderlich sind, zugleich eine Mitteilung des Herausgebers den Lebensweg des Verfassers betreffend

Zehnte Station,
von drei Arten zu regieren, oder: Was von der Revolution von Oben zwecks Verhinderung der Revolution von Unten zu halten ist

Elfte Station,
wie Gorani eine unsinnige Staatsberatung und eine unsinnige Gesellschaft erlebte

Zwölfte Station,
eine Geschichte, die mit Gorani nichts zu tun hat und die der Gesellschaft ein hoffnungsvolles, wenn auch vereinzeltes Beispiel gibt

Dreizehnte Station,
über den familiären Eigennutz, der in der Politik Gemeinnutz heißt, nebst einem Anhang von der Unmenschlichkeit gekrönter Häupter

Vierzehnte Station,
davon, wie Gorani einen durch seine Lebensumstände verhinderten Revolutionär sterben sieht

Zweiter Teil

Fünfzehnte Station,
worin über die Schönheit der Revolution und über die Armut gesprochen wird

Sechzehnte Station,
erzählt, daß Gorani eine wahre Geschichte vernimmt, die von der Unmöglichkeit handelt, eine Gesellschaft durch künstliche Paradiese zu bessern

Siebzehnte Station,
berichtet von Liebe und von der Gewohnheit, auch davon, wie leicht es ist, eine Gesellschaft zu beeinflussen, und teilt eine Entscheidung Goranis mit

Achtzehnte Station,
davon, daß Gorani über gewisse Traditionen nachdenkt, und wie er auch über den Sinn der Revolution in neuerliches Überlegen kommt

Krippe bei Torres
von
Joseph Gorani,
französischer Bürger

Jehova würde seinem Moses das gelobte Land weniger angepriesen haben, hätte er Neapel gesehen.
(Friedrich Hohenstaufen)

Steh ich, den Rücken gegen den freien Wind, immer noch vor Torres Haus? Immer noch den Rücken zur See, einen schwachen Luftstrom zwischen dem Nackenhaar, Hauch des Sinus Puteolanus unter dem linken Ohr, um das rechte das stärkere Wehen von der Strada Campanella heran, immer noch von der Frische umlebt, noch dem Golfo di Napoli ausgesetzt, noch den Blick auf das Haus und den Blick in die Runde, diesen Halbkreis Stadt zwischen Gipfel und Gipfel, im Halbkreis diesen Halbkreis zwischen Kastell und Kastell, SO WIRD DAS FEURIGE ROSS NEAPEL GEZÜGELT, denn sie liegen der Stadt heute mehr vor und im Zentrum, sind Innenstadtteile und Meeresschutzwerke, und die Grellheit der Stadt und das Brüllen der Menge, auch die Fische im Korb, die die Frau heimträgt, haben ihren Gesang, und das Schmatzen der Wellen, wie sie sich an den Kai lehnen, überspringt die Festungen der Vorzeit, drängt hinaus, umkreist den Golf? Noch immer das Castel Nuovo einen Augen-Blick östlich, noch immer Sant' Elmo in der Höhe und westlicher dell' Ovo, wo die Söhne Manfreds ihr Leben schlossen? Ist das nicht längst Geschehnis, Geschichte, Vergessenheit? Hab ich das Haus doch betreten, hab es gesehen, angesehen sein gerundetes Tor und die hohen Fenster, hab Bekanntes festgestellt, die Markisen über der zweiten Etage, ihre Streifen in Grün und Orange, hab die Farben verglichen mit dem Spektrum meiner Vorstellung, hab eine Gleichheit notiert und habe mit den Augen das oberste Stockwerk erstiegen, dessen Fenster waren mit Läden verschlossen, mit Läden unter dem Dach. Von den Dächern über den Häusern sieht man hier fast nichts. Und ich bin doch auf das Tor zugegangen, habe die Leute, die auf den Stufen aus Tuff saßen, wartend, daß der Doktor heraustäte, unbeachtet gelas-

sen, habe die Schelle gezogen. Darin bilde ich mir nichts ein, es hat geschellt, geschellt wie eine Schelle, die, wenn sie ein Mann, der weiß, daß er erwartet wird und der etwas vom Hause wünscht, zieht, auch richtig Ton gibt und die Schritte auslöst, die sich der Tür, um zu öffnen, nähern, und, steht die Tür erst offen, zurücktreten, den Eingang endgültig freilegen und mit einer Geste, die nicht zu bemerken ist, aber ausgeführt wird, wie man sie erwartet hat, in das Haus bitten und auf einen Teppich weisen, und dem soll man dann folgen. Abzulegen habe ich nichts, man geht leger in Neapel. Noch das Gebimmel im Ohr und ohne Aufenthalt. Ich begleitete den Teppich, ich weiß das sicher, in einen Raum, wo ich anhielt. Torres erwartete mich. Ich hörte das Hin-Und-Her der Begrüßung, „Verehrter Doktor", „Lieber Signor Gorani", hörte die beidseitige Freundlichkeit, „das ist aber nett", „vielen Dank", „natürlich, sehr gern", vernahm Wort und Gegenwort, „das Wetter, ja, ja", „Paris, davon ein ander Mal" und „Sie wollen also meine Krippe sehen".
Auch diesen Satz habe ich gehört, hab selbst Sätze dazugetan, hab ein Gespräch geführt mit dem Doktor Torres, hab mit ihm die Stufen geteilt bis in den dritten Stock hinauf, noch ist ein Zittern davon in den Knien, hab ihn doch unterwegs reden hören, reden über die Jahreszeit, und daß jetzt im Sommer die Krippe, daß sie sozusagen überwintere, und der Staub, und daß ich entschuldigen und ihn nicht bemerken und daß ich im Dezember oder Januar wiederkommen soll. Dann hat er eine Tür aufgeschlossen, hat die hölzernen Läden von den Fenstern gestoßen, Scheiben von Glas gibt es nur selten, man steht vor der offenen Luft, und da bin ich jetzt.
Oder nicht?

Der Rücken ist frei gegen den Wind, der von der See kommt, und vor mir der Halbkreis der Stadt von Kastell zu Kastell.
Nein, ich stehe nicht mehr vor Torres Haus, nicht mehr auf dem Kai Santa Lucia, nicht mehr vor dem offenen Golf. Ich betrat ein Haus, ich stieg empor bis unter sein Dach, jetzt stehe ich über dem Meer, über dem Platz, über der Stadt.
Doch, ich stehe vor Torres Haus, doch, ich stehe auf dem Kai Santa Lucia, doch, ich habe vor mir die Stadt, vor mir dell' Ovo und Nuovo, die Kastelle, und was sie an Häusern, Straßen, Gärten eingrenzen, mit San Gennaro, der Kathedrale, und des Königs Schloß, doch, ich habe den Blick auf das Gegipfel des Hintergrunds und den Berg, doch, ich stehe mit dem Rücken zum Meer.
Neapel ist mächtig, mächtig in der steten Bewegung, die durch die Straßen fließt, man lebt im Freien und sucht nur zum Schlafen ein Dach, mächtig in der Menge, die die Kais überströmt mit der Zahl der Gefährte dazwischen, diesen zweirädrigen Kutschkarren, bei denen der Fahrer hinten steht und den Gast vor sich unter die Lenkleinen duckt, mächtig in der rauhen Ordnung, die dem Volk Ziele setzt und Richtungen gibt, Richtung südwestlich über die Chiaia, wo es die Villen anstaunt und die Paläste des Adels, Richtung über Santa Lucia mit der Atempause, wo man aufs freie Meer blickt, weil der Golf nicht durch Küsten umgrenzt ist, von hier aus gesehen eben nicht, und wo man Zeit hat, Auster und Makkaroni zu essen, Richtung nordöstlich durch die Straße Toledo, die breit ist und sehr lang hinausführt in die Ebene und weiter zu den campanischen Bergen, Toledo, wo man sich trifft und besieht, reich und arm, und die nichts haben, Lazzaroni, weil sie nichts brauchen, nichts wollen, wie das Sonntagsblatt für die

gebildeten Stände mir zu berichten weiß, oder Richtung östlich zum Hafen, der von Barken voll ist und ist umlagert von Frauen, die Fisch und Früchte ausgellen, und von denen, die nicht so beschrieen werden, den Mädchen, die der Ruffiano, er streicht blaß um Karossen und Stände, auspreist im Zischellaut, UNA RAGAZZA, FRESCA, BELLA, BELLISSIMA, DI TREDICI ANNI, mächtig auch in der Ruhe unter der Südsonne, im Dunst über Straßengewoge, über Gedach, im Dunst, der erst nachläßt, wo sich hinter der Stadt die Weinfelder breiten, Pappeln in die Höhe getrieben, so hat sich das Rankengeflecht ausgespannt.

Dieses Neapel ist anders.

Mächtig auch, groß in der Kunst des Arrangements, aber mehr zufällig, mehr Sorgfalt ohne Zwang, mehr ein Spiel und fast vollkommener also.

Eben bemerke ich, von meinem Standplatz auf dem Santa Lucia war weniger von der Stadt zu sehen, bemerke, von meinem Ort jetzt, dem Santa Lucia, ist der Blick weitergespannt, mehr zu erspähen, habe ich Aussicht auch auf den Largo del Castello, den überqueren muß, wer zum Hafen will, aber das Stadtschloß steht in der Quere, versperrt den Durchblick von Platz zu Platz, von hier aus sieht man darüber hin. Neapel ist kleiner geworden oder ich größer, ist verschrumpft, bin ausgeschossen, ist ein Modell, das atmet, bin ein Betrachter, der starrt.

Torres redet inzwischen.

Ja,

gebe ich zurück,

den Brief von Galiani, ich erhielt ihn im März, das meine Sommerreise, jetzt Ferien von der Revolution, das heißt –, jedenfalls jetzt in den Süden.

Warum das eigentlich, und gerade nach hier, weshalb

im Sommer nach hier, weshalb den Thermidor, diesen hitzigen Monat unter dem Hundsstern, jetzt in Neapel verbracht.
Um Ihre Krippe zu sehn.
Das sagt sich sehr einfach. Und auch,
Weil sie Galiani mir rühmte,
und daß das etwas heißen will.
Galiani,
fragt Torres.
Torres hat recht, sich zu wundern, schweigt.
Da könnte er stille Gedanken denken, mich mustern mit Mißtrauen, könnte wie jeder einen andern Galiani erfinden, könnte an meiner Wahrheit zweifeln, aber man meint stets doch den einen, ich also auch, und der Brief ist von ihm, jenem Mann mit dem Stöcklein, der später Geschichten bevölkert, besonders in Preußen, er starb siebenundachtzig, vor Zwei-Mal-Drei-Jahren. Aber der Brief, den ich bekam, den er schrieb, den ich bei mir trag, der ging nicht sechs Jahre in Italien hinauf und in Frankreich hinab bis Paris, er mußte verfaßt sein und für mich ankommen, das brauchte ich, einen Anlaß, den brauchte ich, nach hier unterwegs zu sein,
Tag, Torres, ich will deine Krippe sehn.
Die hat Galiani gerühmt, das steht fest. Folglich hat er ihn geschrieben, den Brief, mir geschrieben, mir, einem Menschen von jetzt, mit dem Erforschen der Steckenpferdreiterei Beschäftigtem, HOBBYHORSE, und erst seit Sterne wissenschaftlich betrieben, mir, einem Sohn, den die Revolution gebar, LIBERTE EGALITE FRATERNITE, Atheist dementsprechend, und das will was heißen, wenn jemand, berüchtigter Abbé zumal, mir eine Krippe verspricht, Marotte und Kunstwerk in einem, Stolz eines Mannes, Schaulust einer frömmelnden Stadt, und er, Galiani, wird schon seine Gründe ge-

wußt haben, mich zur Krippe zu laden, Krippen gibts überall, aber diese, dieses Modell hier, also die Kuriosität vielleicht nicht.

Krippe, da denke ich, Gerüste aus Holz, mit Hölzern abgedeckt und mit Stroh, oder Höhlenfälschungen, bemaltes Pappwerk, dazu gewisse Figuren in wechselnder Konstellation, drei Reiter von links, schwarz der eine und auf dem Kamel, die andern zu Pferd, und von Dienern ein kleines Gefolge mit Schachteln und Pokalen in den Händen, von rechts Bärtige, in sich gebückt, nur ein Krummstab hält sie noch aufrecht, auch starke Gestalten dabei, die heben den Kopf und legen die Hand über die Augen, denn in der Kammer, triste Kirche oder Stube, blendet sie irgendein Licht, das es nicht gibt, andere, ein Schaf auf der Schulter, oder knieend, und weitere Schafe umher, vier meist, kaum weniger, gelegentlich sechs, ein Widder, mit Hörnern aufgesteckt oder -gemalt, selten ein Hund, Andeutung einer Herde,

oder

die Herde mit den Hütern von links und die Reiter von rechts, vielleicht schon gehend, wenn man Geld an Kamel und Pferden ersparen will, dicht auf das Haus zu, immer aber fantastisch bepinselt und mit Würde unterm Rock, dahinter das Haus, die Höhle, mit den Köpfen von Esel und Ochs, ein Stern auf das Dach gepiekt, kindische Engel, und einer in steifem Braun, der steht vor dem Haus, der weiß nichts mit sich anzufangen, der gehört nicht dazu, der versteckt sich unter dem weitrandigen Hut, der steht hilflos, der sieht, wenn er nicht, was er nicht darf, wegsieht, und sieht auf den Mittelgrund, ein rotes Blau oder blaues Rot, dem der Ausdruck der Rührung fast nie gelingt, und sieht auf DAS, aus Wachs geformt und einem Stoffetzen aufgelegt,

DAS KIND IN DER KRIPPE LIEGEND, dazu lokale Anpassung, das rechnet man mit ein, davon wird man nicht überrascht, nationale Andeutungen in der Gewandbemalung und ortsklimatische Einbürgerung vom DAS SCHNEEDACH HEULT / DER STURMWIND BRAUST / DIE OFENFLAMMEN ZITTERN bis hin zum WIE IST DAS LAND SO WÜSTe.

Aber hier, Krippe, das Totalbild einer Stadt, Neapel mit allen Genauigkeiten, die Häuser mit Schornstein und Markisen ausgeziert, die Gärten mit blumiger Pracht, die Straßen mit Wagen und der Masse Mensch besetzt, Neapel unter der Sonne, die durch die Fenster strömt, breit einbricht und wenige Schatten bildet, nur der des Betrachters, mein Schatten, der liegt groß über dem Santa Lucia. Alles in Bewegung.

Jetzt in Bewegung.

Das hebt Beine und Arme, dreht den Kopf her, bückt sich, geht einige Schritte, preßt den Mund auf, scharrt mit dem Fuß, klopft an ein Tor, schwenkt das Tuch über den Kopf, reibt sich die Hände, kaut, singt, hebt ein Horn an den Mund, richtet sich auf. Wer sich aufgerichtet hat, legt sich zurück, wer sich zurücklegt, richtet sich auf, die das Horn an den Mund nahmen, die Reiter, lassen es sinken, heben es neu an, die sangen, singen fort im Chor, die stummen Lippen sind geschäftig, der Kauende kaut, sein Mund bleibt leer, wer sich die Hände reibt, hat eine gute Beschäftigung, es mag Schabernack oder Tücke sein oder ihn friert, er stiftet Unheil und ihm wird heiß, die ihr Tuch über dem Kopf schwenkte, läßt Arm und Tuch fallen, um von vorn zu beginnen, um neu die Anmut zu erproben, die an Türen schlugen, halten ein, erwarten, daß jemand kommt, daß man auftut, manche Tür öffnet sich, manche schlurfen

ein, und während die Wartenden neu beginnen und immer neu und immer Einlaß erhoffen, treten jene rückwärts heraus, die Tore fallen zu, und die so Draußigen bleiben stehen und wiederholen sich, Geklopfe, Einlaß, Rückwärtsgang, die mit dem Fuß scharrten, die Pferde, setzen den Huf voll auf, warten, ob sie jemand versteht, senken den Kopf und kratzen ihre Worte ins Pflaster, die stets gleiche Schrift, die den Mund aufpreßten, beißen die Zähne zusammen, um Kraft zu speichern für einen nächsten Schrei, wer ging, geht seine Strecke zurück und läßt doch nicht ab von dem Ziel, die sich bückten, recken sich hoch und müssen noch weitersuchen, der den Kopf drehte, versteht, hält ein, bleibt unverständig, schüttelt ihn, her und hin, und versteht und versteht nicht, und was Beine und Arme anhob, das senkt Beine und Arme, das hebt Beine und Arme, das senkt Beine und Arme, das hebt Beine und Arme, das senkt Beine und Arme, das hebt, das,
das eine von jenen sinnreichen Mechaniken, die sich nicht durchschauen lassen.
Krippe,
da denke ich, Einfalt der Kinder, rührender Kleinmut, der das fragliche Wunder besehen und zwischen Händen handhaben will, GÖTTER FÜR DAS VOLK, Krippe, denke ich, diese Krippe, ein Wunder aus Zahnrädern und winzigen Übersetzungen, hier ein prächtiger Fleiß, Beobachtungen und Kenntnis, hier ein historisches Theater.
Torres spricht über Zahnradverfahren und Verzahnung, über die Jahre des Bastelns und die ständige Vervollkommnung, über das Volk, das im Winter heraufströmt, und wie es staunt, spricht über Gebetsstunden, über die Andachten, die zur Christnacht und in den ihr folgenden Nächten, die man die heiligen nennt, hier ab-

gehalten werden, und daß er so sein Steckenpferd recht gut finanziert.
(Ich)
Wo aber, man hat doch gewisse Vorstellungen, verbirgt sich die Krippe
(und meine den Trog mit dem wächsernen Kindgott).
(Torres)
Sehen Sie zu, mich erwarten Patienten.
Torres hat mir den Rücken hingekehrt und ist durch die Tür, die er nicht ganz zuende krähen, sie halboffen gelassen hat, im Treppenhaus, danach die Treppe abwärts, verschwunden.
Ich, zwischen Fensterfront und Meerseite des Modells stehend, beuge mich über die Stadt, vorsichtig, um nicht die Abläufe, denke ich mir, zu stören, und seh mir, wie ich einschrumpfe, zu und wie Neapel vor mir aufwächst und aufwächst und
Ich betrete den vorderen Kai.

Erster Teil

ES IST EINE STIMME EINES PREDIGERS IN DER WÜSTE

Gorani geht auf dem Kai Santa Lucia. Der Vormittag hat den Platz mit Farben ausgesteckt, mit den Farben des gewöhnlichen Tags. Bevölkerung, die sich über den Kai schiebt, drängt Gorani mit sich, sie lenkt ihn zum Kaiende hin, hin zum Nordostteil der Anlage, wo die Straße abbiegt in die Innenstadt.
Gorani, wo er zwischen Köpfen, tuchverhangen die Häupter der Frauen, bemützt die der Männer, und über Kinder auf den Golf sehen kann, bemerkt, Rudergeräusche und das Knarren in Mastgestängen, Ansammlung von Booten, die drehen auf das Ufer zu, segeln zum im Nordost hinter den Leuten gemutmaßten Platz am Kai. Hier, mitten in der Menge, mitten zwischen den Kaienden, sind die Bewegungen verhalten, noch ein fast ruhiges Dahingehen, man kennt, auf das man zusteuert, das Schauspiel, und weiß, was zu erwarten steht. So kommt Gorani schnell voran, der Fremde wird respektiert.
Da nähert er sich dem Ausgang des Kais. Hier nehmen die Leute schon mehr am Geschehen teil, sie werden zusehends lebhaft, werden die Rufe der Männer erregter, nachdrücklicher die Armbewegungen, deutlicher die

Krippe, 1. Station

Fingerzeige. Schrill das Schreien der Frauen. Gorani, im Halbrund zwischen den Leuten stehend, sieht sich vor dem Hintergrund aus Segeln, Wasserfetzen und seichter Luft einem Fischverkäufer gegenüber. Ein Boot mit nassen Netzen stößt mit der Spitze gegen die Mauerkante des Kais, dort ist es, ein Seil, das vom Bug über die Steine zu einem eisernen Ring hin und wieder zum Boot zurückläuft, mit dem Land vertaut. Auf den heißen Steinen liegt die Reihe der Tiere, Seebarben mit den durchsichtigfarbigen Flossen, Peizker, der durch den After atmet und, wenn man ihn wie Forellen zwischen die Finger klemmt, einen knurrenden Laut von sich abgibt, kleinere Thun und die flachbäuchigen Seezungen, die hier fast noch besser sind als auf den Sandbänken vor Venedig, auch Kabeljaue natürlich.
Laut gellt der Fischer den Fang aus. Die nackten Füße, die über die Kniee geschobene Hose aus Leinen mit dem Geldsack am Gürtel, das leichte Hemd, das über der Brust nicht verknöpft ist und ein Amulett freigibt, die turbanähnliche Mütze, nichts unterscheidet ihn von den anderen Händlern am Kai, die Sprache, die er spricht, mit der er seine Fische rühmt als die besten am Platz, in der er den Preis bestimmt, ist die jedes Mannes vom Hafen, man feilscht, flucht, schimpft, führt die Zeigefinger zur Stirn, und es geschieht auch, daß sich der Käufer wegdreht, sich rückwärts vor den Händler hinbückt und einen Finger zwischen die Hose bohrt, hinten, wo sie am breitesten ist, der Fischer nimmt die Beschimpfungen lachend an, zeigt großes Entzücken über ein Kraftwort, das er nicht kennt, FOZZENHUT, LAUSZIPPEL, SCHEISSMAZ, LAPPARSCH, das er bis jetzt nicht kannte, er rechnet genau, laut, und mit Tränen über den Geiz der Welt, und so, wie er sich bei der Menge lauthals über die Menge beklagt, so verklagt

sie ihn, den Tölpel, den Tunichtgut, Duckmäuser und Pantoffelknecht, den Fischjäger, gibt ihm die Schuld an den Miseren der Stadt.
Aber der Fisch wird verkauft, und die Menge verliert sich hinter die Kaienden, und Gorani, der Fremdling, folgt dem Händler zur inneren Stadt.
Weit gehen sie nicht. Nicht sehr weit. Im Schloßportal taucht er unter, der Fischer, verschwimmt hinter den aufgereihten Wachsoldaten. Die salutieren.
Da weiß Gorani, LE ROI, von den neapolitanischen Ferdinanden der vierte, IL RE, der König.
NACHHER GEHET ER ZUR KÖNIGIN UND ERZÄHLET IHR ALLES, WAS BEIM FISCHEN UND VERKAUFE DER FISCHE VORGEFALLEN IST; WELCHES IHM EINE WEITLÄUFTIGE MATERIE ZU POSSEN GIBT. ABER INDES DER KÖNIG FISCHT ODER JAGET, SCHALTEN DIE KÖNIGIN UND DIE MINISTER NACH IHREM BELIEBEN, UND DIE ÖFFENTLICHEN ANGELEGENHEITEN GEWINNEN DADURCH NICHT EBEN.
Gorani geht über den Kai Santa Lucia.

GEGRÜSSET SEIST DU, HOLDSELIGE! DER HERR IST MIT DIR

Wer vom Santa Lucia aus den Felsen umgeht, der hinter dem Castell dell' Ovo über einen Teil der Stadt aufragt, mit dem alten Schloß, Capo di monte, begipfelt, dem Schloß Friedrichs, Karls, Roberts, Alfonsos, der findet zu einer mählich fallenden Straße, die Häuser bergen sich hinter Mauern, die wilder Wein ersteigt, immer höher, stetig, Geißblatt hält die Gesimse besetzt, die hängenden Zweige haben mit den aufwärtszüngelnden Ranken ihr Spiel, der Phlox kämpft um den Ausblick auf den Weg. Selten ein Wort. Buchstabenfetzen zeigen Gespräche an, die unter den Schatten getauscht werden. Die Ruhe, ein breites Laken, ist kühl, kühler die Sonne, die schon die Linien vor der Wand, die Zeichnungen auf dem Weg überlängt.

Den Blick des Gehenden hält ein Garten auf, in den die niedrigste Mauer, mit Steinvasen gekrönt, die der Farn überwuchert, Einsicht gibt, ein breiter Rasen, ein Farn, der Rasen, ein Farn. Von Pappeln wird die Fläche begrenzt und durch ein arkadisches Haus, das das späte Licht mit feurigen Reflexen beschlägt.

In der Gartenmitte ist von Marmor ein Rondell ausgelegt, auf dem sich etwas fliegendes Weißes in rascher

Hast bewegt, Tücher flattern auf, ein Schal verliert sich hinter die Steine, des Mädchens Haar folgt den Bewegungen nach. In verschiedener Entfernung sitzen Männer um die Tanzende mit breiten Pappen auf den Knieen, mit Stiften in Händen, mit Kohlen, Röteln, mit Kreiden, sie folgen dem Tanz wechselnd aufmerksam, sie ändern ihre Haltung, verdrehen die Köpfe, sehen zu den Wolken auf, die nicht bemerkt werden, die nicht bemerkt werden können, weil die Luft wolkenlos steht, die nicht bemerkt würden, selbst wenn Gewölk den Himmel übervölkerte, kneifen die Augen ein oder sitzen mit geschlossenen Lidern, ein anderer, der steht sehr dicht bei der Tänzerin, dicht, um sie genau und ständig vor sich zu sehn, dicht genug, um sie zu stützen, wenn sie den Atem verliert, ein nächster verharrt in beträchtlicher Weite. Den erkennt man nicht, steif und schlacksig zugleich und mit preußischem Zopf, der bleibt uns noch unbekannt.

Bei den anderen weiß der Betrachter bescheid, das ergibt sich von selbst.

Mit der weißen Perücke und den kostbaren Schnallenschuhen, der Alte in der Nähe des Mädchens, den der Tanz mit umweht, er muß auf die Sechzig zugehen, Hamilton, Ritter und Gelehrter, Gesandter des Königs von England und Milchbruder desselben, ein Genießer noch jetzt, die anderen Maler natürlich, Künstler, die schon der Anblick des Schönen sättigt, Tischbein und Rehberg, Hofkünstler Hackert und Kniep, die Tänzerin folglich jene

Da bricht der Tanz ruckartig ab, sie verhält auf der Stelle, schiebt einen Fuß seitlich vor, stellt ihn auf mit leicht verwinkeltem Knie, hält eine Hand vor den Leib, um ein Liebes, das Letzte zu schützen, jetzt, da das Gefalter ruht, sieht man voll ihren nackten Arm und das

leichte Gewand, das ein Band unter der Brust an den Körper legt, den anderen Arm führt sie zum Kopf und berührt leicht mit dem Daumen das Ohr, einen Schal hält sie noch gefaßt, ein Trauertuch, das fällt seitlich herab, der Kopf in die Höhe gesetzt, wo sie den Feind anstarrt, ein Bitten, ein Zittern, eine Angst, eine vergebliche Reue im Blick,
viva la Niobe,
der Ruf ist bis nach der Straße zu hören.
Mit welchem Namen soll ich sie nennen, Lady Hamilton, Frau eines Ritters, schön, und, was mehr ist, gebildet, die der Musen Hain aufpflanzte in der Gesellschaft Neapels, die es gelernt hat, für Bilder zu stehn, bei Romney, einem Maler in London, und eine Kunst geformt hat daraus, in der sie stets unübertroffen bleibt, Attitüde, das Geschick, zum Denkmal zu werden, WERD ICH EINMAL IM LEBEN SEIN, SO WERD ICH ALLEIN WEINEN, WEINEN NACH MEINEM STEIN,
zwei kurze Bewegungen, Niobe ist ausgelöscht. Nur eine Berührung bleibt davon noch in der Luft. Jetzt sitzt sie auf der Kante eines Lehnstuhls, die Füße stehen breit auf dem Marmor, die Kniee sind auseinandergeschoben, sie unterstützen die Ellenbogen und die Arme, die das Gesicht zwischen die Handflächen pressen, die Finger liegen fest am Kopf, sie stiert auf den Boden, grübelt über Sein-Oder-Nichtsein, sinnt auf Vergeltung, das Gewand umschließt dicht die Sitzende, die Arme sind von dem Schal verhüllt.
Ein unwissender Betrachter müßte sich die Augen reiben, würde an Luftgeisterei denken oder einen eignen Wahn befürchten, die da sitzt auf dem frühabendlichen Rasen, ist eine andere, eine Unvermutete. Auch die Maler und jener Abseitsstehende scheinen betroffen. Sie

erkennen, so wird die Rache geboren, und nur ein Sprechen, ein Anruf, könnte von dem Spukbild befreien,
bravo la Medea.
Oder soll ich sie Emma Hart nennen, Geliebte jenes Greville, des Hamiltonneffen, dumm, aber, was mehr ist, mit höchst brauchbarem Fleisch, das sich an Hamilton gut verkaufen ließ und auch die Aussicht ergab, den Ritter an einer neuen Heirat zu hindern, um dem Neffen dereinst das Erbe zu sichern,
ein eher nachlässiges Zucken durchblitzt die Kauernde, das Starre fällt von ihr ab, der Stuhl versinkt, was bleibt, ein Gartenmöbel, leicht steht sie, eine Lächlerin, die rechte Hand faßt in den Stoff, die linke vorgestreckt mit leicht geöffneter Fläche, der runde Halsschnitt des Kleides hat sich verschoben und gibt eine Schulter frei, der eine Fuß seitlich ein wenig ausgestellt, so daß der Ansatz ihrer Sandale zu sehen ist, sie steht ohne Schal.
Auf dem Marmor, die Tücher, umlagern sie wie Wolken, ein Bett. Darüber geht sie, den Kopf unnachahmlich geneigt, hin, geht auf jeden zu, ohne sich von der Stelle zu heben,
daß man zuletzt wirklich meint, man träume. Man schaut, was so viele tausend Künstler gern geleistet, hier ganz fertig in Bewegung und überraschender Abwechslung, stehend, kniend, sitzend, liegend, ernst, traurig, neckisch, ausschweifend, bußfertig, lockend, drohend, ängstlich, eins folgt aufs andere und aus dem anderen,
der Spaß ist einzig, sagt jener Gast im Garten, so steif wie schlacksig, und meint,
Zusammennehmen, nur jetzt nicht der VENUS verfallen,
oder aber ich nenne sie Amy Lyon, in Chester geboren, dem Dorf, das man nicht kennt, Amy, minderjährig, ein

Kind noch und selbst schon Mutter, und, was besser ist, mit der Begabung zur Staatshure, die schließlich Hamilton nahm, den Alten, um Lady zu werden und Erbin, jetzt sitzt sie im Lehnstuhl.
Sie erwartet das Lob.
Sie atmet die Bewunderungsworte voll ein.
Sie badet in den Huldigungen, die die Arme des Ritters um sie ausstreuen.
Der Betrachter auf der Straße, Gorani, geht auch das letzte Stück an der niedrigen Mauer entlang, ein Farngewächs, ein Blick auf die Rasengruppe, der Weg zwischen bewucherten Wänden hinter dem alten Schloß.
Er beschließt, in dem Bericht, den er über die Lady Hamilton zu schreiben gedenkt, die Namen Amy Lyon und Emma Hart nicht zu erwähnen, sondern so zu beginnen
Hamilton hatte einen Neffen, der aus einer der berühmtesten Erziehungsanstalten in London eine junge reizende Waise entführte,
denn schöne Frauen dürfen an Wunder glauben, da sie selber welche vollbringen.

GEBENEDEIET BIST DU UNTER DEN WEIBERN! UND GEBENEDEIET IST DIE FRUCHT DEINES LEIBES

Doktor Torres steht vor dem Haus am Santa Lucia und wartet auf Gorani, man hat sich für den zeitigen Morgen verabredet.
Torres bereitet Gorani auf die Begegnung vor, zu der man unterwegs ist, auf diese Art Besuch, weil das, was anderen Orts Empörung, ja Verbote zu Folgen hätte, in Neapel als Gnadenerweis des Gottes verstanden und behördlich genehmigt wird, keine Vergünstigung das, so etwas gehört zu den Gewöhnlichkeiten des Lebens hier.
Torres redet mit leiser Stimme.
Warum das Geflüster, die Straße liegt noch sehr leer, dann und wann ein Lazzarone, die haben keine Tages- und Nachtzeiten, der durch die Gassen streunt, die Fischer sind auf der Arbeit im Golf, Luft ist zu blaß, um das Gespräch weiterzutragen.
Sie queren den Platz zwischen Stadtschloß und Kirche San Luigi, steuern auf die Straße Toledo zu. Die gibt sich immer belebt, jedenfalls von ihrem Beginn bis hin zum Platz mit den beiden Kirchen, seitlich fängt sie Straßen und Gassen auf, übernimmt sie Gerüche, den Wind mit der Wäsche, und das Kreischen aus den dünn-

sten Straßen der Stadt, dreiundzwanzig Gassen von links vor den Kirchen, fünfzehn Gassen von rechts, die Hausecken halten die Bettlerinnen schon besetzt, die hocken auf dem Pflaster und erjammern mit verhülltem Kopf und mit gebreiteten Armen ein fragliches Mitgefühl, die Kleinkinder haben sie vor sich aufgereiht.
An der achten Gasse bleibt Torres stehn, wendet sich rechts, schaut unter dem Mauerbogen, der die Häuser gegeneinander stützt, die Gasse hinauf. Die ist, ein schmaler Durchlaß mehr, kaum drei oder fünf Meter breit, mit Körpern bestopft, Knieende, die sich auf dem Tuffgrund die Beine wundschaben, und an den Wänden fetzen sie sich, während sie sich enger auf das Haus zu, zu auf die vierte Tür schieben, die Kleider auf. Alle haben die Hände zusammengekrampft, sie murmeln Gebete daher oder schreien Rufe aus, stöhnen, werfen die Oberkörper und die gefalteten Arme in den Himmel zwischen der Gasse, *Halleluja, du, Heilige mit den Steinen, hilf uns,* darunter Mönche und Nonnen.
Sagt Torres,
So geht das hier Tag für Tag, so seit Jahren, seit sich das Wunder, das mit den Steinen, umsprach.
Torres ist bekannt in Neapel, man macht ihm Platz.
Von der Tür weist ein Flur ins Haus, eine Stiege, eher Leiter als Treppe, lenkt zum ersten Stock, wo sich das Wunder begibt, dort geschieht es täglich, täglich zwei bis drei Mal, dort tritt hin zu der Heiligen, wer Heilung hofft, wer einen Zweifel hat, wer einen Wunderstein erwünscht, hier wohnt Gott inne. Vor ihrem Zimmer zwei Priester, die wehren das Volk ab, die überwachen die Ruhe der frommen Frau.
Torres darf zur Heiligen, der Arzt hat ein Recht, beim Wunder zu sein, muß versichern, daß es Unnatur bleibt, Torres tritt ein und mit ihm Gorani.

Ein schmutziger Raum, die dumpfe Luft dumpfer noch als auf der Gasse, unter dem Fenster ein Altar mit reichen Leuchtern und beschnörkeltem Kruzifix, Kerzen an den Wänden, Heiligenbilder über dem freien Bettgestell, Opferbüchsen neben der Tür, wie auch schon vor der Treppe unten, das Kreuz und die Kerzen des Altars sind zur Gasse zu sehn. Mönche bereiten das Wunder vor, Theatiner, schnell springen die Finger über sie hin in der Bekreuzung, zwei stoßen ein gebranntes Kackgestühl in die Mitte des Zimmers, ein anderer entzündet die Kerzen, die längs der Wand, die auf dem Altar, segnet mit flacher Geste die Menge. Die verstummt. Mit glasigen Augen durchsticht sie den Luftschlauch über der Gasse, jetzt begleitet der Mönch die heilige Frau in die Zimmermitte zum Leibstuhl, sie hebt den Rock, über den Flicken ausgesät sind, setzt sich, die Füße stellt sie breit auf, sie beugt sich gut vor, sie legt die Arme auf die Oberschenkel, sie faltet die Hände.
Die Mönche treten zurück, damit das Wunder besser gelingt.
Vor dem Haus die Gläubigen beten oder starren herauf mit offnen Mündern. Das Rauschen des Harnstrahls und der Widerhall des Gemurmels von der Gasse füllen den Raum, gelegentlich ein Ächzen der Frau, wenn sie das Auspressen des Exkrements unterbricht, um Bauch-Und-Gesäßmuskulatur zu lockern, ehe sie mit lautem Atemnehmen fortfährt in der Ausscheidung.
Gorani hat Zeit, sich umzusehen.
Er entdeckt in die Wand rings eingelassene Türen, da wahrt die Heilige die Früchte der Anspannung vor der Mißgunst, denke ich, denn nur der Armut tut sich, das weiß man, das Göttliche kund, Opfergeld, Schmuck, Stoffe, echtes Gerät, die Aufmerksamkeit der Ärmsten

und der Dank der Kirche, sichtlich für den Besucher ist nur dieser eine Gegenstand, der steht unter dem Bett, ein Leibgeschirr, aus Silber getriebenes, Geschenk der Königin, Maria Karoline, der Österreicherin, die DIE BEIDEN SIZILIEN regiert und sich durch das Wunder bisweilen, so jedenfalls hats mir Torres erzählt, die wichtigsten Staatsbeschlüsse bestätigen läßt.
Die Heilige ist schnell zum Ende gekommen.
Steht auf, sie fährt mit den Fingern über den Rock, Sauberkeit ist kein Gebot und wird weder auf der Ersten noch auf der Zweiten Tafel befohlen, man trägt ja den Rock lang, der endet nur leicht über dem Fuß, dann legt sie sich aufs Bett, etwas schwer, in eine Pose der Erschöpfung, das gehört mit zum Jargon der Heiligkeit, aus der Bluse greift sie ein Amulett, mit dem heiligen Januar bebildert, das hält sie den Lippen vor, küßt es umständlich.
Der Mönch am Fenster verkündet den Leuten, die Heilige habe ihr Werk geendet und sich zum Gebet ausgestreckt, der Madonna sei Dank, die anderen Mönche knien um den Kackstuhl, sie beugen sich über die Exkremente der Heiligen, mit einem Besteck von Silber wird der Auswurf zergliedert, feine Kiesel, runde Steinsplitter, werden herausgelöst, aus dem Bottich genommen und auf ein seidenes Tuch gelegt, Torres nimmt eins der Steinchen, prüft es, nickt, gibt es auf das Tuch zurück,
Kein Zweifel, anorganischer Natur,
stellt er fest,
das Wunder stimmt.
Die Häupter herabgebückt, so übergeben die Mönche dem am Fenster das Tuch mit den Splittern, der nimmts, der legt die wundertätigen Kiesel auf den Altar, der zählt sie, bekreuzigt sich. Laut ruft er die Zahl in die

Gasse, die Worte prallen auf das Haus der Gegenseite und fallen über die Knieenden her.
Fünfzehn,
wiederholt Torres,
gestern vierzehn, am Abend. Ein echtes Wunder,
sagt er und sagt,
wir können gehn.
Natürlich, der Doktor Torres, er kennt die Herkunft der Steine, weiß, daß die Frau sie bei sich trägt, einige hundert, im Amulett mit sich trägt und einschluckt, wenn sie den Heiligen küßt, ein Deckel, der nach innen zurückknickt, und daß sie das Amulett vertauscht, wenn der Vorrat versiegt, aber was soll er dabei tun, die Diagnose bleibt wahr, von anorganischem Stoff sind die Steine und folglich fremd dem System des Menschen.
Torres und Gorani betreten den Toledo.
In ihre Rücken, die Sonne von Ost wirft alle Lichter in diese Straße. Torres und Gorani gehorchen den blendenden Schatten, sie gehen ihnen nach. Gorani hört Torres, hört, Stellung als Arzt und Bürger bedroht, das Leben in Gefahr, entdeckte ich den Trug, HALLELUJA, betröge ich, DU HEILIGE, die betrogen sein wollen, MIT DEN STEINEN, um den Betrüger, HILF UNS.

UND JEDERMANN GING, DASS ER SICH SCHÄTZEN LIESSE, EIN JEGLICHER

Welches Spiel bevorzugen Sie, Monsieur Gorani?
Man war in den Salon eingetreten, einen ovalrunden Raum mit roséfarbenen Seiden, die im Gegensatz zum langseitigen Speisezimmer, das Pflanzenmotivik, Stengel-Und-Blattelemente, auf schalgrünem Grund zeigte, fantastische Tierornamente vorwiesen, Schwanzfedern, Schwingen, Schweife.
Man hatte recht schnell gegessen, schnell jedenfalls, bedenkt man die Vielzahl der Gerichte, die um einen neapolitanischen Tisch die Runde ziehen, Runde, die bei der Hausfrau beginnt, den Ecken des Tisches folgt, in einer Schleife seitlich ausdreht oder zur Geraden abknickt, sich über den Saal hinaus verlängert und in einem Endlichen abbricht, nachdem auch der Hausherr bekommen, hier der Herr von Taleyrand-Perigord, Franzose, wie man hört, und Gesandter eines versailler Königs von ehedem, ein Gebliebener, doch eigentlich Emigrant. Sehr unauffällig, mit balligem Kopf und mehr klein, auch beim Essen. Mag sein, in den Wissenschaften bewandert, Süditalien bietet ein weites Feld an, für Geologen besonders, *hier blühe du, Liebe zur Vorzeit und zu den Alten,* aber wer einen kleinen Ruhm da-

vontragen will, muß Italia verlassen, der muß in den Norden, muß in Preußen und Franken die Drucker belagern, Taleyrand-Perigord verbleibt, ist geblieben, wird weiter bleiben bei den jetzigen Zeiten, Privatmann, mit einer Frau behängt, einer Tochter des Lands, mit schon faltiger Haut über der Brust, die liebt diesen Namen Taleyrand-Perigord und mit ihm den Titel GESANDTIN.

Das Essen hatte wortlos geendet. Madame bat, die Bogentüre zu öffnen, schwingende Hälften über den Geometrien der Parketts, adliges Weiß, das zu Elfenbein abgegraut. Gorani war unterrichtet, Gesellschaft bei Taleyrand-Perigord hieß nicht, nur zu Tisch sein, zu Musik und Gespräch, hieß Tätigkeit, Konzentration, Risiko, Gleichmut im Verlust und Leichtsinn beim Gewinn, Spiel. Ob Karten, Würfel, Madame spielte viel und überall, Madame spielt nur. Man sagt, sie setze um hohen Gewinn, man sagt, sie erlerne sich auch die fragwürdigen Griffe,

Welches Spiel bevorzugen Sie, Monsieur Gorani?

Obwohl Gorani weiß, was bei Taleyrand-Perigord eingeladen zu sein bedeutet, überrascht ihn die Direktheit der Fragestellung.

Nein, er spielt nie, vertraut nicht einem wechselnden Glück, hier schon gar nicht. Neugier, ja.

Gorani besieht den Spieltisch. Ein einfaches poliertes Holzrund im Oval des Zimmers, keine Wandspiegel, dafür schmale Stiche, Pozzuoli und der Ausblick nach Ischia, Portici mit Vesuvsilhouette.

Signor und Signora Taleyrand-Perigord sind zu der übrigen Gesellschaft an den Tisch getreten, man ordnet die Stühle, häuft Münzen nebeneinander, die man aus der Tasche fingert, oder packt brokatene Börsen auf die Spielplatte, doch, Gorani tut, als wolle er spielen. Er wendet sich dem Kreis der Mitspieler zu, führt die linke Hand in den Hosenbeutel, scheint zu bemerken, er habe vergessen, Geld mit sich herumzutragen, schade, ihr andern, Gorani kann heute nicht spielen, ihr also jetzt auch nicht, man kann sich ja unterhalten. Gorani dreht sich zum Vesuv mit den dünnstrichigen Abhängen und der Stadt Portici zurück, die unter der Schattenschraffur verschwimmt, er spürt, ein Rauschen über der Haut, wie man auf ihn wartet, wie man ihn endlos beblickt, wie Madame Taleyrand-Perigord, die Gesandtin, neben ihn tritt, ihr Gesicht überstreift die Kupfer und bleibt dicht vor seiner Schläfe stehen, Gorani muß seinen Leib, von den Füßen in den Schuhen über die Kniee bis hinauf über den Mund und die Augen zum Haar, leicht umlenken, müßte etwas sprechen, schweigt.

DIE GESANDTIN

Sie müssen gestehen, daß das Spiel eine der besten gesellschaftlichen Einrichtungen ist.

GORANI

Es ist die allergefährlichste Erfindung, die von irgendeinem Betrüger herrührt.

Das erste Argument noch sehr hilflos, Gorani muß sich einreden, muß auf Grundsätzliches zusteuern, aber langsam, um nicht gleich als Ignorant, gar Rigorist aufzufallen, was man hier leicht über einen Franzosen des Fortschritts zu denken neigt, und ja doch auch zu Recht, Gorani weiß das, sie würde ihn gräflich belächeln, ihn für tölpelhaft halten, was das Vorurteil über ihn, den Revolutionär, bloß bestärkt, aber durch Unwahrheit will er sich auch nicht vom Spiel freireden, das blieben Entschuldigungen, die überprüfbar sind und nicht gerad für ihn einnehmen, man muß doch ein Gespräch dirigieren können, er, Gorani, wird nicht anderswo Rettung suchen, wird das Gesellschaftliche direkt angehen, zuerst die Moral, denn, daß es da Unterschiede, getrennte Moralen gibt, das verstehen sie hier nicht, also die Moral, da liegt der Hinweg, man wird ihn eher für konservativ, reinweg altmodisch halten, das bestärkt das Vertrauen vielleicht, untergräbt ein Vorurteil moderner Gefährlichkeit, LIBERTE EGALITE FRATERNITE, die mit Gorani schon bis Neapel umläuft, auf die Moral muß er zuerst hinreden, so nur besiegt er Spiel durch Gespräch.

DIE GESANDTIN

Es ist indes doch der Zeitvertreib, der bei den Fürsten und Großen am gangbarsten ist.

GORANI

Glauben Sie denn, Madame, daß alles, was die Fürsten und diejenigen, welche um sie sind, betrifft, Bewunderung verdiene?

GESANDTIN

Das nun eben nicht, aber Sie werden mir doch eingestehen, daß die Zeit, welche sie mit Spielen zubringen, gut angewendet ist, weil gar nichts Böses daraus entstehen kann.

GORANI

Gar nichts Böses? Madame.

Mit der verstärkenden Übernahme dieses Begriffes Böses, die besonders durch die naive Wiederholung im Frageton Wirkung tut, schafft sich Gorani eine günstige Position in der Gesprächsführung, die gegenwärtig für ihn auf Vorteil steht.

GESANDTIN

In der Tat, ich denke so. Und was für Böses könnte denn die Folge davon sein?

GORANI

Der Verlust einer Zeit, welche sie nützlicher anwenden

könnten, die Vernachlässigung der Geschäfte und das Interesse des Volkes, welches ihrer Sorgfalt anvertraut ist.

Gorani hat sich einen Schritt zu weit gewagt, die kühne, den Revolutionär kennzeichnende Argumentation, verblüfft die Gegnerin nur scheinbar, nur für eine Sekunde, sie hat eine treffliche Parade zur Hand.

GESANDTIN

Ah! ich erhole mich wieder, da ich finde, daß das Übel so arg nicht ist, als ich es mir vorstellte. Die Regenten haben dafür ihre Minister, die für sie arbeiten müssen. Könnten sie sich wohl einem Detail unterwerfen, das oft so klein als langweilig ist? Freilich, den Regenten allein steht das Recht zu entscheiden zu, und wofern sie nur gut entscheiden – und das nimmt weder viel Zeit weg, noch ist es sehr mühsam – so sehe ich nicht, was das Spiel dem Interesse des Staates schaden könne. Wenn die Maschine einmal aufgezogen ist, so gehet sie nachher von selbst, und es hat niemand nötig, sich deshalb zu beunruhigen.

GORANI

Und wir sehen täglich, was aus dieser Art, sich zu beschäftigen, herauskommt, die Beispiele sind zu bekannt, als daß ich nötig hätte, sie anzuführen.

GESANDTIN

Es schien mir, als ob Sie nicht ein bestimmtes Übel im Augenmerk hatten, Ihr Tadel erstreckte sich bloß etwas weiter.

Beide Parteien lassen sich Zeit, die Gesprächsfiguren zu entwickeln und auf günstige Positionen vorzutreiben, ehe sie einen Schlag ins gegnerische Zentrum führen, dabei scheint die Stellung der Gesandtin im Augenblick günstiger, Gorani konzentriert sich übermäßig auf die eigene Feldhälfte und gerät so in Gefahr, von selbst aufzugeben.

GORANI

Es ist wahr, Madame, das Böse, welches aus der Spielwut entsteht, ist nicht zu berechnen. Diese fatale Leidenschaft nähert den ehrlichen Mann dem Betrüger, füllt die unermeßliche Kluft aus, welche zwischen den arbeitenden Untertanen und ihren Fürsten ist. Die Liebe zum Gewinn stellt die edelste Seele mit der niederträchtigsten gleich. So wird die Sittlichkeit erschlafft, herabgewürdigt, und endlich verdorben, man hilft dem Glücke durch Kunstgriffe auf, und am Ende behandelt man die ernsthaftesten und wichtigsten Sachen mit aller Treulosigkeit, die man sich beim Spielen erlaubt.

GESANDTIN

Glauben Sie nicht, daß man spielen könne, ohne die seltsame Schilderung, die Sie uns da machen, zu realisieren?

GORANI

Ich war nie willens, irgendjemanden zu verleumden, Madame, ich stelle mir nur vor, daß, wenn das Spiel zur Leidenschaft oder zum täglichen Bedürfnis wird, es von allen nützlichen Dingen abzieht, es flößt Liebe zum Gewinnst, zur Lust an fremdes Gut ein, und kann leicht dazu beitragen, daß seine Liebhaber wenig delikat in den Mitteln, dieses an sich zu bringen, werden.

Jetzt sieht die Gesandtin eine Möglichkeit, durch direktes Angreifen den Gegner zur Aufgabe zu zwingen, oder doch eine Notlösung? Gorani kontert sofort und zieht, indem er auf den Partner scheinbar eingeht, mit harter Konsequenz auf Sieg, ohne dabei an die eigene Deckung zu denken.

GESANDTIN

Wie soll man aber die Zeit hinbringen? Man kann nicht immer lesen, noch sich mit ernsthaften Dingen beschäf-

tigen, eine Erholung muß man haben. Überdem schärft das Spiel den Verstand, es zwingt uns zu gewissen Berechnungen, es bringt in den Gang der Ideen eine gewisse Ordnung, die uns dann, den wichtigsten Angelegenheiten vorzustehen, geschickt macht. Ich könnte Ihnen viele junge Leute nennen, die sich durch das Spiel zu den öffentlichen Angelegenheiten gebildet haben.

GORANI

Und ich, Madame, könnte Ihnen eine größere Zahl noch herrechnen, welche sich und andere durch das Spiel zugrunderichteten, sie waren vorher ehrlich, durch das Spiel wurden sie Taugenichtse.

GESANDTIN

Was würde aus der Gesellschaft ohne das Spiel werden? Wenn die Tagesneuigkeiten erschöpft sind, was bleibt dann noch zu reden übrig?

GORANI

Ich muß freilich gestehen, wenn man eine Menge Personen mit kalten Herzen und leeren Köpfen zusammenbringt, so hält es schwer, eine fortgesetzte und interessante Unterredung von ihnen zu erhalten, dann muß das Spiel zum Hülfsmittel dienen, weil der Dummkopf am Spieltisch eine Person vorstellt. Es ist freilich weit leichter, eine Karte zur rechten Zeit auszuspielen, als Kenntnisse, die sich und andern nützlich sind, zu erwerben.

Die Gesandtin bietet aufgrund der Aussichtslosigkeit der Partie Remis an.

GESANDTIN

Ah! Monsieur Gorani, das ist ja lauter Moral.

GORANI

Frau Gesandtin, wenn die Moral lauter ist, so ist sie das Gepräge der Gesellschaft.

Hier endet dieses Gespräch.

Die Gesandtin befiehlt, die Spieltische zu setzen. Gorani beugt sich über die Hand der Hausherrin, er sieht ihr zurückgekommenes Lächeln.
Ein Unterschied, Monsieur, wie sagt doch Kamelford: Die Kaiserin von Rußland schmückt den Thron selbst durch ihre Fehler. Ihr verunziert ihn durch Eure Tugenden.
Nicht ganz, Madame, Sie vergessen, über dem Hemd der Fehler trug die Kaiserin von Rußland die Häute der Tugend. Bei uns trägt man das Hemd über der Haut.
Gorani hat sich verabschiedet.

UND ALS SIE DASELBST WAREN, KAM DIE ZEIT, DASS SIE GEBÄREN SOLLTE

Eine Stadt ist ein Teich, der, je näher man auf ihn zufällt, je dichter man ihn besieht, immer neu den Anstrich ändert, von weit oben blendendes Weiß, dann eine Schattierung Grau, die in bläuliche Färbungen übertritt, und, ehe es schwarz oder farblos wird, noch variiertes Grün, Heckengrün, Entengrützengrün, Schilfgrün, Schattenchlorophylle, Teichgrün.
Der hineintaucht, der unten umhergeht und sich zurechtzufinden sucht mit offenen Augen, und wer kann das schon, der unterscheidet noch Schattierungen zwischen Festem und Feuchtem, zwischen Wassertropfen und Wassertropfen, Steinfarben und Sänden, Moosdunkel und Algengeleucht, Kraut- und Schlingpflanzenunsicherheiten, Farbiges, das mit den Wellen Unterredungen abhält und so ständig im Leben bleibt, die Fische nicht zu vergessen.
Gorani steht in der hinteren Stadt, wo sie so sehr eng ist, vor einem Kloster.
Das sieht er gleich, daß er vor einem Kloster steht, solche Gebäude sind überhaupt leicht auszumachen, das rohe Mauerwerk von unbestimmter Höhe mit flachem, schadhaftem Dach, und irgendwo eine Aufsteilung der

Wand mit langen, schmalen Fensterschlitzen, die zugeglast sind, das sieht man an der wirren Führung der Bleischienen, die die Glasformen einfassen, Bilder, aus bunten Flicken zusammengesetzt, Männerköpfe mit und ohne Bart, seltener Frauengestalten, aber genau sind sie nur von innen her kenntlich, von drinnen zu sehen gegen das Licht. Daß die Hausteile, die mit der überhöhten Gebäudezeile, die jeweils nördlich oder südlich, meist nördlich zu suchen ist, um den inneren Hof tagsüber nicht unter den Schatten zu begraben, ein steinernes Quadrat, auf jedenfall Viereck, bilden, eingeschossig dastehen, erkennt man an der Doppelreihe der Mauerlöcher, dort scheint je ein Stein nur zu fehlen, Fenster, die nicht den Augen, allein der Luft offenstehen, Einflugschneisen für, Vögel höchstens. Klöster sehen überall gleich grau aus, auch wenn sie im Märkischen stehen und sich mit rötlichem Ziegel gekleidet haben, sind immer unhergehörig, sind, was sie selbst wollen, in der Fremde.

Dies Kloster hier könnte mit gleichem Recht und ebensogut in Rom stehen, zum Beispiel, was anderenorts gelegentliche Orientierung erlaubt, Turmanbauten oder Aufstockungen, Befolgung der Regeln den weithin sichtbaren Schmuck der Kirchen betreffend, hie Benediktiner, hie Augustiner, wie haben die Zisterzienser um ihr Türmchen in Pforta gekämpft, das alles unterbleibt im Süden, die Klöster sind weder durch Viereckverschiebungen noch an Turmelementen zu unterscheiden, wer will beweisen, daß Gorani in Neapel und nicht in Rom, daß er vor einem neapolitanischen Kloster Sankt Sowieso und nicht bei Sant Paul-Vor-Der-Mauer steht, dieser römischen Abtei am Weg nach Ostia.

Doch, gerade diese Klöster zu unterscheiden, fällt Gorani nicht schwer, Sant Paul-Vor-Der-Mauer ist das einzige Kloster der Welt, das Gorani liebt, von einigen französischen abgesehen, die gegenwärtig zu Gefängnissen dienen, weil es unbewohnt steht einen Großteil des Jahrs hindurch, *unbemöncht,* sagt Gorani, ein hübsches Wort das, unbemöncht. Also es liegt leer, frei dem Wind und den Schwalben, man könnte leicht einziehen. Nein, Sant Paul-Vor-Der-Mauer steht uns nicht offen, noch leben Mönche, die sich zugehörig fühlen, noch ist das, wie man so sagt, ein arbeitendes Kloster, das südwestlich Roms steht, schon zwischen den ausgestreckten Armen des Sumpfs, der legt seinen stickigen Atem über die Straße, den uralten aufgepflasterten Damm, über die Hartgräser und über das Schlafholz der Mönche, besonders im Sommer, da ist jede durchschlafene Nacht die letzte. Von dort sind in Kutten und mit kahlem Spiegel auf den Schädeln unterm stechenden Licht die Frommen ausgezogen und kehren nur winters, selten, ins Vaterhaus für eine kurze Zeit.

Das Kloster hier, eins der vielen in Neapel, nicht eben unzählig sind sie, aber längst überzählig, wie Gorani meint, steht ohne besonderes Kennzeichen zwischen den höheren Stadthäusern, einen Straßenwinkel beanspruchend, aber mehr eingeklemmt und nicht in der Gänze zu übersehen, ob sich ein Drei-Vier-Fünf-Oder-Sechseck dahinter verbirgt, ist nicht vorzustellen, muß auch nicht notwendig erkundet werden, Dutzendware, Mandelware, Schockmalschockware. Das bleibt es auch, auch bei nochmaligem Hinsehen. Daß ein Baum, rote Kastanie sogar, im Schutz dieses Klosters Sankt Sowieso an der Straße steht, fällt einigermaßen auf, hängt sich auf der Netzhaut fest, weil hier in die heißeste Stadtgegend kein Baum gehört, Idylle sind da nicht möglich, und jeder Schatten bleibt eine Lüge, und das Kloster wird dadurch nicht ansehnlicher.

Warum Gorani den Gassen nachging, die an zwei Seiten das Kloster streifen, weiß man nicht, er ist gegangen, aufs Geratewohl gegangen, einen weiteren Stadtteil für sich zu erobern, ist also angekommen hier, ist da jetzt.

Er sieht, nicht nur ihn zog das Kloster an, vom anderen Ende der Straße nähert sich eine eilige Gruppe der Klostertür, Frauen, das offene Haar mit einem Schaltuch überdeckt, das seitlich am Kopf herunterfällt und frei vor der Brust ausbaumelt oder auf dem im Schrittrhythmus mitschlenkernden Brustgebirge aufruht, deutlich besonders bei jener, die die Gruppe anführt, einer, die noch jung ist, so scheint es, die die Hände um den Bauch stemmt, der sich deutlich und gut ausgewölbt hat, die mit breitem Schritt vor der Holztür mit den sehr schwarzen Beschlägen verhält, die kräftig den Klopfer faßt, man ist von schwerer Gestalt, man ist es fast meist in Neapel als Frau, als echte Neapolitanerin, arm und eingerichtet wie nur zum Gebären, Kinder folgten den Frauen, die Kinder im Trippelschritt, um das Tempo zu halten, da stehen schon die Kinder still bei der Mauer, da fällt der Klopfer gegen die Tür.

Gorani tritt dichter auf das Klostertor zu, ein Kloster ist doch kein Entbindungshaus.

Jene, mit der frischen Färbung auf dem Gesicht vom Laufen, ohne einen Anflug Weiß oder Blässe neben Nase und Mund, nur eine leise Scheu spiegelt sich in den Pupillen, Scheu vor dem Lärm, den ihr Klopfen in der Wohnung der Heiligen auslöst, das wiederholt sie jetzt, Klopfen, der Klopfer schlägt auf die Klopfplatte, dann erst bricht hinter der Tür der sich vorwärtsstoßende Hall los.

Ein Aufquietschen zeigt an, in der Tür hat sich ein Türteil, ein Fenster, eine Durchreiche, geöffnet, und man

kann in ein Gesicht sehen, das unwillig, *barsch*, wie die Dichter schreiben, in den Tag blinzelt, das, ohne ein Wort zu sagen, eine Erklärung erwartet, aber deutlich zur Kenntnis gibt, man ist nicht interessiert, nicht an der Erklärung und überhaupt nicht. Nur daran, daß das Gesicht, das sich teilweise dem freien Licht aussetzt, überhängende Backen, die in steter Bewegung zu sein scheinen, vorzeigt und den gelblichen Hautton der Ruhe, darf sich die Vermutung knüpfen, man habe einen Mönch, habe Seßhaftes vor sich.
Jene, die Frau mit dem gewachsenen Bauch, der keine Erklärungen mehr zuläßt, jagt in sich beschleunigender Folge ein Wort heraus, jagt es gegen das Türfenster an, das Wort, das CAPA heißen hönnte, Mütze, etwas anderes ist von Goranis Stellplatz aus nicht zu verstehen, *capa capa capa*. Dabei führt sie die rechte Hand, in der sie etwas umkniffen haben mag, Geld oder ein Schmuckstück, gegen die Öffnung in der Tür, auf das sandige Mönchsgesicht zu, das faßt Interesse, lächelt ein Einverständnis, tritt einen Schritt zurück in die Dämmerung des Eingangs, verschließt sich hinter der Klappe in der Türfläche, Wiederholung des Quietschgeräuschs, schriller als zuvor. Hinter dem Torholz fahren Mönchshände aus ihrer Kutte, verlassen die Wärme der umwebten Dunkelheit, schieben Riegel aus ihrer Verriegelungslage und öffnen zur Hälfte den Gang, der Mönch tut einen Schritt auf die bauchige Frau, auf die Gruppe zu, die verstummt.
Gorani, obgleich kirchenfern, erkennt in ihm, die schwarze Umkuttung, der Leibriemen und die Art, wie er die Geißel, dieses trügerische Requisit, umgeschnallt trägt, ein Glied des Minimenordens, einer der mindesten Brüder also (des heiligen Franz von Paula, versteht sich), die hier, im Neapolitanischen Paolotti heißen, die

spielen mit der Stadt und dem südlichen Landstrich ihr eigenes Spiel, das Spiel mit der Capa.
Jetzt weiß Gorani, vor welchem Kloster er sich suchen muß, man hat ihm so allerhand erzählt, auch davon.
Der Minime hat wortlos mit Ausstreckung des linken Arms und freigezeigter Handfläche, der rechte Arm verkrümmt zu einer langsamen Bewegung in Kreuzgeometrie, wobei sich Zeigefinger, Mittelfinger und Daumen, die verbleibenden zwei Finger sind in die Handöffnung eingerollt zwischen Martialis- und Hepaticalinie, zu einem Greifbild vereinigen, das wechselnde Interpretationen und deutbare Schattenfiguren zuläßt, das Bittgeld in Empfang genommen, ist hinter sich zurückgegangen und hat das Tor umständlich verriegelt, damit kein kleiner Blick in den Klosterhof findet und der Brüder Totengarten entweiht, ist hinterm eisenbesetzten Holz verschwunden, hat die Frauen in der Wartestellung belassen, die reden nichts, sehen sich an mit einem leisen Wimpernsenken, Sicherheit, daß nun alles gut wird, daß die Geburt leicht und glückhaft ausgeht, leicht und glückhaft ausgehen muß unterm Schutz der heiligen Mütze. Die sie begleitet haben, die Kinder, fangen miteinander zu flüstern an, wollen mit unsicheren Worten die Furcht, die nah das Göttliche umschließt, überqueren, eine Brücke schlagen.
Das weiß kein Mensch mehr, warum gerade die, ausgerechnet diese Mütze, Mönchsplattkäppchen, und wer von den Minimenfratres es eigentlich in den Stand der Heiligkeit eingeführt, es hilft zu guter Geburt, WER IN DIESER ZUVERSICHT es trägt, hoch lebe der Bambino, er lebe hoch in Neapel, in Neapel hilft das.
Man weiß, was der Glaube vermag, denkt Gorani, Glauben, das ist hier ein einfaches Geschäft, die Frauen sind breit und entbinden schon von Natur fast ohne

Schmerz, so hat es die Kappe gut, sie beweist sich in der Trägerin mühlos, aber die unterliegt, je nun, der hat der Glaube gefehlt, nimm dich in Acht vor ihr, und außerdem, so eine verdient es ja nicht, verdient nicht zu leben.
Die Erklärungen der Kinder klingen anders zu Gorani her, Märchenhaftes mit Traurigkeiten von Geburten gemischt zu einem Flüsterbrei, den Gorani nicht versteht, überhaupt nichts mehr versteht, weil ein Wagen, der die Breite der Gasse ausfüllt, hergedröhnt kommt, sich zwischen Gorani und die Kinder, die Frauen und die Kinder an der Klostertür schiebt und anhält, vorm Tor steht.
Die plötzliche Stille danach erstaunlich.
Dann ein hölzernes, ein trockenes Knallen, der Wagenschlag hat in sein Schloß zurückgefunden, der Leib der Kutsche über den Rädern schwingt auf Gorani zu, fällt wieder zurück, verbleibt in einem Schaukeln zwischen Klostergemäuer und Häuserfront. Gorani geht zwei Schritte hinter dem Wagen entlang und gewinnt so, rechts in Schläfenhöhe die Schuhe des Kutschers, links Pferdeschwänze zwischen gestriegelten Schenkeln, Einblick auf die Tür, sieht dort den sehr kleinen Signor Bonecchi stehen, der auch hinter dem seidenen Hofmantel den spitzen Bauch und den ewig vorgereckten Hals, daran erkennt ihn Gorani, nicht verleugnen kann, wohl kaiserlicher Konsul und toskanischer Agent, aber auch Vertrauter der Königin.
Der läßt, nachdem er die Frauen vom Torweg verdrängt hat, den Klopfer zu Wort kommen, ungeduldig, befehlend, und als Bruder Pförtner nach unsichtbarem Türöffnungszeremoniell aus dem Dämmer auf die durch die Kutsche dunkel verstellte Gasse tritt, jetzt die erbetene Kappe zwischen den Fingern, hört Gorani,

und das sehr deutlich, verstehbar auch hinter der anderen Wagenseite,
Im Namen der Königin! Die Wehen Ihrer Majestät haben eingesetzt, die Königin wünscht, unter dem Schutz des Heiligen zu gebären!
Mit tiefer Beuge, in die sich noch ein Kreuzschlag einmischt, gibt der Minime den Tonsurschoner, wer weiß, ob es nicht gar der des heiligen Franz von Paula ist, an Bonecchi, der ruckartig ein Kopfnicken ausführt, sonst aber danklos in den Wagen eintaucht, untergeht in der königlichen Kutsche, die läßt eine schreiende Gasse hinter sich.
Die schwarze Kutte mit Leibriemen und Geißel hat sich hinter das Klostertor zurückgezogen, steht jetzt verschanzt, jetzt, jetzt eine weitere Mönchsmütze auszuteilen, das geht nicht, das würde Komplikationen ergeben, einem Herrscherhaus, das sich so gläubig erzeigt, dem kommen die Gnaden frei zuvor, und außerdem, Maria Karoline muß den Vorrang haben, weil man noch viel erwartet vom König, als Minime erwartet, die Rückgabe des Stammklosters wenigstens im diesseitigen Kalabrien, des Klosters in Nähe der Grotte des Heiligen von Paula, des Klosters über dem offenen Meer, dazu müssen wir die Königin durch günstige Geburten bestimmen.
(Und rechtbehalten soll man mit dieser Spekulation, Minimenmönche bekommen das Kloster, als Geburtenlohn jenes Kloster, aber erst nach reichlichen zwanzig Jahren.)
Also das kann Gorani noch nicht wissen.
Nur, daß die Frauen und daß mit ihnen die Kinder das Schreien der Gasse in die Länge ziehn, das weiß er, er ist nicht taub, und er bedenkt, ob er bei späterer Gelegenheit, Gelegenheit für ein Buch, möglich über GE-

HEIME UND KRITISCHE NACHRICHTEN VON ITALIEN, etwa schreiben wird, bei solch einem Volk wird etwa schreiben müssen, etwa,
Ich weiß nicht, ob diese Posse noch fortwährt, aber ich glaube, daß vielleicht der Brotneid sie abgebracht hat und daß das Mützchen durch den Strick irgendeines anderen Mönches abgelöst ist,
besser, Gorani schreibt kein solches Buch, wem könnte es nützen hier, in Neapel kann ohnehin kaum jemand lesen, nicht einmal der König, und wer wollte so etwas dann erst aus dem Französischen übersetzen,
nein,
Gorani schreibt das Buch nicht.

UND JOSEPH UND

Das ist nicht selten in Neapel, ein Himmel, der hoch umhergeht, der fast stillsteht zwischen den Horizonten, der nichts bedeckt, der sich hinter sich selbst zurückgezogen hat und der der Sonne, diesem tödlichen Gestirn, alles überläßt. Einer jener Tage, an denen die Erde vergessen hat, sich weiterzuwälzen, so hätte es richtigerweise heißen müssen, anstelle des *fast stillstehenden Himmels,* den wir Gorani denken ließen, Tag, der, wo man auch hintritt, mit tausenden Nagelspitzen die Haut bespringt. Die kahlen Häuser und die mit Baumwerken umsetzten Wohnsitze haben alle Schatten verloren, die sonst beängstigenden Gassen sehnen ihre Kühle zurück. Es gibt nur zwei Gegenden, noch zu leben, noch einen Atem zu haben, die Seen und Teichplätze hinter der Stadt, vom Mare Mortuum über Lacus Acherusius und Lacus Auernus bis zum Agnanus, von wo aus, wer noch Kräfte hat, zu den aluminischen Hügeln weitergehen kann, vielleicht einen Schattenraum zu finden, und das, was Kühle heißt, die Ränder des Golfs. Man liegt auf der Mole, die Mädchen plustern die Röcke um sich, daß sie wie neben Kissen sitzen und man die Einbildung leicht gewinnt, zwischen ihren Schenkeln sei die Kühle

Krippe, 6. Station

des ganzen Tags versammelt, die Männer haben zu den breiten Hüten gegriffen, und der nicht die Füße ins Wasser gestreckt hat, und der nicht die Angel vor sich hinhält, der schläft schlaflos, dem dringen die Wachbilder unter die zusammengekniffnen Lider, Lichtgeschosse, die einen Kreistanz aufführen, sich entbündeln, dem Augenkörper Schwingungen mitteilen, oder sind es die Lider, die nicht ruhig bleiben können unter der Leere. Manche rauchen die Pfeife aus Ton. Kein Anwind. Irgendwo hinter einem noch Jenseitigeren knickt die Ebene Himmel ab und kehrt als Meer zur Stadt zurück, eine Fläche farbiges Glas mit sehr tiefen Spiegeln.

Gorani verläßt die Mole und damit den Hafen und geht am Neuen Kastell vorbei zur inneren Stadt. Vor ihm breitet sich der große Markt, eine spitzeckige Plane, die im Schnittpunkt der langen Seiten den Blick auf das Stadtschloß freigibt, das Schloß freilegt. So hat er ihn, den Largo del Castello, noch nie zu Gesicht bekommen, sehr weiß und sehr groß und sehr leer. Kaum Leute. Und was es in Neapel sonst nicht gibt, das hat dieser Tag fertiggebracht, der Platz liegt sauber, liegt mit der Reinheit eines Platzes, den einer in Gedanken gebaut hat, vor Gorani, das Licht hat ihn gefegt, den Unrat hat es gebrannt.

Schneeweiß.

Weißer noch wird der Platz durch das Gesprenkel der Fensterschlitze, ein unregelmäßiges Muster, das mit grauen Kästchen die Häuserfronten besteckt, nicht schwarz, aber auch nie voll weiß, und so wird härter die Helligkeit, mit der der Platz Gorani beblendet.

Gorani geht auf das Schloß zu, er schreitet den Platz ab auf jener Seite, wo die Befestigung des Castel Nuovo eine der längeren Seiten abgibt, gegenüber, zwischen den vierstöckigen Häusern, finden sechs Gassen auf den Platz, die ihn mit der Straße Toledo in Verbindung halten, eine Kirche im ersten Straßenwinkel, am zweiten ein beträchtliches Hotel ALLA LOCANDA DEL SIGNOR MORICONI AL LARGO DEL CASTELLO, der Gasthof an der Ecke Glockengasse.

In Neapel ist ein solcher Tag, Juli, nicht selten.

Gorani bemerkt, daß im ersten Stock des Gasthofs an der Glockengasse ein Fenster fest mit Läden verschlossen ist, so als habe sich wer, Hausbewohner oder Gastling, umdunkelt, um ein leichteres Sterben zu haben, sterben an so einem Tag. Und, obwohl das Fenster mit Verschlägen von Holz dicht verdeckt ist, kann Gorani den Raum, der sich dahinter auftut, voll übersehen.

Sitzt wer auf einer doppelten Schilfmatte, in eine Schifferkutte eingewickelt, eng, mit über den Kopf herabgelassener Kapuze, Matrose zur Hälfte und halb Kapuziner, auf einem Dreifuß vor sich ein Kohlenbecken mit wacher Glut, die mit der zunehmenden Aschenschicht über der Holzkohle mehr und mehr den Schein verliert, und da führt er die Hände darüberhin, wie frierend, jetzt die Handflächen über der Glut geöffnet, jetzt die Handrücken.

Von dem Gesicht ist kaum etwas zu sehen, ist eine genaue Physiognomie nicht herstellbar.

Trotzdem, Gorani kann ihn sich vorstellen.

Kleingefältelte Haut, straff auf der Stirn, um die sich die Greisenhaare lagern, *schlohweiß*, wie es so schön heißt, bis zu den Ohren herab in noch beachtlicher Menge und locker, so daß sie eher voll wirken, und um die Backen und um das Kinn herum fällt die Haut lose und führt direkt zum Hals über, nur das Kinn hat leidliche Kontur, der Mund schmallippig mit deutlichen Mundwinkeln, aber nicht eingefallen, schmaler noch

unter der Nase, dieser Nase mit breiten Flügeln und kräftigem Grat, der zu Augenbrauen beidseitig umschwingt, die dunkel bewachsen sind, sehr weit um die Augenhöhlen herumführen, aber die Augen restlos freilassen, eher unterstreichen, eher den doppelten Faltenhalbring unter den Tränensäcken betonen.
Ein alter Mensch, wohl mit Philosophien und Naturgeschichte befaßt, vielleicht eine anthropologische Entdeckung als Ergebnis lebenslangen Fleißes, einer, der nach Italien kommt des Klimas wegen oder der Steine, mag sein Vesuvsehnsucht, Geologie.
Im Gastzimmer, denn daß es sich um einen Fremden, einen Logiergast, handelt, bedarf keines Zweifels mehr, Gepäckstücke, sauber aufgereiht, und ein winziger Tisch mit Papieren bedeckt, ein Deutscher, ein Provinzgelehrter, der unterwegs ist, die Sehnsucht eines kleinlichen Lebens zu befriedigen, ein Kleinstaatdeutscher, das beweisen Schreibblätter und die Ordnung der Gepäcke, und daß er sich hinter geschlossene Läden duckt und friert, das kälteste Volk, das es gibt, die Deutschen.
Im Gastzimmer, auf dem Bett im Gastzimmer, liegt ein weiter togaähnlicher Mantel, ein sportliches Modell, wohl aus Rom mitgeschleppt, und ein Hut mit breiter aufgebogener Krempe, wie man ihn tragen muß heute unter der Sonne, wie man ihn hier trägt, hier in einfacherer Ausführung. Das aber sind nicht Garderoben für einen kargen Greis mit geringem Humor und eingeübten Schrullen, der Mann hinterm Kohlenbecken muß anders aussehen.
Die Vorstellung einer deutlichen Nase will Gorani beibehalten, die Nasenflügel noch nicht derart breit, noch steiler, noch die Nase spitzer über dem Mund, der eine stark geformte Oberlippe aufweist, die die Unterlippe

in einen geringen Schatten taucht und hängende Mundwinkel ausgebildet hat, die lassen diesen Menschen mit dem vollen Kinn und den weiten Backenflächen mehr dünkelhaft, mehr eingebildet erscheinen, auf jedenfall selbstbewußt. Er muß eine Perücke unter der Kapuze tragen und ein hellseidenes Tuch um den Hals, das immer zu sehen ist über dem Halsschluß des Mantels, eine Art Kragen.

Vielleicht von Adel, aber bestimmt Hofbeamter, der aus Neugier oder zu Diensten, Landgrafendiplomatie, in Neapel Station macht, oder bloß, um sich mal auszuspannen von der Konvention, warum, ein stattlicher Mensch doch, friert er, sitzt nur und friert.

Beamter, Hofbeamter, das ist klar, die militärische Ordnung der Reisesäcke, die diplomatischen Briefschaften auf dem Tisch.

Das soll es ja geben, daß man an heißen Tagen friert, vor Hitze friert, aber so sehr hitzig, so tödlich hitzig, ist die Luft nun wieder nicht.

Er muß an einem Ort gewesen sein, bei einer Stelle, wo sich das Licht schärfer zurückwirft, wo die Strahlen wieder und wieder durchbrochen werden, wo das Land heißer ist als zwischen den Häusern der Stadt oder den Feldern in der Ebene, der Strand zum Beispiel, der schöne Sand an der Golfküste bei Portici, der Sand, der an Tagen wie dem heutigen den nackten Fuß brennt wie Lava.

Da ist er in einer Schenke gesessen, eine Gesellschaft von Deutschen und Neapolitanern in einer Schenke, der Schenke in TORRE DELL' ANNUNZIATA, vielleicht mit der Dame Venuti dabei und einigen ihrer Freundinnen, und zum Essen der gute Lacrimae Christi, der hellrote Lakrimawein aus den Trauben, die das Feuer des Vesuvs gereift hat, der zu Kopf steigt und

Wirkung tut, bei solchen, die ihn ungewohnt, zumal. Dann treten sie auf den Strand heraus, fangen zu schäkern an und sich mit Sand zu bewerfen, die Marchesina Venuti, welche einen munteren Geist hat, will sich nicht überwinden lassen, sie greift beide Hände voll Sand, wirft, der Kampf wird allgemein, jeder wird beworfen, jeder schnappt nach Sand, anfangs nach trokkenem, dann nach feuchtem und endlich nach ganz nassem, alle werden mit einer klebrigen Masse Sand übertüncht, der Kampf erneuert sich, er nimmt an Eifrigkeit zu, bis zu den Knieen stehen sie im Wasser, schaufeln mit den Fingern den Schlamm vom Grund des Golfs, greifen damit einander an, kaum einer kommt noch zum Wurf, er müßte erst den Sandball zurechtformen, sie stoßen sich wechselseitig ins Wasser, einer umklammert den anderen, keiner weiß, wer zuerst auf den Strand zurücktrabte, wer zuletzt.

Da sitzt er über dem Largo del Castello und friert nun.

Nein, er muß anders aussehen, anders, weil er diese gewisse Erhabenheit, diese deutsche Richtigkeit, hat verlieren können im Eifer des Spiels, noch hat verlieren können, anders, jünger.

Das Gesicht hagerer mit straffen Konturen, der Mund groß und mit scharfer Linie von den Mundwinkeln abwärts, das Kinn aufgesteilt, aber schmaler unter den breitflächigen ungeübten Lippen, ein Graben, der zwischen der Steilwand Nase und den Augen herausführt, überläuft beidseitig das Gesicht und zerteilt die Bakken, läßt die Backenknochen als glänzende Plateaus zwischen Stirn und Hals, kaum niedriger als die Buckel über den Augen, die Augen, die sind wie bei Irrsinnigen groß.

Möglich, ein Künstler, Maler oder Dichter, aus

Deutschland vielleicht, der vor dem jungen Ruhm auf-floh in den Süden, den Grazien entgegen, um als ein Klassiker zurückzukehren, einen neuen Ruhm zu er-ernten, Dichter, sicher ein Dichter, Bücher füllen die Gepäckkörbe, Manuskripte belagern den Tisch.

Der in der Kapuze hat die Hände aus der Luft über dem Rost weggenommen, hat einen metallenen Schieber ge-griffen und zieht, vorsichtig, um die Glut nicht zu stö-ren, sehr bedachtsam die Aschenschicht von der Holz-kohle, damit die Glut wieder zur Luft gelangt. Er könn-te sich auch eines gewaltsameren Verfahrens bedienen und so größere Hitze hervorrufen, aber das hätte nur ein rascheres Erlöschen zur Folge, ein schnelles Erkal-ten in der Holzkohle.

Daran erkennt Gorani, er hat einen Mann vor sich, nicht mehr jung und noch lang nicht alt, der weiß, was er will, weiß, was er hier will, im Süden, und der nur friert, wenn ihm nach Frieren zumut ist, und der bei-des kann, stark sein, schwach sein.

Das Licht der frischen Glut fängt sich jetzt voll unter der Kapuze des Schiffermantels, beleuchtet das Gesicht von der Stirn bis zum Schaltuch. Gorani kann das Ge-sicht gut erkennen.

Die Nase wirkt weniger ausgeprägt, das von unten über Mund und Backen heraufstoßende Licht hat alle Schat-ten geschluckt, die unter der ausgewölbten Lippe, die in den deutlichen Mundwinkeln, die unter der leicht gebogenen Nase, die unter den Brauenwölbungen, da ist noch kaum eine Härte in dem Gesicht, aber auch keine Glätte, keine weichen Übergänge, keine Ver-schwemmungen und keine Hohlheit, die Augen stehen groß auf der Glut.

Das Kleid der Marchesina Venuti, als sie bis über die Kniee im Wasser stand, schwamm wie ein Ballon um

sie, schwamm wie ein Ballon schwimmt, ehe er sich mit dem Wasser vereint, sekundenlang, dann, bei der nächsten Bewegung, dem nächsten Schritt, als sie sich nach dem sandigen Grund bückte, überschlug das Wasser den Kleiderballon, schlug an ihr hoch, klatschte der Stoff, als sie stand, den Sand warf, ihr auf den Leib, umklebte sie feucht und fest, und er hatte versucht, sie mit sich ins tiefere Wasser zu ziehn, war ihr nachgewatet, ihr nach ohne Sand zwischen den Fingern. Unter das Meer hatte sie sich stoßen lassen. Von ihm nicht.
Frauen mit nassen Kleidern bleiben lange so vor ihm stehen, so zwischen ihm und dem Horizont. Er hatte die Lust zu frieren.
Gorani sieht durch die geschlossenen Läden, dieser Deutsche da steht auf, schüttelt die Schifferkapuze hinter sich, geht zum Tisch, greift ein Blatt auf, setzt sich zurück hinter den Kohlenrost und beginnt im Licht, das die wachere Glut auf das Papier wirft, zu schreiben, schreibt etwas. An der Frisur, dem sorgfältig in eine Schleife eingebundenen Nackenzopf, erkennt Gorani den Fremden, jenen Unbekannten aus dem Garten Hamiltons.
Ein Dichter also.
Und der schreibt jetzt.
Mich hat der süße kleine Gott in einen bösen Weltwinkel relegiert. Die öffentlichen Mädchen der Lust sind unsicher wie überall. Die Zitellen (unverheiratete Mädchen) *sind keuscher als irgendwo; sie lassen sich nicht anrühren und fragen gleich, wenn man artig mit ihnen tut, „E CHE CONCLUDEREMO?“* Anm.
Denn entweder man soll sie heuraten oder sie verheuraten, und wenn sie einen Mann haben, dann ist die

Anm. „Und was machen wir ab?“

Messe gesungen. Ja, man kann fast sagen, daß alle verheurateten Weiber dem zu Gebote stehn, der die Familie erhalten will. Das sind denn alles böse Bedingungen! Und zu naschen ist nur bei denen, die so unsicher sind als öffentliche Kreaturen.
Der im Hotel ALLA LOCANDA DEL SIGNOR MORICONI AL LARGO DEL CASTELLO an der Ecke Glockengasse schreibt. Gorani kann von seinem Standort auf der gegenüberliegenden Seite des Largo del Castello unter den Mauern des Neuen Kastells aus nicht erkennen, was dort geschrieben wird. Er nimmt seinen unterbrochenen Gang über den Platz in Richtung Schloß wieder auf.
Außerdem, Gorani hat Schwierigkeiten mit Deutsch.

ALSOBALD WAR DA BEI DEM ENGEL DIE MENGE DER HIMMLISCHEN HEERSCHAREN, DIE

Ihre Schatten werden schon kürzer.
Sie schieben sich über die Straßenpflasterung, halten auf das schwere Haus zu, auf das hohe Bogenportal, zielen zwischen die Säulen, die das Tor einfassen, stechen, nachdem die Bodenlinie zwischen den Säulen überschritten ist, in den Dauerschatten des Hauses ein, stehen auf dem inneren Hof, drehen auf die breite Treppe zu.
Schattenrisse, Silhouetten machen hier niemanden mehr kenntlich, man muß schon sein Gesicht herzeigen, das richtige oder ein falsches.
Gorani und Torres brauchen sich nicht zu verstellen, sie brauchten nicht Mienen und nachdrückliche Gesten zu erproben, obwohl, man befindet sich, wo die besten Komöden und Tragöden der Stadt zusammentreffen, in der Vicarei, steht vor der Treppe, die zu den Verhandlungsräumen führt.
Torres ist dienstlich hier, der Arzt Torres, den Gorani, kritischer Betrachter, der er nun einmal ist, begleitet, der er in Neapel ist, in diesem kuriosen Landstrich von gestern, museales Napoli.
Wäre Gorani als Kommunalpolitiker nach Italien ge-

reist, als ein Zeitgenosse, dem es darum zu tun ist, die gesellschaftlichen Zustände eines Gemeinwesens zur Kenntnis zu nehmen, um Schlußfolgerung für die Verhältnisse im eigenen Verantwortungsbereich zu ziehen und um Aufgaben für eine gegenseitige Förderung, für den Fortschritt aus seinen Beobachtungen abzuleiten, wäre er nicht einer mechanischen Krippe wegen nach Neapel gekommen, sondern um einen Teil eines fremden Landes, Süditalien, kennenzulernen, und würde er darüber für seine Landsleute ein GEMÄLDE DER HÖFE, REGIERUNGEN UND SITTEN DER VORNEHMSTEN STAATEN DIESES LANDES entwerfen und für den Druck bestimmen, er würde über die Vicarei etwa folgendes schreiben,

Die Vicarei

Für einen Fremden gibt es in Neapel nicht leicht etwas Interessanteres als der Palast, wo Gericht gehalten wird und welcher die Vicarei heißt. Einer, der Sitten und Regierungen schildert, darf einen so wichtigen Gegenstand nicht unbemerkt lassen. Was darin vorgeht, gleicht keineswegs dem, was ich in anderen Staaten sah; es bietet eine völlig verschiedene Ansicht dar. Der Hof und die Treppen sind mit Sbirren, Pöbel, Notarien, welche ab und zu gehen, und mit Paglietti angefüllt. Diesen Namen gibt man in Neapel ohne Unterschied jedem Rechtskundigen. Man sieht scheußliche Gesichter, in deren Blick man den Abdruck aller Laster und den Ausdruck empörender Rohheit gewahr wird. Diese Leute drängen sich zu den Richtern und Advokaten, ihnen ihre Brüder, ihre Befreundte, ihre Eltern, die im Gefängnisse sitzen und die nach ihrer Aussage sehr unschuldig sind, zu empfehlen. Die Treppe, auf der man heraufgeht, ist breit und bequem, aber auffallend unrein und mit solcher Unsauberkeit bedeckt, welche dem Sinn des Geruchs und Gesichts in gleichem Maße widersteht. Ich wunderte mich nicht hierüber, da ich schon dasselbe auf den Straßen in Neapel bemerkt hatte, wo ein jeder sich seiner natürlichen Bedürfnisse mit einem Zynismus entledigt, dessen selbst Diogenes sich schämen würde. Eben diese Unreinlichkeit trifft man in den Gasthöfen, Privathäusern, sogar in den Palästen des Königs, wo es sich ein jeder bequem macht, ohne sich an die Schildwachen zu kehren, die sich auch solchen Unschicklichkeiten nicht widersetzen, weil es ein einmal eingeführter Gebrauch ist.

Die unermeßlich großen Vorzimmer, die Korridore der Vicarei sind mit Krämern aller Art angefüllt, welche ihre Ware, Dosen von Lava und so weiter, feilbieten. Man muß, sobald man hinein ist, seine Taschen wohl in Acht nehmen, denn es ist der große Sammelplatz aller Spitzbuben in Neapel. Ich habe der Gerichtssitzung verschiedenemale beigewohnt, denn das kann jedermann, nur alsdann, wenn die Richter sich beratschlagen müssen, ziehet der Präsident an einer kleinen Glocke, und die Zuschauer müssen sich entfernen. Die Advokaten sprechen vor den Richtern mit noch mehr Lizenz, als es in Venedig geschieht. Ein Advokat verteidigte die Sache seines Verbrechers, der einen Schiffer umgebracht hatte, um den Umgang mit dessen Frau ungestörter fortsetzen zu können, er behauptete, dieses sei nicht eigentlich wahrscheinlich, weil sein Klient alle erwünschte Zeit gehabt hätte, sein Steuerruder bei der Frau des Schiffers in Arbeit zu setzen, während jener das Steuerruder seines Schiffes regierte. Der Advokat begleitete diese schöne Rede mit possenhaften und unzüchtigen Gebärden, bei welchen die Zuhörer in lautes

Gelächter ausbrachen. Dies Beispiel mag genug sein. Überhaupt schreien die Advokaten wie die Unsinnigen und stoßen zuweilen ein gräßliches Geheul aus, indem sie sich untereinander mit den plumpsten Schimpfreden belegen, und die Kläger, welche gegenwärtig sind, wenn ihre Sache vorgetragen wird, behandeln sich ebenso. Kurz, die Vicarei gleicht nicht übel einem dieser Bolgien oder höllischen Schlünde, worin die erhabene und seltsame Imagination des Dante so wundersame Gemälde geschildert hat.

Da haben sie die Treppe, deren sich selbst Diogenes hätte schämen können, wie Gorani meinen würde, wenn er die Treppe der Vicarei beschriebe, hinter sich, treten rechts in einen Saal ein, der übervölkert ist mit kreischenden Frauen, mit kopfschüttelnden Männern und mit stummen jungenhaften Mädchen oder mädchenhaften Knaben, das ist schwer zu unterscheiden.

Einen Fall wie diesen hat es in Neapel noch nicht gegeben, die Paglietti scheinen fürs erste ratlos, in den Advokaten- und Richtbüchern ist er nicht verzeichnet, auch nicht im neuesten Werk, das sich der Präsident eigens aus der römischen Bibliothek hat kommen lassen, von diesem Richter Benekendorf, einem Deutschen, und erst vor elf Jahren gedruckt, siebzehnzweiundachtzig, bei Pauli in Berlin,

GRAB DER CHIKANE, worinn: Daß häufige Processe das größte Übel eines Staates sind, gezeiget, die wahren Quellen, woraus sie ursprünglich entstehen, oder nachdem sie entstanden, sorgfältig genähret, ins Unendliche vervielfältiget und gleichsam verewiget werden, entdecket, dabey aber auch zugleich die wirksamsten Mittel, diese verschiedene Quellen zu hemmen und zu verstopfen, an die Hand gegeben werden,

nicht vorgesehen und eigentlich unmöglich also,

Ah, Signor Torres, wissen Sie eine Erklärung?
Torres schiebt sich bis zum Richtertisch vor, sieht sich nach einem Stuhl um.
Ja, der. Der hat die Sache gemacht, ich bin ruiniert, meine beste Stimme, Torres hat mich betrogen.
Das ist Tozzi. Chorbesitzer, Musikschulendirektor, der die Jungen mit den hellen Stimmen aufkauft, für sein Konservatorium einkauft als Klangware, an seiner Garderobe sieht man, er versteht, Geld auszugeben, soll reich sein, sagen die Leute, sehr reich, denn die Jungen, die kauft er nie unter dem Preis.
Torres, du hast mich betrogen.
Nun mal langsam, Tozzi.
Dieser junge Mensch, der da im langen Chorhemd der tozzischen Schule, also der, ja,
Torres erinnert sich.
Und wieviel ich bezahlt hab, ich, Tozzi, mehrere Hundert, bin zu dir gekommen auf den Kai Santa Lucia mit dem Jungen, hab auch an dich gut gegeben, mehr als das Gesetz vorschreibt, und wolltest du ihm die Dinger da wegmachen, jawohl, hast du versprochen, illustrissimo doctore.
Das letzte spöttisch.
Ich hab,
sagt Torres,
ist vor sieben Jahren gewesen, hab ihn sauber verschnitten, ja, sauberer gehts nicht, frag Signor Gatti, meinen Kollegen, der wohnt am Chiaia, das weißt du.
Torres entknüpft einen kleinen Beutel, der mit einer Schlaufe am Gürtel befestigt ist, zieht, nachdem er Daumen und Zeigefinger sehr lang ausgestreckt hat, einen kleinen Kasten, eine Holzschachtel aus dem Wildlederbeutel und stellt sie auf den Tisch vor den Präsidenten.

Der hebt den Deckel ab und schiebt Tozzi den offenen Behälter zu,
Alles vorhanden, Penis und Hoden und das Übrige, überzeug dich, Tozzi.
Konservatoriumsbesitzer Tozzi scheint verwirrt.
Ich habe,
sagt Torres,
gemacht, wie du bestellt hast, damals, obwohl, wie du weißt, Ganganelli solche Sachen verboten hat, und der mußte es ja wissen als Doktorskind.
Aber was von den Päpsten kommt, gilt nicht in Neapel, das hätte Gebietsansprüche zur Folge und Ausgaben für Gesandtschaften, die nur zu Intrigen taugen, zu Intrigen gegen Spanien und für Österreich oder für Spanien und gegen die Österreichischen, nein, Papst, bleib du hinter den pontischen Sümpfen, bleib du in deinem Kirchenstaat.
Trotzdem, hast mich betrogen, Torres, mußt mich betrogen haben, und jetzt betrügst du, er betrügt das Gericht.
Tozzi befiehlt seinen Knaben, Aufstellung zu nehmen, mit den Armen rudert er ihnen einen Platz frei, schwenkt die Ellenbogen durch die Luft, gibt, ohne auf den Präsidenten, der einen Einspruch versucht, sich aber der tönenden Mehrheit fügen muß, zu achten, einen großen Einsatz, und da singen die, O MIA BELLA NAPOLI, so etwas ähnliches jedenfalls, singen mit entmannter Stimme,
(wenn einer diese Wortverbindung etwa als unstimmig vermerken will, so soll er in der achten Auflage der ALLGEMEINEN DEUTSCHEN REAL-ENCYKLOPAEDIE FUER DIE GEBILDETEN STAENDE [CONVERSATIONSLEXIKON] im zweiten Band BO BIS CZ, Leipzig: F. A. Brockhaus. 1833, die

vierhundertachtundachtzigste Seite aufschlagen, wo behauptet wird, daß sich bei der CASTRATION [VERSCHNEIDUNG, ENTMANNUNG] der OBERE THEIL DER LUFTROEHRE BETRÄCHTLICH VERENGT),
singen, singen den über die Welt hin berühmten neapolitanischen Sopran, und nicht nur die Stimmen sind so zauberisch mädchenhaft, sagen die Italiener, muß sich Gorani sagen, damit er überhaupt etwas daran findet, sondern sie führen dabei auch weibische Bewegungen aus, diese jungen Kastraten, *welche mit ihrer abgelegten Mannheit die ganze Weiblichkeit angezogen zu haben scheinen.* Das ist von einem Deutschen Moritz, der hier unten alles klassischschön findet, aber nicht eigentlich homosexuell sein soll, obwohl, Gorani nimmt sich vor, das nachzuprüfen, später, in Berlin, wenn sie ihn einreisen lassen, ihn, Gorani.
Nun hör dir, Torres, das an.
Tozzi hat recht. Zwischen den gebirgsbachklaren Sopranen ist eine Jungenstimme, fallen beständig brechende Töne auf, ein Wehr im Gebirgsbach, eine Stimmbruchstimme.
Tozzi genießt den Mißklang, ausführlich kaut er die Dissonanzen, läßt sie in den Saal ausrücken, schiebt sie immer neu auf die Leute zu, die verhalten ihre Meinung nicht mehr hinter den Lippen, pressen das Bakkenfleisch dicht an die Zähne und pfeifen, zischen, pfeifen, untöniger noch als der Kastratenchor singt, so überschrein sich Sopran, Alt, Tenor und Bariton. Kaum Bässe.
Der Präsident läßt die Musik ihren Lauf nehmen. Er kritzelt mit dem Kiel Zahlen und Wörter vor sich auf die Tischplatte:

DIE LOEWENDORFFSCHE STIMMSKALA
atens, im Stimmbereich Sopran
unter Auslassung des Unterbereichs Baßsopran
und der dazugehörigen Unterunterbereiche
sind folgende Stimmlagen möglich
Sopran
Altsopran
Tenorsopran
Baritonsopran
Alttenorsopran
Altbaritonsopran
Tenorbaritonsopran
Tenoraltsopran
Baritonaltsopran
Baritontenorsopran
Alttenorbaritonsopran
Altbaritontenorsopran
Tenorbaritonaltsopran
Tenoraltbaritonsopran
Baritonalttenorsopran
Baritontenoraltsopran
Die Berechnung der Anzahl möglicher Stimmlagen erfolgt nach der Variationsformel
die Variationen von enZahlen zu je emStück errechnen sich aus:
VauMalEnHochEmGleichEnMalKlammeraufEnMinusEinsKlammerzuMalKlammeraufEnMinusZweiKlammerzuMalKlammeraufUndSoWeiterBisKlammeraufEnMinusEmPlusEinsKlammerzu
oder
VauMalEnHochEmGleichEmFakultätMalEnÜberEm

betens, die Anzahl der möglichen Stimmlagen unter
Auslassung

des Stimmbereichs Baß innerhalb einer Grundstimme ergibt sich aus

EinsPlusVauMalDreiHochEinsPlusVauMalDreiHochZweiPlusVauMalDreiHochDrei

das entspricht

EinsPlusEmEinsFakultätMalEnÜberEmEinsPlusEmZweiFakultätMalEnÜberEmZweiPlusEmDreiFakultätMalEnÜberEmDrei

gleich

16

Folglich

nach der loewendorffschen Skala kann sich ein Stimmbruch, unter Auslassung aller möglichen Baßbereiche und bei Ausschaltung der Lage Nullnullnullnulleins, reiner Sopran (nach der loewendorffschen Urskala Nulleinseinseinseins, absoluter Sopransopransopransopran),

der Gegenstand der Anklage ist, zu einer von dreiundsechzig verschiedenen und gleichmäßig möglichen Stimmqualitäten entwickeln.

Torres hat Tozzi betrogen, das ist klar.

Man hat sich heiser geschrien. Auch der Chor. Auch Tozzi.

Der Präsident soll das Wort nehmen, jetzt muß er es nehmen, er steht auf, läßt sich ein Buch, das er mit dem Finger bezeichnet, zugeben, schlägt es auseinander, blättert mit fahrigen Fingern, liest, allen hörbar, laut, *römisch eins, arabisch zwei, Paragraph einundzwanzig:*

Wird ein absolutes Unvermögen zum ehelichen Beischlaf und Kindererzeugung vorgegeben, so kann solches nicht anders als aus der Beschaffenheit der Zeugungs- und Geburtsglieder beurteilt werden. Eine natürliche Folge ist daher, daß zur Entscheidung solcher Streitigkeiten eine Besichtigung schlechterdings notwendig sei. Werden bei derselben die Zeugungs- und Geburtsglieder in der gehörigen Ordnung befunden, so ist ganz natürlich, daß die Klage zurecht besteht,
es hilft nichts, der vermeintliche Kastrat muß sich allen sichtbar ausziehen, muß sich vor die Richter zur Beschauung hinstellen, eine linke Hand faßt den Chormantel, zieht ihn hoch über die Gürtellinie und hält ihn, während eine rechte den Riemen lockert, der auf den Hüften aufruht, und so der Hose alle Freiheiten zurückgibt, eine geraffte Dekoration, ein Stoffgewühl, in der Schwebe über Schenkeln und einer Partie Leib.
Nichts ist von besagten Gliedern oder natürlichen Werkzeugen zu sehen, nur die vernarbten Schnittwunden und der Ausgang des Harnkanals, aber trotzdem, es kündigen sich deutlich Gewächse an, Schamhaar.
Die Zuschauer, die Frauen besonders, bekommen einen Glanz in die Augen, so einen Weihnachtsglanz, ihre Münder blühen, die Lippen stehen weit auseinander.
Ahnen sie das Wunder?
Meine beste Kraft, mein sicherster Sopran, mein höchster Sopran, mein kräftigster Sopran, mein teuerster Sopran, mein grimmigster, mein zartester, mein beglückendster, traurigster, jubelndster, hinreißendster Sopran,
Tozzi steht in Tränen,
und jetzt ausgerechnet, jetzt, wo er nach Rom soll zu diesem Cimarosa, der eine Oper für ihn verfaßt hat, L'IMPRESARIO IN ANGUSTIE, und soll weiter

nach Wien, für den da Ponte und einen gewissen Mozart LE NOZZE DI FIGARO singen, mein einzigster Sopran, mein neuer Caffarellis, mein zweiter Marzolis, ich bin ruiniert, ich,

Zwei Testikel im Unterleib, innen.

Torres hatte sich vor den Jungen gekniet, hatte ihn untersucht, seinen Unterleib befühlt, abgeknetet,

Die sind in der frühen Jugend nicht feststellbar, ich möchte sagen, unmöglich feststellbar,

und,

Wer denkt schon daran.

Tozzi und die Leute haben Torres Erklärung nicht gehört.

Der Präsident läßt sehr laut einen Befehl, den Saal unverzüglich zu räumen, ausrufen, das Gericht wolle Ruhe zur Beratung haben.

Gorani drängt sich zwischen der Menge aus dem Verhandlungszimmer, er steht eine Minute später unter dem mörderischen Licht des Stadthimmels, eine halbe Minute Treppe, eine halbe Minute innerer Hof. Von den hinausrennenden Leuten noch umspült, noch in der bleibenden Dämmerung unter dem Tor, bevor die Straße beginnt, führt er seine Hand über die Hose, vom Gürtel abwärts bis zwischen den Schritt, überzeugt sich, daß alles vorhanden ist bei ihm, dann erst geht er, mit einem Seufzer der Erleichterung, *o che sciagura d'essere senza coglioni* [Anm. 1), Anm. 2)], auf die Straße hinaus, geht die Straße entlang.

Gorani hat nur einen kleinen Schatten vor sich, die Sonne bewirft ihn fast senkrecht.

Anm. 1) Anmerkung Goranis: Diesen Ausspruch habe ich aus dem Voltaire entnommen.

Anm. 2) Übersetzung des Herausgebers: Oh, welch Unglück, ohne Hoden zu sein.

In Neapel, dort kapaunt man, erzählte mir mein Vater, habe François Marie Arouet ihm berichtet, Jahr für Jahr zwei- bis dreitausend Kinder, ein Teil geht daran zugrunde, andere bekommen eine weit schönere Stimme, als je eine Frau sie hatte, wieder andere sind dazu ausersehen, einstmals die Geschicke des Staates zu lenken, damit meinte er wohl, wie Gorani sich hier hat sagen lassen, den Sänger Farinelli, der eigentlich Carlo Broschi hieß und ein Günstling Philipp-Des-Fünften war, aber jenen Satz über einer neapolitanischen Haustür, den der gleiche Arouet Goranis Vater gegenüber erwähnte, *qui si castrano rati meraviglio samente*, hat er auch in dieser Straße bis jetzt nicht gefunden.
Die Schrift zu suchen, eine Folge lateinischer Buchstaben, die er ohnehin nicht übersetzen kann, damit will Gorani endlich aufhören. Nach diesem Vormittag in der Vicarei werde ich damit aufhören.
Gorani geht schon schneller, schon ohne jede Haustür einer Ansicht zu unterziehen, geht immer schneller.
Auf Torres wartet er nicht.
Den Spruch, den der Präsident sprechen wird oder der bereits gesprochen ist, den erfährt Gorani noch früh genug. Außerdem, das kann man sich denken. Er wird seinen Stimmbruch abarbeiten müssen, der Junge, am Konservatorium, ein dienstbarer Geist, den die Natur wunderbar bereitet hat, den Menschen ein Wohlgefallen.

DIE HIRTEN UNTEREINANDER: LASST UNS NUN GEHEN

Lazzaroni (die), eine in ihrer Art einzige Klasse der Einwohner Neapels, wo es deren 50–60 000 gibt, vielleicht nach dem kranken Lazarus benannt, sämtlich ohne Stand, Beschäftigung, Haus und Heimat und ohne bestimmten Unterhalt, leben meist Tag und Nacht das ganze Jahr hindurch auf den Straßen und öffentlichen Plätzen, wo sie ohne angestrengte Arbeit das Wenige, was ihnen unentbehrlich ist, als Boten, Träger und Tagelöhner verdienen, sie sind höchst gutmütig und friedfertig und ertragen geduldig selbst Beleidigungen und Neckereien, da Neapels Lokalität alles vereinigt, was eine solche Lebensart überhaupt möglich macht, so entfernt sich nie ein Lazzarone ohne die höchste Not aus dieser Stadt.

Das ist zu lesen im DIARIO DI FRANCESCO CAPECELATRO CONTENTE LA STORIA DEELE COSE AVVENUTE BEL REAME DI NAPOLI-NEGLIANNI oder in Jean Baptiste de Rocoles LES IMPOSTEURS INSIGNES OU HISTOIRES DE PLUSIEURS HOMMES DE NEANT DE TOUTES NATIONS QUI ONT USURPE LA QUALITE D'EMPEREURS ROYS ET PRINCES DES GUER-

RES QU'ILS ONT CAUSE ACCOMPAGNEES DES PLUSIEURES CURIEUSES CIRCONSTANCES, das als „Begebenheiten ausnehmender Betrüger" übersetzt wurde, oder in Hesekiels ABSONDERLICHE MENSCHENKINDER, oder in der GEMISCHTEN GESELLSCHAFT, Gorani weiß nicht mehr wo, ist auch nicht notwendig sicherlich, vielleicht doch in Chledowskis NEAPOLITANISCHE KULTURBILDER, Chledowski, Casimir von, man hat es gelesen, man weiß nun, Lazzaroni, das gibt es in Neapel, Lazzaroni wie Makkaroni und Carafioli, wie Laszoni und Carbonari, und wohl nach dem kranken Lazarus benannt.

Dazu, oder nicht dazu, kann man sich, oder muß man sich, oder muß man sich eigentlich nicht, oder darf sich eine Geschichte, braucht aber nicht unumgänglich, kann sie aber doch erzählen, oder sich erzählen lassen, einfach hinhören oder einfach nicht hinhören, am besten weghören und doch dableiben, dabeisitzenbleiben, aber wer schon bleibt, kann halt zuhörn, Neues nicht zu erwarten, alle Geschichten sind gleichalt und gleichunvertraut und die je neuste ist immer schon längst bekannt, deshalb erzählt die, erzählt euch dazu diese Geschichte. es,

es war einmal ein reicher Mann, der sich das Leben zu einem einzigen Fest machte, und er fand jeden Tag andere Gründe, sich von neuem zu freuen, er liebte es, schöne Gewänder zu tragen, und er wollte schon durch sein Äußeres allen Leuten zeigen, wie reich und glücklich er war, jeden Tag trug er einen anderen Mantel, seine Mäntel waren aus reinem Purpur geschneidert, aus einem Stoff, wie ihn nur Könige tragen, und selbst der Herrgott hätte nicht schöner bekleidet sein können, unter dem Mantel trug er einen Anzug aus weißer

Leinewand, einer Leinewand, die eigens für ihn in Ägypten gewebt wurde, er hatte seinen Reichtum nicht auf unredliche Art erworben, er war kein Wucherer, kein Leuteschinder und kein Betrüger, er hatte ihn von seinen Vorfahren ererbt, und er benutzte den Reichtum nur dazu, jene Lust zu wecken und zu befriedigen, die jeder als Glück kennt und begehrt, im Torweg, der zu dem Haus des reichen Mannes führte, lebte ein Armer, und da man den Armen immer nur liegend sah, nahmen alle Leute an, er sei lahm, auch war sein Körper über und über mit Geschwüren bedeckt, aus denen Blut und Eiter flossen, die Hunde, die keinen Herren mehr fanden, versammelten sich bei ihm und leckten sein Blut und den Eiter ab, und immer, wenn ihre rauhen Zungen über die offenen Wunden fuhren, schrie er vor Schmerz laut auf, wenn ihm jemand einen Teil Brot zuwarf, dann waren die Hunde schneller zur Stelle und fraßen den Fladen vor seinen Augen auf, dieser arme Mann hieß Lazarus, der Name war das einzige, was er besaß, das einzige, auf das er einen kleinen Stolz hatte, denn Lazarus heißt Gotthilft, ob der reiche Mann auch einen Namen gehabt hat, und wie er wohl geheißen haben mag, das weiß man nicht, einige sagen zwar, er habe Nineue geheißen, andere, wie Priscillian, behaupten, sein Name sei Finees gewesen, beide, der reiche Mann und der arme Mann starben, als Lazarus gestorben war, kamen drei Scharen von Dienstengeln zu ihm und führten ihn in das Paradies, wo er sich auf einen Ehrenplatz neben den Erzvater Abraham, der einst sehr reich und deshalb auch sehr fromm gewesen war, setzen mußte, als der reiche Mann gestorben war, wurde er auf das feierlichste zu Grabe getragen und prächtig bestattet, denn selig sind die, die ihr Leben lang Gutes gesehen haben, nun sind sie in Glück und Reichtum gestorben, und ein Gericht ist an ihnen nicht vollzogen, aber der reiche Mann wurde an den Ort der Pein geschickt, wo er Hunger und großen Durst litt, weil das Paradies im dritten Himmel aufbewahrt ist, und weil das Reich der Qualen genau darunter liegt, dort, wo der dritte Himmel auf die Erde aufstößt, konnte der reiche Mann, wenn er den Kopf hob, die Festtafel im Paradies sehen und den Lazarus auf dem Ehrenplatz, da erinnerte sich der Reiche daran, daß er ein Urururenkel Abrahams war, und er rief hinauf und bat Lazarus, daß er einen Finger in einen der Ströme des Paradieses tauche und mit einem Tropfen Feuchtigkeit seine Zunge kühle, aber Abraham verbot es Lazarus und sagte zu dem reichen Mann, indem er ihn mit Sohn anredete, die folgenden Worte, Sohn, du hast in deinem Leben Gutes empfangen aber Lazarus Böses, nun empfängt er Gutes aber du Böses, darauf antwortete der Reiche, indem er eine zweite Bitte vortrug, so schicke Lazarus in das Haus meines Vaters, damit er dort von meinem Geschick berichte, denn ich habe noch fünf Brüder, aber Abraham verbot es Lazarus und sagte zu dem reichen Mann, indem er ihn mit Sohn anredete, die folgenden Worte, Sohn, es gibt viele, die das bereits gesagt haben, auf die sollen deine Brüder hören, der reiche Mann gab sich damit nicht zufrieden und antwortete, indem er eine dritte Bitte vortrug, laß Lazarus auferstehen, wenn er von den Toten auferstünde und zu ihnen ginge, so würden sie ihm gewiß glauben, aber Abraham verbot es Lazarus wiederum und sagte zu dem reichen Mann, indem er ihn mit Sohn anredete, diese Worte, Sohn, wenn deine Brüder nicht auf die hören, die leben, so werden sie auch nicht dem glauben, der von den Toten auferstünde,

vielleicht nach dem kranken Lazarus benannt, Folgerung, die sich für Gorani weniger etymologisch gibt, vielmehr als sie gedacht ist, nicht des Reichen Gebrüder zu ändern, sondern mit Trost zu vertrösten des Lazarus Bruderschaft,

also

nach dem armen Lazarus genannt.

Hingeträumter Sprechgesang, Töne.

Das Wasser trägt die Geräusche weit.

Besonders an den Abenden.

Kein Boot auf dem Golf. Niemand, der singt.

Das Castel dell'Ovo schiebt sich, ein schwarzer Mauerstrich, weit in die Bucht vor. Wenn der Tag sich vollständig über Neapel ausstreckt, legt er dort sein Haupt hin. Von allen Seiten bewirft er den Damm mit seinen Feuern. Dann stehen die Steine in Flammen. In der Stunde vor Nacht aber sammeln sich dort die Dunkel. Aus den Winkeln, wo der Damm vom Land freiwächst und in den Golf einsticht, brechen die Dämmerungszüge auf und überwandern Strand und Straßen. Am Mauerring, der halbrund das Kastell gegen das Wasser abschließt, treffen die spätesten Strahlen zusammen. Sie verlängern den Tag um ein Lied. Dort ein Lied lang Glück, Töne, der absichtslose Sprechgesang, während man tief in die Sonne sieht, bis man sie hinter der Krümmung des Meeres aus den Augen verloren hat.

Die Frucht eines Faulbeerbaums zwischen Wald aufblinken sehen, gibt gute Träume, Träume, die von Farben blank sind.

Und das Lied begleitet das Ohr lange.

Eine Kindheit am Strand, Wellen zerfraßen den Sand, Sterben über dem Meer und den Blick frei für ein Leuchten, der junge Fischer Masaniello, der sein Leben

hingibt und Mutiges wagt für die Armen, für die Freunde, ein leichtes Lied halt.
In die Pausen Töne gelegt. Akkorde. Bauchige Mandoline und wie ein Fisch lebendig unter der Berührung.
Der Spieler sitzt auf dem Weg, der das Kastell umläuft, und die mit ihm hören. Wenn er nicht singt, summt ein anderer.
Alle haben die Schultern gegen die Steine der Mauer gelehnt, ihre Rücken in Jacken aus Leinen. Die Beine liegen auf dem Weg, die Hosen auf dem großköpfigen Pflaster. Mit silbernen Schnallen sind Gürtel und Schuhe geschmückt, geschmückt mit dem Zeichen der Lazzaroni. Sie haben das seidene Tuch vom Hals gebunden und über die Kniee gelegt, in der Seide verfängt sich das Singen. Die zerschnittene Sonne tastet nach den Silbern, als seien es Blüten von Blumenkindern. So hält sie sich eine letzte Weile über dem Meer.
Alle haben ihre Sinne Segel setzen lassen und auf Fahrt ausgeschickt, keiner hört zu. Auch nicht, der spielt. Auch nicht, der singt. Darüber der Himmel wie ein Gesicht ist, schweigsam und in allen Färbungen, violett, beredt, frühviolett, heißviolett, dunkelviolett, nachtviolett. Die Segel kreuzen über die Gewässer des Tags. Sie fahren gegen die Strömung, sie treiben den Abend in den Morgen zurück, sie steigen über die Strände und Kais, segeln die Stadt hinauf und werfen im Mittag die Anker.
Mittag auf einem Platz. Auf dem Platz vor dem Schloß. Sie haben ihre Gewohnheiten. Sie versammeln sich, sie hören dem Capo Lazzaro zu, oder sie bestimmen neue Beisitzer, sie schicken ihr gewähltes Oberhaupt zum König der armseligen Reichen, das neugeborene Kind zu sehen und allen weit über den Platz zu zeigen.
Später holen sie die Anker auf, einer nach dem ande-

ren, und die Segel befahren mit dem Wind Gassen und Kais und kehren zur Zeit zurück.
Die Sonne hat sich hinter das Meer gekniet, sie beugt sich über ein anderes Land.
Das Wasser ist fast weiß.
Die Küsten des Golfs treten dichter zueinander, Gegenstände der Nähe, eine Landschaft mit sicheren Namen, die in die Sinne einwächst und vor den Augen plastisch bleibt. Kein Hintergrund. Noch einmal lassen alle die Segel richten, die streichen mit den Kielen über die Körper des Landes, die Namen bauen sie vor sich in die Luft, Mare, Capri, Campanella, Sorrento, Castellamare, Vesuv, Somma, Portici, Limon, Portus Nisidia, Molo, Castel Nuovo, Mons Nuus, Pozzuoli, Baja, Villa Luculla, Procida, Ischia, Mare. Mit den gewissen Wörtern, mit den Tönen, mit dem hingeträumten Sprechgesang zwischen den Rahen laufen die Segel auf die Steine vor dell'Ovo auf, landen an.
Alle hören zu.
Auch der, der singt.
Auch der, der spielt.
Bestimmt *nach dem kranken Lazarus genannt*,
aber das ist eigentlich uninteressant und kaum von Belang, von denen weiß das sowieso keiner, Diogenes von Sinope läge ihnen schon näher, auch deshalb, weil er kein Schrifttum nachgelassen hat, soweit Gorani weiß, die Lazzaroni könnten ihn doch kaum lesen, können überhaupt nicht lesen, nur leben, seinem Grundsatz nachleben, diese Sklavenmoral, BEDÜRFNISLOSIGKEIT MACHT FREI, frei von der Gewalt aller Gewaltigen und Gewalten, denn ein Berg ist gewaltig, Eisen zerschneidet ihn, Eisen ist gewaltig, Feuer durchdringen es, Feuer ist gewaltig, Wasser löschen es, Wasser sind gewaltig, Wolken tragen sie, Wolken sind ge-

waltig, Luft zerstreut sie, Luft ist gewaltig, ein Körper trägt sie, ein Körper ist gewaltig, Angst zerbricht ihn, Angst ist gewaltig, Wein schwächt sie, Wein ist gewaltig, Schlaf vertreibt ihn, und der Tod ist gewaltiger als alle, Bedürfnislosigkeit aber errettet vom Tod, denn es steht geschrieben,
DU SOLLST NICHT BEGEHREN.

WIR HABEN SEINEN STERN GESEHEN

Gorani schreibt einen Brief.

Madame Marianne,

Sie wollen die Geschichte von dem Blitzschlag hören, aber ich weiß nicht, ob man darüber jetzt schon viel erzählen kann. Er ist tatsächlich mitten in die höchste neapolitanische Gesellschaft eingeschlagen, um zu beweisen, daß neapolitanischer Stumpfsinn und neapolitanische Rückständigkeit selbst den Unmut des Donners herausfordern. So wurden denn auch alle Anwesenden irgendwie betroffen. Jedoch sind die Folgen im einzelnen noch nicht abzusehen. Fest steht, daß er dabei unter die Röcke einer gewissen galanten Dame gefahren ist, die neben mir auf dem Sofa saß. Er hat die goldene Schnalle am Strumpfband der Dame zerstört, ihre eigentliche Schönheit aber respektiert.

Der Chevalier Hamilton hier parodierte den Blitz mit einer sogenannten elektrischen Maschine, er gab sozusagen den Tankred mit Marionetten. Er glaubte an den blitzableitenden Draht. Unser neapolitanischer Blitz aber hat sich von Drähten nicht ableiten lassen. Er ist dem Weg seiner Natur und seiner Begeisterung gefolgt. Man erzählt sich hier, ich sei an dem Gewitter nicht un-

Krippe, 9. Station

schuldig. Sie wissen, ich liebe den Blitz, ich danke den Göttern, die ihn senden; aber ich finde sie darum nicht achtenswerter.[Anm.]

Anm. Da die Aufzeichnungen, die der Autor aus Neapel mitgebracht hat, sehr umfangreich und unübersichtlich sind, ist es leicht möglich, daß der oben abgedruckte Brief eine andere Person als Gorani zum Verfasser hat. Das zweite Drittel der ersten Hälfte des letzten Satzes läßt diese Vermutung berechtigt erscheinen.
In der Tat hat eine gründliche Wort- und Stilanalyse des Briefes den Herausgeber zu der Entdeckung geführt, daß das Schriftstück auch Passagen enthält, die sich wörtlich in einem Brief finden, den der Abbé Galiani unter dem Datum *Neapel, den 15. Mai 1773* an die Vicomtesse de Belsunge, Tochter der Frau von Epinay, gerichtet hat. Jedoch erscheint es dem Herausgeber höchst zweifelhaft, im vorliegenden Brief eine Frühfassung oder eine Abschrift mit nachträglichen Konjekturen des Galiani-Briefes zu sehen, spricht sich in den Zeilen doch die besondere betrachtende Erlebnisart aus, dieses Auf-sich-wirken-lassen, das zu Wirkungen führt, die den Verfasser des Buches „Krippe bei Torres“ so eigenartig kennzeichnet. Zwar muß Galiani als eine bedeutend kritische Figur angesehen werden, und man hat deshalb Grund, Ferdinand Galiani und Joseph Gorani in einen direkten Zusammenhang zu bringen, aber bei genauer Durchsicht stellt man fest, daß der Brief im Zusammenhang der „Krippe bei Torres“ vielleicht eher auf zukünftige Notwendigkeiten und Möglichkeiten, die sich für den Verfasser mit Gewißheit aus seinem Neapelaufenthalt ergeben, als auf ein realistisches Geschehen anspielt. Ein solch allegorischer Vorausblick aber lag Galiani noch fern. Deshalb ergibt sich für den Herausgeber die Autorschaft Goranis als zwingend.
Dies Urteil wird zusätzlich bestärkt durch die Beobachtung, daß der Verfasser des Briefes selbst eine Art Gewitterprozeß durchgemacht haben muß, wovon die gediegene Einsicht in die Wesensart des Blitzes zeugt. Das aber heißt, daß der Brief – auch und gerade aufgrund des leicht mißverständlichen letzten Satzes – nach der französischen Revolution geschrieben sein muß. Der gutwillige Leser wird selbst zu dieser Überzeugung gelangen, wenn er den Geist des Briefes mit den Nachrichten vom Leben des Verfassers der „Krippe bei Torres“ vergleicht, die deshalb hier mit eingerückt werden.

> *Gorani,* Joseph, Graf von, ein politischer Schriftsteller, geboren 1740 in Mailand, aus einer alten angesehenen Familie, war sehr wissenschaftlich gebildet und trat später dem literarischen Club, das Kaffeehaus genannt, bei, stand mit Voltaire, Diderot, d'Alembert und dem Baron Holbach in Briefwechsel und gab unter dem Titel „Il café" eine Zeitschrift über Gegenstände der gesellschaftlichen Verwaltung heraus, an der auch Galiani mitarbeitete. G.s Club versammelte sich gewöhnlich bei dem Grafen Verri, dem Verfasser der „Römischen Nächte", Mitglieder des Clubs waren unter anderen Lambertenghi, der Abbé Paul Frisi und der Graf Beccaria, der hier sein berühmtes Werk „Über Verbrechen und Strafen" entwarf. Später verteidigte der Club die Sache der Französischen Revolution, und zwar G. am heftigsten, der 1792 endgültig in Frankreich seinen Wohnsitz nahm. In seinen „Memoires secrets et critiques sur les cours d'Italie" (3 Bde., Paris 1793), in der Abhandlung über den Despotismus und der Untersuchung über die Wissenschaft der Regierung weht ein revolutionär-demokratischer Geist. Dieses, sowie überhaupt seine Grundsätze über Freiheit und Gleichheit, über die Rechte des Volkes und über die Aufhebung der Geburtsunterschiede gaben Veranlassung, daß er aus der Liste des mailändischen Adels gestrichen und sein Vermögen eingezogen wurde, wogegen ihm die Nationalversammlung den Titel eines „Französischen Bürgers" verlieh. G.s Austritt aus der Katholischen Kirche, die ihn 1789 wegen seiner Beteiligung an der Pariser Revolution exkommuniziert hatte, folgte 1794 der Übertritt in die Reformierte Kirche und G.s Übersiedlung nach Genf, wo er seine Gedanken der wahren Revolution zu verwirklichen suchte. G. starb in Genf Ende 1819.

Jedoch enthält der abgedruckte Brief einige Probleme, zu denen die Biographie Goranis keine klärenden Hinweise anbietet. Da ist z. B. das Problem der Briefanrede „Madame Marianne". Weder im Bekannten- und Freundeskreis Galianis, weder in der Umgebung der Frau von Epinay, noch im Zusammenhang mit Gorani taucht eine Person gleichen Namens – sieht man vom vorliegenden Schriftstück ab – irgendwo auf. Das legt eine, oben schon angesprochene, allegorische Deutung nahe, wobei sich dann hinter

„Marianne“ eine Anrede an Frankreich als Nation verbirgt. Die Übertragung dieses Namens auf die Nation kam aber erst nach der Revolution in Gebrauch, was die Gewißheit der Autorschaft Goranis zwingend bestätigt.

Aufgrund all dieser Ergebnisse, die auf Forschungen des Herausgebers zurückgehen, hat es ein Freund desselben, der von ihm hochverehrte Professor Charles Miquel, unternommen, den Brief genauer zu datieren. Er ging dabei von der allegorischen Anrede-Interpretation aus und stellte die Frage, was dieser Brief dem französischen Volk eigentlich mitteile. Dabei reichte ihm die Erklärung des Herausgebers, der Brief deute im Kontext des Buches Künftiges an, nicht aus. Im Gegenteil löste er den Brief aus dem Textzusammenhang und versuchte, den „Sitz im Leben“ herauszufinden, also den „Blitz“ als Wortbild auf konkrete Ereignisse zurückzuführen und ihn aus solchen zu erklären. Nach seiner Überzeugung gehen dem Brief der neapolitanische Volksaufstand, die Vereinigung der neapolitanischen Revolutionsarmee mit dem Heer der Französischen Republik und die darauffolgende Gründung der Parthenopeischen Republik in Neapel im Jahr 1799 unmittelbar voraus. Unter diesem Aspekt erscheint auch die Erwähnung des britischen Gesandten Hamilton in einem neuen Licht, der, wie bekannt, im Zusammenwirken mit der Königlich-Englischen Flotte unter Admiral Nelson die führende Rolle zur vergeblichen *„Rettung Neapels vor der Pöbelherrschaft“* gespielt hat. Das Scheitern dieses Versuchs in seiner Zwangsläufigkeit stellt der Brief mit feiner Ironie deutlich dar. Nach Miquels einleuchtenden Überlegungen, die sich der Herausgeber hiermit gern zueigen macht, muß Gorani den Brief also in der Woche zwischen dem 25. und 31. Januar 1799 verfaßt haben. Absicht des Briefes war es demnach, den Bürgern der Französischen Republik auf heiter-galante Art, den revolutionären Impuls Neapels zu vermitteln, verbunden mit der Aufforderung, nicht nachzulassen in der Wachsamkeit und in der Verwirklichung der Menschenrechte, deren Ziel der Briefschreiber darin sieht, daß jedem Individuum die Freiheit, das Recht und die Pflicht zuerkannt wird, seinen persönlichen Beitrag zur Vervollkommnung einer neuen Gesellschaft zu leisten. So jedenfalls dürfte der vorletzte Satz des Briefes zu verstehen sein. Leider konnte bisher nicht festgestellt werden, ob sich Gorani zur fraglichen Zeit überhaupt persönlich in Neapel befunden hat. Es gibt Anzeichen, die einen Aufenthalt in Berlin wahrscheinlich machen. Doch ist der Brief, un-

abhängig von seinem Entstehungsort, ein beredtes Zeugnis für die wichtige Rolle, die Joseph Gorani seinem Neapelbesuch innerhalb der Stationen seines Lebens beimißt.
Das alles heißt aber zugleich, daß der Brief nach Miquels Ansicht überhaupt nicht in das Buch „Krippe bei Torres“ oder allenfalls an dessen Schluß gehört. Da der Verfasser jedoch den Brief hier zwischen die Achte und die Zehnte Station eingeordnet hat, will ich mich als der Herausgeber den Gründen des Verfassers, die ich nicht kenne, schweigend beugen. Der Herausgeber

KAMEN DIE WEISEN VOM MORGENLANDE GEN

Könige sind seltene Tiere und gehören daher der Allgemeinheit.
Man muß sich nur zur Allgemeinheit zusammenfinden.
Stellt sich ein Einzelner einzeln neben einen Einzelnen, dann sind das zwei Individuen, die Allgemeinheit ist das noch nicht.
Aber so irgendwie muß das mit der Allgemeinheit anfangen, so ähnlich jedenfalls. Zwei machen den Beginn, Männer natürlich, oder auch Frauen beide, nur nicht Frau und Mann, Mann und Frau, das sind keine Individuen, zwei Wesen, und auch nicht mehr Einzelne, das dann schon gar nicht mehr, und bis daraus Allgemeinheit wird, da muß man noch abwarten, muß die Allgemeinheit aufschieben für ein knappes Jahr, aber jetzt und hier werden alle gebraucht, Männer und Frauen und Kinder, Mädchen, Greise und Beamte, alle, jeder, er muß sich einzeln und persönlich vor, neben, hinter, über alle und jeden stellen, dicht zusammenkommen, da steht sie in der Straße Toledo, ein lang und mitten durchgeteilter Meeresarm, die Allgemeinheit.
Neapel, die Stadt am Golf, zeigt keine Veränderung.

Krippe, 10. Station

Die Straßen liegen leer. Fischer, Obsthändlerinnen, Ruffiani, Bettler, die hier selten sind, Makkaroniverkäufer, Paglietti, Lazzaroni, die Mädchen und wer sonst noch zum öffentlichen Leben gehört, haben sich in die Toledo eingeklemmt, haben sich zur Allgemeinheit konstituiert, vor das Schloß hat jemand Regimenter hingestellt, Wach-Garde-Und-Leibsoldaten, Fahnen sind befohlen, Musiken. Im Portal, von Ministern und Ministranten umkränzt, übt die Königin das Lächeln.
Vom Schloß aus ist die Länge der Straße nicht zu übersehen, Einblick hat man nur in die ersten hundert Meter, bevor die Straße schrägwinklig abbiegt und dann gerade bleibt. Die Allgemeinheit, die die Königin, während sie lächelt, *dieses Volk* nennt, belagert die Straße beidseitig bis dicht unter das Schloß, breite Tiere, Aale, die sich über einen Sand winden, aus ihren Bewegungen, am Zucken, dem sich Vorundzurückschieben, erkennt man, was in der Straße vorgeht, erfährt man, wie weit MAN gekommen ist, ein Kurier nicht vonnöten, MAN ist schon nah.
Da müssen die Reiter gleich in der Biegung auftauchen. Vor ihnen her durch die schmale Gasse, die die Allgemeinheit gerade noch freiläßt, gerade noch dreireiterbreit, stelzt auf hohen Fingern das Licht.
Jetzt vor der Biegung.
Hinter dem Licht her die Reiter, dann das kleine Gefolge, Offiziere, und schließlich die Menge, die, wenn der Zug eben vorüber, vorbei ist, die Gasse schließt und nachdrängt, den Leuten nach, den Reitern nach, dem Licht nach.
Das ist alles schon gewesen, ist eigentlich längst zuende, Vergangenheit, dieser Einritt zu dritt, Ferdinand in der Mitte, der Landesvater, rechts Schwager Joseph, der eigentlich schon tot ist, auch gestern schon tot war, und

links der schwedische Gustaf, alles schon vorvergangen, gestern, die Begrüßungen schon ausgetauscht, die Bruderküsse geküßt, die Reden geredet, die Berichte berichtet, die Ermahnungen ermahnt, die Danksagungen gesagt, die Abschiede verabschiedet, Besuch schon beendet, und das jetzt alles noch einmal, nur weil das Volk nicht da war, nicht aufgeboten war rechtzeitig, sondern nach Plan bestellt und sich laut Protokoll erst am Nachmittag, jetzt im Nachmittag, versammelt hat, die Könige zu grüßen, alles noch einmal, Einritt, Küsse, Reden, Lächeln, Abschied, alles wegen der Allgemeinheit.
Die schüttelt ihre Arme in der Luft aus, die wirft mit ungeübten Gesten Blumen zur Straße, die schleudert Laute in die Luft, Worte, die nicht zu verstehen sind, was soll man schon rufen.
Die Pferde nehmen die Hufe sehr gleichmäßig vom Pflaster, heben sie über die Blätter weg, jedes eine rechte Hand, der hinten eine linke nachfolgt, dann hinten die rechte, der schon eine linke voraus ist, darüber, hoch, die Könige, sehr aufrecht, Ferdinand mit dem kindischen Lachen, das immer die braunen Zähne freilegt, die Gäste freundlich ernst, ernst freundlich.
Die Bewegungen verharren.
Arme verbleiben in der Luft, wie von Fäden gehalten, Hände, die halb geöffnet sind, erstarren, bewahren in sich noch einen blassen Geruch von Agavenblättern und können sich nicht schließen, Rufe, die ruhen zwischen der Luft wie Mützen aus oder legen sich quer über die Zunge, die rechten Vorderhufe der Pferde schweben knapp über dem Staub, eingeschnitzt ins Holz einer ewigen Sekunde, Laokoon, die Reiter halten die Augen fest am unsicheren Ziel, die Mundwinkel bleiben leicht verstellt, Ferdinand in der Mitte zwischen Kaiser und Nordlanddiktator.

Die Zeit wartet. Sie nimmt einen tiefen Atem mit von dieser Sekunde, die in die Geschichte eingehen wird, dieser Stunde der Begeisterung und der Freundschaft, dieser rührenden Eintracht von Volk und Führern.
Gorani hat Ruhe, sich das Bild der übervölkerten Straße Toledo einzuprägen.
Joseph, des HEILIGEN RÖMISCHEN REICHES DEUTSCHER NATION Kaiser, sitzt mit steifem Kreuz, den Kopf etwas zurückgeneigt, im Sattelzeug. Wer ihn so sieht, muß meinen, der Stillstand der Zeit habe ihn in einer besonders unbequemen und nachteiligen Stellung überrascht, aber wer ihn durch Abbildungen, Geschichtsbuchillustrationen kennt, Chodowieckis Stich zum Beispiel, KAISER JOSEPH UND FRIEDRICH DER EINZIGE KOMMEN IN MÄHRISCH-NEUSTADT ZUSAMMEN, der erkennt ihn sofort, die gewisse Steifheit, die weit in das Haar eingerodeten Stirnwinkel, die Frisur à la mode, Zopf und eine Haarrolle von Ohr zu Ohr, aber die Beinproportionen stimmen nicht überein, die hat der Chodowiecki, das auch à la mode, überlängt, nur der Mund, der liegt immer klein, fast schüchtern, unter der gratigen Nase, beinahe weiblich, neben den vollen Backen, obwohl jedes Kind weiß, Joseph redet gern und sehr viel und hört sich auch selbst zu mit Leidenschaften,
du mit deiner Trägheit, Schwager, und deinen Passionen zur Jagd und Fischerei, wer dich nicht kennt, hält dich für einfältig, jawohl, er muß meinen, du seist unfähig zum Regieren, vielleicht bedauert er sogar dein Volk, daß es sich von einem solchen König regieren lassen muß, aber ich weiß, du bist weder ein sehr gelehrter Kopf, noch ein ausgezeichnet dummer, und du bist abwechselnd stark und wieder schwach, jedoch letzteres öfter als ersteres, widersprich du mir nicht, doch, du

kannst auch gütig und wahrheitsliebend sein, kannst gelegentlich sogar das öffentliche Wohl deinen Jagdinteressen vorziehen, wenn du es bemerkst, aber du bemerkst es eben nicht, ja, meine Schwester, du hast recht, sie ist eigensinnig und läßt dich nie aus dem Auge, es sei denn du jagst oder fischst, aber in der Zeit herrscht sie, eine echte Maria-Theresia-Tochter, sie hat es schon immer verstanden, die Augenblicke, wo sie alles, was sie durchzusetzen wünscht, durchsetzt, gut zu wählen, aber das Schlimme bei euch ist dieser Akton, den du zum General und jetzt sogar Minister gemacht hast, nur weil Karoline einen Geliebten braucht, ich hab ihn ihr bisher leider auch nicht ausreden können, diesen irischen Seeräuber, so machen die beiden mit dir, was sie wollen, ich sag das, obwohl es um meine Schwester geht, aber ich hab an Mama gelernt, Frauen gehören nicht auf den Thron, laß mich ausreden, ja, ja, du wehrst dich gelegentlich gegen ein Edikt, und was tust du, du fluchst, du stampfst mit den Füßen auf, wirst ungestüm, aber dein Zorn verlöscht so schnell als er entflammte, du unterschreibst und gehst auf die Jagd, um dich abzutrösten, wie du es nennst,

Nun höre du auch einmal mich an. Du schläfst hart. Du schläfst wenig. Ißt in der Eil und verdaust schlecht. Unaufhörlich bist du mit Lesen beschäftigt. Du meditierst. Du gibst dir unsägliche Mühe. Du machst dich zum Unglücklichsten aller Menschen. Und bei dem allen geht dir alles schlecht. Deine Untertanen fürchten dich. Bald werden sie dich hassen. Und ich, mein Lieber, ich bringe meine Nächte ruhig hin. Ich esse mit Appetit und verdaue gut. Ich tue soviel Gutes als mir mein gemeiner Menschenverstand eingibt. Meine Untertanen lieben mich. Sie sind zufrieden mit mir. Aber das beste ist, sie lieben mich, ob ich es mir gleich ihretwegen nicht den hundersten Teil so sauer werden lasse wie du um die deinigen. Ich fühle ganz den Unterschied, der zwischen uns ist. Als ich im Vorjahr abreisen wollte, habe ich mich, sozusagen, von meinem Volk wegstehlen müssen. Dagegen sind deine Untertanen nur dann froh, wenn du außer Landes bist. Glaube mir, gönne dir ein wenig Ruhe, und vergönne den anderen die ihrige auch.

Und derweilen sind deine Reiche voller Unordnung, Aberglaube herrscht und Unbildung, keine Schulen, eine Universität, an der seit zwanzig Jahren gebaut wird, Priesterseminare zählen nicht, Mönche und Grundbesitzer treiben ihren Mutwillen mit Preisen und Pächtern, es gibt keine festen Gesetze und Regeln für das Gerichtswesen, der Staatsapparat mästet sich, die Verwaltung taugt nichts, keine Verleger, und für das wenige, was gedruckt wird, Bücherzensur, ein König, der keine Bibliothek hat und kein Kunstverständnis, wo soll das auch enden mit euch, das,

Ich begreife nicht, was dir die Gelehrsamkeit hilft. Du liest unablässig. Dein Volk tut dirs nach. Und indes herrscht unter ihnen eine stille Traurigkeit. Deine deutschen Städte, deine Hauptstadt, der Hof, alles, was dir angehört, hat, ich weiß nicht was für einen Anstrich von Trübsinn. Ich weiß gar nichts. Und kann über nichts sprechen. Und mein Volk ist munter. Ich stürbe nach vierzehn Tagen, wenn mein Neapel deinem Wien gliche.

Daß deine Regierung nichts taugt, das weißt du doch hoffentlich,

Ich weiß wohl, daß die Administration meiner Staaten nicht fehlerfrei ist. Da ich aber von meiner Unwissenheit überzeugt bin, fürchte ich mich, das Geringste anzurühren. Aus Furcht, die Mißbräuche zu vermehren,

statt sie abzuschaffen. Alles ändern ist leicht. Aber zum Guten ändern, das ist der so schwer zu treffende Punkt. Schlüge man mir nützliche, wirklich die Welt bessernde Verbesserungen vor und überwiese mich, daß sie es wären, mit Vergnügen wollte ich sie annehmen. Allein, einen Fehler an Stelle eines anderen setzen, und oft einen nachteiligern, als den man ausrotten wollte, das heißt Torheit zu Torheit häufen. Ich werde alles auf dem alten Fuße lassen, bis man mir die Möglichkeit einer wesentlichen Veränderung zeigt, damit ich meine Untertanen nicht fruchtlos quäle. Du, der du alles umkehrst, der du von der Neuerungswut ergriffen bist, mußt wissen, daß für uns andere Fürsten die Halbgelehrsamkeit, die Scheintalente eine Klippe sind und für unsere Untertanen eine tötende Landplage.
Wird das auch wiederholt, soll ich mir das alles noch einmal anhören, ich, der Ferdinand so gute Ratschläge gegeben hat, die der längst vergessen hat, der, ein König das, Ferdinand, wie kann ein König nur Ferdinand heißen.
Der sitzt, ein wenig seitlich vom Pferd weggebeugt, ein Kunstreiter, der mitten in der berühmtesten Bewegung auf ein Papier gebannt ist, und was das starre Gesicht nicht zu erkennen gibt, das bestätigt der angehobene Arm, Ferdinand hört noch dem Bericht nach, den Gustaf gestern gegeben hat, gegeben von seinem Staatsstreich, hört ihn mit einer Bewunderung, Neugier.
Als mein Vater starb, befand ich mich in Paris. Der leitende Minister Frankreichs, der Herzog von Choiseul, der die Wiederherstellung einer unumschränkten schwedischen Königsgewalt auch im Interesse Frankreichs wünschte, bestärkte mich in meinen Ansichten und Plänen und ließ mir einen Teil der rückständigen Hilfsgelder ausbezahlen. Die Uneinigkeit des Adels, der Haß

des Bürger- und Bauernstandes gegen die drückende Adelsherrschaft und die allgemeine Not des Landes kamen mir für mein Unternehmen sehr zustatten. Mein Entschluß stand fest, mit Hilfe der beiden unteren Stände und mit der Unterstützung der jüngeren Offiziere die Adelsaristokratie zu stürzen und dem Thron die ihm entrissene Gewalt zurückzugeben. Zunächst aber hielt ich, als ich nach Schweden zurückkehrte, meine Pläne geheim, ich unterschrieb sogar die neue Versicherungsakte vom 4. März 72, durch die die königliche Gewalt noch mehr eingeschränkt werden sollte. Im Geheimen aber traf ich alle Vorbereitungen. Oberst Sprengtporten gewann mir die Offiziere in Stockholm, meine Brüder, Karl und Friedrich, schickte ich nach Schonen und Ostgotland, andere Freunde waren in den übrigen Teilen des Landes für mich tätig. Auch eine neue Verfassung ließ ich im Stillen ausarbeiten. Am 11. August erließ, so war es abgesprochen, Hauptmann Hellichius in Christianstad einen Aufruf, worin die Reichsstände als die Urheber der verzweifelten Lage des Vaterlandes angeklagt wurden, und er sagte ihnen den Gehorsam auf. Das war für alle das Zeichen der Erhebung. Zur Unterdrückung des Aufstands zog mein Bruder Karl auf Befehl des Reichsrates einige Regimenter zusammen und marschierte nach Christianstad. Ich hatte damit gerechnet. Die Regimenter, die dadurch in den Süden verlegt wurden, konnten mir im Augenblick nicht gefährlich werden. Wie vereinbart, übergab Hellichius Christianstad natürlich nicht, und mein Bruder belagerte zum Schein die Stadt. Weil kein Angriff auf Christianstad durch Karl erfolgte, faßte der Reichsrat Argwohn. Er gab Befehl zur Verstärkung der hauptstädtischen Garnision und forderte Karl auf, seine Truppen einem anderen Befehlshaber zu übergeben. Ich wußte, ich durfte keine Zeit verlieren. Am 19. August begab ich mich in den Reichstag. Die Mitglieder verlangten, ich solle ihnen den Brief vorlesen, den ich am Abend zuvor von meinem Bruder erhalten hatte. Ich weigere mich. Die Mitglieder rufen nach der Garde und verlangen meine Verhaftung. Ich werde umringt. Ich lege meine Hand an den Degen und ziehe

Und was hat die Königin von Schweden diese ganze Zeit über gemacht?

Madame, die Königinnen von Schweden mischen sich nie in Staatsangelegenheiten.

Ob ich den Bericht heute zuende höre, nein, sicher nicht, Maria Karoline wird an der gleichen Stelle unterbrechen, sie wird an eben der Stelle dieselbe Frage haben, und so werde ich nie wissen, wie es ausgegangen ist, und Gustaf wird bei uns niemals zu einem Schluß kommen mit seiner Erzählung. Ich sehe wohl, daß die Könige von Schweden klüger sind als die von Neapel. Sie haben auch ganz recht. Darin ja.

Warum nur diese Wiederholungen, das Volk, wen interessiert das schon, mich haben sie jedenfalls nicht erst gefragt, immerhin, ein Bild friedlicher Begeisterung, wie es so dasteht, und war doch nicht unbedingt zu erwarten nach meiner römischen Vesper. Die sind hier noch besessener in Punkto Frömmigkeit, habe ich mir sagen lassen, da hätte so etwas leicht, auch wenn es niemals Inquisition gegeben hat hier in Neapel, wie man mir versicherte, einen gewalttätigen Ausgang nehmen können.

Als Reiter wirkt Gustaf eher schwer, sein starkes Gesicht, die sehr spitze Nase, straffe Lippen darunter und das feste Fleisch auf den Backenknochen, mit roten Pigmentflecken, Aderngeflecht bis zu den Haarwurzeln hin und noch von der doppelten Haarrolle überdeckt, die

Augen scheinen blind, so groß starren sie, blind, wenn nicht blind, dann kurzsichtig. Bestimmt kurzsichtig.
Ich weiß mit diesem Land und seiner Gesellschaft nichts anzufangen, es ist zu heiß hier, um hier überhaupt warm zu werden, Neapel, das gäbe ein günstiges Aufmarschgelände ab für die Wintermanöver meiner Flotte, der kommodeste Platz, den ich kenne, die drei Kastelle bieten nur unwesentlichen Schutz, ihre Mauern stehen morsch, die Geschützwerke überaltert, und das kostete kaum Zeit, gerade soviel, um zwischen Ischia und Capri mit der Flotte den Golf zu sperren, um zwei Regimenter an der Mündung des Volturno zu landen und vier bei Amalfi, von denen zwei an der Küste aufwärts gegen die Stadt vorrücken, während die restlichen Kompanien den Vesuv umgehen und von Nola her Neapel das Hinterland verlegen, die am Volturno an Land gegangenen aber von Norden her aufmarschieren müßten die Straße von Averso, kaum Zeit, vielleicht zwei Stunden, gerade zwei Stunden, bliebe nur für den, der sich flüchten will, Baja, ein Baja für die Königin, wo Schiffe längst vor Anker wären, die Schiffe, die am Volturno Mannschaften ausgesetzt, aber was soll ich mit der herrschsüchtigen Karoline auf meinem Kriegsschiff, sie würde mir den ganzen schönen Krieg vermasseln mit ihrer angelesenen Geschwätzigkeit, nein, auf Neapel verzichte ich. Das ist übrigens der einzige Unterschied zwischen gestern und heute, daß sie mich größer verabschieden wird, daß ich abreise mit dem Vergnügen, sie zu vergnügen, indem ich abreise.
Die Reiter holen die Augen vom unsicheren Ziel zurück, Ferdinand sitzt im Sattel aufrecht, die Pferde schlagen den Huf vor sich in den Staub, die Allgemeinheit zieht die Arme aus der Luft zurück, die Finger klappen über die Handflächen, die Agavenblätter haben sich

mit der Straße vereint, die Worte trudeln durch die Luft ohne Schwerkraft, die Zeit gibt der Erde eine nächste Drehung auf.
Jetzt in der Biegung.
Jetzt vorm Schloß.
Im Portal die Königin übt das Lächeln.
Das Lächeln gilt Bruder Joseph und Gustaf, bestimmt Joseph, auf keinen Fall der Allgemeinheit.
Der nicht.

UND LIESS VERSAMMELN ALLE HOHENPRIESTER UND SCHRIFTGELEHRTEN

Laffaro.
Unter dem bleichen Nachmittagslaken haben die Vögel ihr Spiel mit der Stadt. Sie sind gut zu erkennen. Treiben zwischen der Luft, folgen fallenden Routen, setzen, ehe sie hinter die Häuser niedergehn, fahrige Flügelbewegungen an. Sie stürzen Winden voraus, bahnen Richtungen und Durchfahrten für die Böen, Winde, Böen, die es nicht gibt, von denen wird das Haar nicht unruhiger, werden die Pinien nicht gebeugt, bleibt nicht stiller die Stadt.
Doktor Gattis Haus hat einen Garten.
Die Tauben kennen ihren Weg. Hinter den Magnolien stoßen sie in die Luftsee ein, schrägen zum Palazzo der dicken, blauroten Fürstin Duro, die wie ein Marktweib aussieht, hinüber, arbeiten sich in einer Geraden zum Castel Sant' Elmo hinauf, um von dort hinabzuspiralen und in genauem Bogen zwischen Certosa di San Martino, wo Riberas KREUZABNAHME besichtigt werden kann, und der Kirche St. Philippo de Neri, die sich mit Giordanos VERTREIBUNG DER HÄNDLER AUS DEM TEMPEL ausgeschmückt hat, auf Gattis Haus zuzudrehen, die Terrasse, die das Haus mit dem

Garten verbindet, einen Lidschlag lang zu überschatten und dicht auf die Agaven abzugleiten, dann noch ein Federngerüttel, eine schmale Kursberichtigung mit den Schwanzspitzen, Eintauchen hinter das Magnoliengebüsch, wo Gattis Taubenhaus steht.
Auf der Terrasse, auf den marmorierten Bänken sitzen um einen Lehnstuhl gereiht Intellektuelle, Herren mit Bauch, Gatti, Coletta, der Historiker, seine STORIA DEL REAME DI NAPOLI ist eben in Vorbereitung, Don Melchior Delfico, Medaillensammler und Kartograph, Don Paskal Buffi und Franziskus Xavier Gualtier, die Bibliothekare, Rizzo Zanoni, Hofgeograph, Abt Malarbi, Naturkundler, besonders Mineraloge, Herr Daniel und Ciccio Minardini, die es mit den Antiken treiben, auch Philippe Karolini, der eine Abhandlung über die MEERPOLYPEN herausgebracht hat, und der Physiker Poli und Herr Candida, jener berühmte Meister der Insektologie, schließlich der Marquis de Palmieri, der, wie bekannt, ein Buch über die TAKTIKEN BEIM KRIEGE verfaßt hat, das sogar von Friedrich dem Großen Billigung erfahren, Doktor Torres und Gorani, nur Don Vincent Sentoli fehlt im erlauchten Kreis, dieser Altertumsgelehrte und Steinkohlengrubenfachmann, der sich auch in Chemie wohl erprobt hat, der ist Erzpriester von della Rocca San Felice, das liegt mehrere Meilen vor der Stadt.
Auf der Terrasse der Lehnstuhl zeigt harte Formen. Kurze vierkantige Beine halten einen breiten Sitz mit steiler Rückenlehne, über die nur der Scheitel des im Sessel Sitzenden hinausragt. Gorani sieht eine gepflegte Frisur, kein nach hinten glattgekämmtes und zum Zopf gebündeltes Haar, eher sehr locker und zu einem künstlichen Wellengang über dem Schädel, der sich darunter befinden muß, zurechtgelegt, ausgebleicht oder schon

weißlich, ein Haargefüge. An den Seiten des Sessels unter den Lehnen zwängen sich Rockschöße vor, sie hängen, zwei tote Zungen, über den Terrassenstein. Die Lehnen, poliertes Holz, vielleicht mit einer Einlegearbeit, zwei hellere oder zwei dunklere Geraden, verziert, folgen nur halb der Länge des Sitzes, biegen dann in einen Kreisbogen um, konkav, also zum Sessel hin eingerundet, so daß, wer seine Arme auflegt, die Hände frei in der Luft hat, auf der vorderen Sitzkante über den Beinen ruht der Lehnenbogen auf und verbindet sich mit dem Stoff, der Sitz und Rückenlehne überspannt, streifiges Tuch, möglich Seide.

Gorani erkennt, ein englisches Sesselmodell und nicht mehr so ganz modern, wenigstens dreißig Jahre alt.

Von den Beinen des Sitzenden sieht Gorani nichts. Über die Seitenlehnen hinaus hängen die Hände, wulstig, aber die Finger sehr sauber, wie sie nur pflegen kann, wer täglich mit ihnen umgeht. Kein Bildhauer folglich oder Maler, auch kein Altertumsforscher, die tragen immer das Zeichen der Zunft unter den Nägeln, erdene Farben, Ocker und Ultramarin, auch nicht Musiker, dazu schweben die Finger zu ruhig, zu ungelenk über den Lehnenbögen, wohl ein Schriftsteller, hängende Hände eines Schriftstellers, dem es gut geht, Laffaro, Novellist und Sekretär des Kronrats, Schreiber und Protokollant, ein Anwesender, wo über das Wohl und das Weh des Reichs geredet wird, Quelle der Neuigkeiten und selbst gern ein Mittelpunkt, Don Juan Laffaro, Dichter.

Der schnauft ein wenig.

Die Herren schweigen, sie warten auf etwas, das Laffaro sagen wird, erwarten Bericht von der heutigen Kronratssitzung.

Das weiß man, es hat sich leicht in Neapel umgesprochen, daß sich das Königspaar und mit ihm die Minister,

Akton und seine Rotte, sehr früh nach Caserta begeben hat, um einen besonders geheimen, einen außerordentlichen Staatsrat abzuhalten, zu dem nur wenige Fachleute geladen waren, dazu der Erzbischof von Tarento. Aber vielleicht hat es auch etwas mit der Diözese Tarent zu tun, man hört, es soll dort einen Ärger geben mit dem heiligen Castaldus.

Also Caserta.

Die Gegend, nördlich Neapels, eine steife Ebene, die jede Karte verzeichnet, Städtchen, das niemand kennt, auch nicht zu kennen braucht, antikische Bestände zuweilen, die sind nicht gerade bedeutend zu nennen, aber jede Nachwelt muß fragen, warum dort, gerade dort Karl-Der-Dritte sein Prunkschloß errichten ließ, jenes kalte Viereck, das Versailles und La Granja den Rang streitig machen soll, ein blasser Koloß, Rokokoprosa, über der leeren Ebene, kaum Gartenarchitektur, bloß Rasenandeutungen, das Schloß jedenfalls kennen alle, ziemlich weit zu sehen, da bleibt er allein, der König mit seinem Staatsrat, da stört ihn niemand, los, Laffaro, rede was, fang doch endlich an.

Das mit dem Tarenter stimmt,

sagt Don Juan Laffaro,

der war auch da in Caserta.

Darüber denken sie jetzt nach.

Der breite Philippe Karolini umgreift mit beiden Händen den Oberschenkel seines rechten Beins, hebt es an, schwenkt es unter vernehmlichem Ächzen hinüber zum linken, drückt einem rechtwinkligen noch stehenden Knie eine Kniekehle auf, entzieht die Hände dem wechselseitigen Schenkeldruck, der freie Unterschenkel wippt bedenklich nach, der bewegliche Fuß unterstützt die Schwingbewegung, unterstützt sie durch ein mähliges Steilstellen der Fußsohle, die die Luft betritt und das

Bein so in Tätigkeit hält, obwohl, Gorani sieht es, unter dem engen Beinkleid der Oberschenkel die meiste Arbeit hat, breitet sich schlaff aus, wenn das Bein lose herabhängt, spannt sich, formt sich ein wenig auf, wenn das Bein und mit ihm der Fuß hochschnellt und im Drehpunkt zwischen Aufwärts- und Abwärtsgang für den Teil einer Sekunde fast waagrecht über der Terrasse liegt, eine der nun wieder verfügbaren Hände fährt über das Gesicht vom rechten Ohrlappen herab zu Backe und Kinn und Backe und bis zur Gegenschläfe hinauf, die Haarstoppeln sträuben sich jeder Überwanderung, stellen sich quer, ein Schleifgeräusch bleibt zurück, Wind, dem Röhricht widersteht, dann ein Kratzen unterhalb Karolinis linkem Ohr, dort, wo der bewegliche Kiefer im Kopf eingehängt ist, das Grenzgebiet zwischen Backe, Ohr, Hals, Hinterkopf, dieses Kratzen redet sich um.
Übrigens, der Erzbischof von Tarent ist in vertraulichem Gespräch mit dem Beichtvater der Königin, mit Abt Glatler, gesehen worden. Ich habe bemerkt, daß er sich anschließend lange mit einem Theatinermönch seiner Begleitung unterhalten hat. Ich, und nicht nur ich, halte dafür, er wird Bischof werden, in Otranto.
Kann schon sein,
sagt Abt Malarbi,
jedenfalls möglich. Sogar wahrscheinlich.
Muß sehr schön sein in Otranto, keine Bucht, nur das helle Meer, und gleich Griechenland gegenüber und nur wenige Stunden bis Korfu und Ithaka.
Das ist Signor Daniel, der späte Hellene.
Dann schweigen sie.
Gorani versucht, eine Stadt namens Otranto, die er nicht kennt, von der er niemals gehört hat bisher, auch nicht weiß, ob es einen Bischof dort gibt, ihn je gegeben hat,

in seine Vorstellung, in seinen Gedankenplan des südöstlichen Italien einzureihen, vielleicht schon Apulien, da kennt man Tarent und Lecce, diese Städte, und auf dem Weg dorthin das Castel del Monte mit seiner Hohenstaufentragödie, VON DER KÜSTE WIE VOM FLACHLANDE AUS SIEHT MAN ÜBERALL, SCHON AUF MEILENWEITE, AUS JENER NIEDEREN BERGKETTE EINEN PYRAMIDENFÖRMIGEN, BAUMLOSEN, GRÜNEN HÜGEL SICH ERHEBEN, AUF SEINER SPITZE EIN EINSAMES SCHLOSS TRAGEND, DENN KEIN ANDERES GEBÄUDE STEHT AUF IHM. DIES BERÜHMTE CASTEL DEL MONTE ERSCHEINT VON WEITEM GESEHEN KREISRUND UND ZEIGT KEINE TÜRME, NUR DIE TIEFEN SCHLAGSCHATTEN ODER FALTEN DIESER RUNDMASSE VON MAUERPFEILERN LASSEN AUCH AUS DER FERNE SCHLIESSEN, DASS ES EIN OKTOGON SEI, MIT STUMPFEN TÜRMEN AN JEDER ECKE, ALS WEITHIN SICHTBARES, DIE UNERMESSLICHE EBENE BEHERRSCHENDES WAHRZEICHEN NENNT ES DAS VOLK DAS BELVEDERE ODER DEN BALKON APULIENS, Apulien, soviel steht fest.
Sagen Sie doch bitte, lieber Malarbi,
Doktor Gatti blickt auf Laffaro,
warum der heilige, wir hatten vorhin ein Gespräch darüber, warum ist der heilige Castaldus der heilige Castaldus?
Na, endlich.
Ja,
sagt Laffaro,
von dem war auch die Rede heute in Caserta. Auch hat der Hof dem Herzog von Matalone zur Geburt seines

ersten Sohnes gratuliert, Sie wissen, der einer Verbindung der Herzogin mit dem Signor Lomma entstammt. Das weiß man schon. Aber was weiß man vom heiligen Castaldus? Ich bin, weiß Gott, kein schlechter Historiker, aber ein Heiliger, der Castaldus heißen soll, ist mir noch nirgends untergekommen,

Coletta gibt sich empört, zweifelnd.

Das heißt für Laffaro, die Zurückhaltung aufgeben, hier muß mit ganzem Einsatz der Persönlichkeit entschieden, muß durch eigenes Wissen aufgeklärt, muß die Unbildung als Unbildung bloßgestellt, muß auch ein noch so geheimer Staatsrat bekannt gemacht werden.

Ich gebe zu, daß die Mehrzahl der bei der heutigen Sitzung des Kronrats anwesenden Persönlichkeiten über das Leben und Sterben des heiligen Castaldus genausowenig unterrichtet war, wie Sie hier. Selbst der Vertreter des römischen Stuhls kannte den Heiligen, der in der Diözese Tarent seit Jahrhunderten verehrt wird, nicht, Ihre Unwissenheit ist daher verzeihlich. Im Mittelpunkt der Beratungen standen nicht Lehre und Wirkung des heiligen Castaldus, und ich brauche hierüber jetzt nicht zu reden. Es ging, kurz gesagt, um folgendes: Nachdem beide Majestäten den Sitzungssaal betreten hatten und

Nun ist zu erfahren, der Erzbischof von Tarento habe dem Ritual seiner Diözese ein Officium eingefügt, das er dem heiligen Castaldus zu Ehren selbst zu verfassen sich die Mühe genommen, darauf hätten die Kanonici des Bistums eine Bittschrift eingereicht, die Abschaffung des Officiums, das ihr Breviar unmäßig belaste, vom König zu erwirken.

Sie gaben an,

berichtet Don Juan Laffaro,

ich übersetze,

jetzt scheint er von einem Papier abzulesen,
die schon so vervielfältigten Verrichtungen des Kirchendienstes lassen nicht Zeit, diesen neuen Diensten zu obliegen, und dieselben vorschreiben, heißt uns überhäufen und uns zur Vernachlässigung andrer, durch Reihen von Jahrhunderten geheiligter Pflichten zu zwingen.
Deshalb also Caserta, deshalb ein außerordentlicher Staatsrat.
Gorani dreht den Kopf zu Torres, er versucht, Mißbilligung auszudrücken, trägt eine bestimmte Miene vor, die Brauen sehr hochgeschoben, eine Stirn, die verfurcht, ein frisches Feld, über der Terrasse hängt, und den Mund nach rechts verdehnt, die Lippen leicht zusammengezogen, so daß sich ein deutlicher Mundwinkel eintrichtert, und weil Torres nicht und auch sonst keiner darauf reagiert, und weil der Don Laffaro ungestört weiterredet hinter der Sessellehne, wandert Goranis Blick von der Terrasse ab, hüpft durch den Garten, bespringt den Kies des einzigen Wegs, wälzt sich durch das taubenüberflogene Gras, steht in ungefährer Rasenmitte vor einer Agave still.
Gorani könnte jetzt auch zuhören.
Da würde ihm erzählt, der König habe sich der Mehrheit des Kronrats widersetzt, sei darüber mit Maria Karoline und dem tarenter Erzbischof in lauten Wortstreit gekommen, er habe wütend die Tür geschlagen und sei zur Saujagd weggegangen, um sich auszukühlen, und was dann die Königin beschlossen, dieses sogar wieder wörtlich, Konjekturen im Text also unzulässig und kein Anlaß zu wechselnden Lesarten,
dem Erzbischofe stehet das Recht zu, ohne Zuziehung des Heiligen Stuhls, dem allgemeinen Ritual die Officien der Privatheiligen seiner Diözese einzuverleiben.

Das könnte Gorani hören, könnte, das jetzt, könnte, wenn er sich nicht der Agave verschrieben hätte, der Agave hinter dem Weg. Die durchsteigen die Augen. Unten die gewölbten, die noch krustigen Blätter, dann die schon umgebrochenen mit braunen Bahnen neben der Knickstelle, interessante Formen für einen Maler, reizvolle Schattenkonstellationen.
Entschuldigen Sie,
sagt Gorani,
ich frage mich oft, ob über Neapel die Zeiten steckengeblieben sind.
Ach, mein Herr Ausländer,
Laffaro verändert seine Position im Stuhl nicht, beugt sich nicht nach Gorani um, sieht ihn nicht an, fährt sich nicht übers Haar, zieht nicht die Rockschöße straff, hebt nicht die Hand,
mein Herr Ausländer, und was soll aus der Seele werden.
Gegen dieses Argument ist Gorani machtlos. Hier jedenfalls.
Nur Hoffnungen, so etwas, verbleiben für diese Herren noch, Hoffnung, daß der König eine Sau erjagt, Hoffnung, daß Colettas neapolitanische Geschichte bald ihren neuen Anfang findet, Hoffnung, daß Delfico einen vollständigen Plan der neapolitanischen Katakomben vorlegt, Hoffnung, daß sich Buffis und Gualtiers Bibliothek vervollständigt durch das noch fehlende Werk KRIPPE BEI TORRES von Gorani, Hoffnung, daß Zanoni einen Berg ausfindig macht, der noch keinen Namen kennt, Hoffnung, daß Malarbi auch einen Beitrag zur Vulkanologie leistet, Hoffnung, daß Karolini einen Seeigelkönig findet, Hoffnung, daß Poli die Frage der Gravitation löst und daß Candida den Schilddrüsenschäden bei Kanarienvögeln gründlich zuleib geht,

Hoffnung, daß Palmieri auch etwas über die Taktiken zum Frieden einfällt, Hoffnung, daß die Religion der Vernunft, die den Wissenschaften voranzugehen pflegt, endlich auch in dieses Neapel einfindet, DUM SPIRO SPERO, wir sollten von anderem reden jetzt, jetzt Dichter bist du dran, du, Don Juan Laffaro, lies uns vor, lies was von dir.
Laffaro liest.

UND NIMM DAS KINDLEIN UND SEINE MUTTER ZU DIR UND FLIEHE

Eine Novelle des
neapolitanischen Erzählers
Juan Laffaro

Es ist noch nicht lange her, daß in Sermoneta, einer kleinen Stadt im Kirchenstaat, ein junger Mann, Felix mit Namen, aufwuchs. Er war von vorteilhafter Leibesbeschaffenheit, so daß manche Frau sich nach ihm umsah, wenn er abends durch die Straßen ging. In seinem achtzehnten Jahr verliebte sich Felix in Beatrice, die Tochter eines reichen Privatmannes, die bald darauf an Herrn Panzul in Neapel verheiratet wurde. Felix war arm und von Natur schüchtern, und er hatte es nicht gewagt, Beatrice seine Liebe zu gestehen, viel weniger, um ihre Hand anzuhalten. So erfuhr seine Geliebte lange Zeit nicht von der Eroberung, welche ihre Reize gemacht hatten.
Felix war, wie es mit Verliebten so zuzugehen pflegt, um alle Ruhe gebracht, da die Leidenschaft, die er für Beatrice empfand, durch die Abwesenheit des geliebten Gegenstandes nur noch verstärkt wurde. Endlich sann er ein Mittel aus, von dem er sich einige Erleichterung versprach. Er entschloß sich, ein Barfüßermönch zu werden, weil er wußte, daß die Superioren dieses Ordens diejenigen jungen Mönche, die sich während des

Studiums besonders auszeichnen, nach Neapel schicken, um dort Professuren in den schönen Wissenschaften und der Theologie zu bekleiden.

Durch die Aussicht belebt, daß er seine Geliebte wiedersehen würde, studierte er mit verdoppeltem Eifer, und die Liebe entwickelte in ihm die Keime, welche die Natur in ihn gelegt hatte. Bald zeichnete er sich aus und wurde dazu gewählt, in Neapel eine Professur zu übernehmen.

Eilig reiste er nach Neapel ab, und sobald er daselbst angekommen war, zog er die nötigen Erkundigungen ein und erfuhr, was seiner Liebe schmeichelte und ihm die günstigsten Aussichten zu versprechen schien, daß nämlich Beatrice, der Gegenstand seiner Zärtlichkeit, getrennt von ihrem Manne lebe, daß sie Klage gegen ihn führe, und daß ein erfolgreicher Ausgang des Prozesses von einem Richter Tanucci abhänge.

Felix erkundigte sich, wo der Mann, dessen Bekanntschaft ihm so wichtig sein mußte, aus- und einginge, und er brachte heraus, daß Tanucci die Zeit, die ihm seine Geschäfte übrigließen, in dem Buchladen eines gewissen Forreo und noch an zwei anderen Örtern in dem nämlichen Viertel zubrächte. Als Felix dieses alles wußte, stellte er sich Tanucci, so oft es nur anging, in den Weg und grüßte ihn. So sehr er auch wünschte, ihn anzusprechen, so vermied er doch, sich zuzudrängen, um jeden Verdacht zu vermeiden. Der Richter, der ihn allerwegen antraf, gewöhnte sich daran, und sie begannen, sich zu unterhalten. Tanucci fragte ihn nach Herkunft und Leben, und Felix antwortete mit einer dem Richter sehr schmeichelhaften Ehrerbietung, kurz, Tanucci gewann den jungen Mönch lieb und nötigte ihn zu sich.

Felix war, das läßt sich leicht denken, außer sich vor Freude, doch ließ er sichs nicht anmerken, damit der

Richter nur glauben möchte, er gäbe endlich und nach reiflichem Zögern den höflichen Einladungen nach, die jener täglich drängender wiederholte. Felix verstand es, seine Gesellschaft ungemein interessant und anziehend zu machen. Er war nicht nur klug, sondern er sprach mit Anmut, erzählte vortrefflich und wußte die ernsthaftesten Materien mit einer angenehmen Laune zu würzen. Er gefiel dem Richter Tanucci sehr, der ihn bald als einen ansah, der zu den Hausgenossen gehörte.
Felix ließ sechs Monate vergehen, ehe er sich getraute, die Dame seines Herzens beiläufig zu erwähnen, aber wozu ist ein Mönch, und dazu ein Barfüßer, nicht fähig! Der Richter unterhielt sich oft mit ihm über die Angelegenheiten des Tribunals, in dem er saß, und endlich nannte er, als er von seinen Klienten sprach, Beatrice, die, wie Felix herausfand, auch der Gegenstand der heimlichen Verehrung Tanuccis geworden war. Felix wagte einige Fragen und erfuhr durch die ungezwungenen Antworten seines Freundes den Grund der zwischen Panzul und Beatrice obwaltenden Streitigkeiten, und zugleich erfuhr Felix auch den Namen des Klosters, in welchem sich die schöne Klägerin indes auf Befehl des Tribunals aufhielt.
Felix beobachtete auf einige Augenblicke ein gezwungenes Stillschweigen und sagte dann im allernatürlichsten Ton,
Wenn mein Gedächtnis mich nicht anders trügt, so muß diese die Tochter des Herrn – des und des – aus Sermoneta sein, und ich vermute, es ist die nämliche, nach der ich mich erkundigen soll, aber ich weiß das nicht gewiß.
Nichts leichter, als daß Sie sich selbst diese Gewißheit verschaffen können,
antwortete der Richter Tanucci,

obwohl es untersagt ist, irgendjemanden zu ihr zu lassen, will ich Ihnen doch, mein lieber Felix, die Erlaubnis geben, sie so oft zu sehen, als Sie wollen.
Der Mönch, der seinen eifrigsten Wunsch erfüllt sah, nahm dieses Anerbieten mit scheinbarer Gleichgültigkeit entgegen und wußte es mit aller Geschicklichkeit der Leute seines Standes auszunutzen. Die Neapolitaner haben eine so besondere Achtung für die Mönchskutte, daß Felix kein Hindernis antraf. Er sah Beatrice, erklärte ihr seine Liebe und erzählte ihr alles, was er getan hatte, um zu ihr zu gelangen. Das klösterliche Gewand schließt in diesem Land den nicht aus, der es trägt, die Frauen ziehen sogar Liebhaber dieser Klasse oft den gebildetsten Weltmännern vor, und sie werden auch wohl wissen warum.
Felix war jung, liebenswürdig, geistreich, von guter starker Konstitution und verliebt. Mehr brauchte es nicht, um zu gefallen. Er gefiel, man bekannte es ihm, Beatrice, durch monatelange klösterliche Enthaltsamkeit gegen einen Besucher nicht abgeneigt, war schnell bereit, den Mönch in zarten Unterricht zu nehmen, und Felix wollte von nun an zu often Malen glücklich werden. Der Erfolg lehrt, daß er es wurde.
Als ein vertrauter Freund des Richters, der den Prozeß seiner Geliebten führte, als ihr anerkannter Landsmann und Barfüßermönch trug er viel dazu bei, daß sich die Eheleute Panzul wieder einander näherten, und aus ganz entgegengesetzten Ursachen wußten sie ihm unendlichen Dank für die Mühe, die er sich gab, sie zu versöhnen. Von der Zeit an war er der Freund des ganzen Hauses, beschenkt von beiden Seiten mit allen Dingen, die sich ein Mann wünschen kann.
Das ging so ein Vierteljahr. Beatrice hatte, um sich voll Felix widmen zu können, ihrem Mann erzählt, sie habe

im Kloster ein Gelübde getan, sich eine Zeit lang des ehelichen Lebens zu enthalten. Je seltener sie aber ihre Zimmer verließ, und je öfter Bruder Felix sie dort besuchte, desto mehr vergrößerte sich bei Panzul der Argwohn, daß mit seiner Frau nicht alles in Ordnung sei. Felix gab ausweichende Antworten, er berichtete von einer Krise, die der Klosteraufenthalt bei Beatrice ausgelöst hätte, und daß es vorerst das beste sei, in der Stille der Zimmer das unruhige Gemüt allein und zu sich selbst kommen zu lassen, er, Felix, wolle nach wie vor zu ihr gehen, und ihr mit rechter Sprache und kräftigem Trost zureden.

Panzul gab sich damit nicht lange zufrieden. Er ging zu Tanucci, sich mit ihm zu beraten. Beide sannen auf Wege, Beatrice zu beobachten und sich in ihre Gesellschaft zu bringen.

Felix und Beatrice fanden, daß es höchste Zeit sei, etwas zu unternehmen, zumal sich der Erfolg der gemeinsamen Anstrengungen bei Beatrice kaum länger verbergen ließ. Sie entflohen beide und hatten das Unglück, angehalten zu werden. Dies brachte sie mehr auf, als es sie niederschlug. Sie machten einen zweiten Versuch, der nicht glücklicher als der erste ausfiel. Wohl konnten sie sich jedesmal damit herausreden, daß ein Gelübde Beatrice zu einer Wallfahrt genötigt hätte, auf der Felix sie zu begleiten versprochen hatte, aber Panzuls Mißtrauen konnten sie dadurch nicht zerstreuen, und mit Tanuccis Hilfe erreichte jener, daß die Superioren des Barfüßerordens Felix an eine andere Universität versetzten.

Felix, welchem der Stand, in den er bloß getreten war, seine Leidenschaft zu befriedigen, verhaßt war, gab die Hoffnung nicht auf. Seit langer Zeit fühlte er eine tiefe Verachtung gegen alle Einrichtungen, die ein freies

Wesen von den ihm angeborenen Befähigungen und Bestimmungen ausschließen wollen, ein Versuch, der, wie er sich sagte, einem Verbrechen gegen die Gesellschaft gleichkomme. Darum faßte er den Gedanken, den geistlichen Stand zu verlassen, und seiner Geliebten die Freiheit, um welche sie gegen ihren Willen gebracht war, wiederzuverschaffen. Es fehlte ihm nicht an Geld, er besorgte sich weltliche Kleidung und verließ das Kloster. Da man ihn nach seinem neuen Bestimmungsort unterwegs wähnte, wurde er nirgends vermißt und von niemandem gesucht, und er hatte Zeit, die Flucht aus Neapel gut vorzubereiten. Mit einem Weinhändler, der ein Schiff nach Frankreich ausgerüstet hatte, um dort seinen Lacrimae Christi zu verkaufen, traf er eine Abmachung, so daß, als er in einem geschlossenen Wagen mit Beatrice auf dem Kai nahe bei dem Schiff ankam, zwei leere Fässer bereitstanden, die Flüchtlinge aufzunehmen und vor den Augen der neapolitanischen Polizei zu verwahren. So kamen sie glücklich nach Frankreich.

Nachdem Beatrice in Avignon eines Sohnes entbunden war, reisten sie weiter nach der Schweiz und ließen sich in Bern nieder.

Wie Panzul und Tanucci Beatrices Verschwinden aufgefaßt und was sie unternommen haben, ihrer habhaft zu werden, ist unbekannt, aber es läßt sich schon denken. Ob sie den Barfüßermönch damit in Verbindung gebracht, steht nicht fest und ist nicht einmal als sicher anzunehmen, mußten sie doch meinen, er sei längst dem Befehl seiner Superioren gefolgt, und hatten sie doch von seiner Abreise gehört.

Felix aber, der sich einige Empfehlungsschreiben zu verschaffen gewußt hatte, machte in Bern, weil auch sein Äußeres sehr einnehmend war, die Bekanntschaft

mit dem berühmten Tscharner, dem Verfasser des SCHWEIZER LEXIKONs und nachherigem Schultheiß von Aubonne. Tscharner unterstützte ihn auf alle erdenkliche Weise und verschaffte durch sein Ansehen Felix die Direktion der Typographischen Gesellschaft von Yverdon, wohin Felix nach einigem übersiedelte.
Die erste Zeit war sehr glücklich für den angehenden Typographen, der mit einer neuen Ausgabe des DICTIONAIRE ENCYCLOPAEDIQUE viel Geld verdiente. Er rückte so manchen Artikel mit ein, den er selbst abgefaßt hatte. Auch in der Zusammenarbeit mit Beatrice erzielte er hoffnungsvolle Ergebnisse. Aber stark gespannte Gewinnsucht schadete ihm. Es kamen Unfälle, er erlitt Verluste und lernte bald einsehen, daß jeder Stand seine Leiden hat. Die mönchische Tugend jedoch, ein Ziel treu zu verfolgen und ihm überall nachzugehen, hatte sich Felix bewahrt, und er bewahrte sie auch nach dem Tod seiner Beatrice.
Felix hat danach dreimal geheiratet und aus jeder Ehe Kinder behalten, seine Familie machte einen kleinen Stamm aus, dessen Haupt er war. Einen Teil des Jahres brachte er in Villars an dem See von Neuf Châtel zwischen Yverdon und dieser Stadt zu. Als Vater lebte Felix eingezogener, er teilte sich weniger mit und widmete sich bis zu seinem Tode ganz der Bildung seiner Kinder.
So war er der Gesellschaft weit nützlicher, als wenn er in seinem Kloster geblieben wäre, und er verdiente endlich, daß sie seinen Verlust bedauerte, denn es gibt dafür die gleichen Gründe, wie Ihr sie haben werdet, um dereinst meinen Tod zu betrauern, Ihr Beatrices.

LIESS ALLE KINDER ZU BETHLEHEM TÖTEN

Man freundet sich an.
Gorani, eher von schweigsamer Natur und mehr zurückhaltend, braucht kaum viel zu unternehmen. Daß er durch die Stadt geht, daß er sitzen bleibt, wo man ihn zu sitzen bittet, daß er hinhört, wenn wer mit ihm reden will, daß er in diesem Neapel anwesend ist, es genügt. Man findet sich von selbst ein, aus Neugier, um ihn auszuhorchen, um nett zu sein, was weiß ich, möglich auch, um sich in ein Gedächtnis zu bringen, sich ihm, Gorani, französischem Bürger, zu verbinden, sich ins Vorerinnern einzutragen, ins Gedenken des Veränderers.
Das hat also Wirkungen, anwesend sein.
Coletta zum Beispiel, oder Odazi, der jetzt ein Aide-Memoire ZUM GETREIDEHANDEL verfaßt hat, auch Don Gantaluppo, von belfordschem Adel sogar, der vorhat, gegen den Mißbrauch der ANNONA zu schreiben, und die Dame Pimentel, Eleonora Fonceca, die einen so bekannten Beruf hat, Donna Pimentel, auch sehr sinnreiche Gedichte erdenkt, sie will übers Bankgewerbe EPISTELN beginnen, damit jeder Stand seine Sicherheit hat, oder Brissac, Revolutionen reden sich durch.

Krippe, 13. Station

Brissac.
Über den steht zu lesen, vergleiche die UNABHÄNGIGE POLITISCHE KORRESPONDENZ, ohne Ort, für das Jahr 1789, zweites Stück, *ist aus einem altadligen Geschlecht aus der Provinz Burgund und ein Vetter des* (ehemaligen) [Anm.] *Grafen von Saint Priest. Im Jahr 1775 kam er nach Neapel, zog als ein Abenteurer auf und hatte ein sehr hübsches Frauenzimmer bei sich, welches er aus dem Schoß ihrer Familie entführt hatte und in der Folge auch heiratete. Dazumal war Breteuil französischer Gesandter in Neapel. Da es dem Brissac an allem fehlte und er nicht einmal Wäsche hatte, so versahen ihn die liebreichen Dienste der Signora Amici* (berühmte Sängerin) *mit allem Notwendigen, denn sie fühlte sich von einem besonders zärtlichen Mitleiden für einen so hübschen jungen Menschen durchdrungen. Sobald er sich sehen lassen konnte, stellte man ihn dem französischen Gesandten vor, der sich seiner annahm und ihm eine Stelle beim Kadettenbattallion, das der König von Neapel errichtet hatte, verschaffte.*
(Die Ursachen, weshalb Breteuil sich des Brissac annahm, sind nicht bekannt, allein man glaubt allgemein, daß er ein Talent zum Kundschaften bei ihm entdeckte und ihn dafür mit einem Amt belohnte, das des Beschützers wie des Schützlings wert war.)
Bald nachher kam die Herzogin von Chartres (jetzige Bürgerin Egalité) *nach Neapel und nahm sich ebenfalls des Brissac an, dessen einschmeichelnde Manier ihr gefiel. Sie empfahl ihn der Königin, die die Vorteile seiner Jugend zu schätzen verstand, und er bekam ein Oberlieutenantspatent. Da fing er an, einen unverschämten Hochmut auszulassen. Die Offiziere, die ihn*

Anm. Diese wie auch die folgenden Zuklammerungen sind durch Gorani eingefügt.

bald verabscheuten, entlarvten ihn, allein seine Frau, die sich mit den Kammeristen der Königin bekanntgemacht hatte, half ihm durch, und er entging der Ungnade. Als ihn aber ein neuer Sturm bedrohte, wendete er ihn dadurch ab, daß er um sechsmonatigen Urlaub, nach Konstantinopel zu gehen, anhielt, wo er seinen Onkel Saint Priest, der französischer Gesandter bei der Pforte war, besuchen wollte. Sein Betragen in der Hauptstadt der Osmanen soll nicht besser als zu Neapel gewesen sein. Er soll sich damit abgegeben haben, gegen Belohnung falsche Nachrichten auszubreiten, Uneinigkeit zwischen den französischen Diplomatikern zu stiften und seinen Onkel zu verleumden. Dieser soll ihn fortgejagt haben.

Er kam noch einmal nach Neapel. Seine Rückkehr bezeichnete er sogleich durch eine neue Intrige, er machte Ränke und veranlaßte die Ehescheidung der Signora Wolesdorf (einer Nichte der Kammerfrau Bohem), *dadurch, daß er sie mit dem Sohn des Grafen Ludolf, ein Pommer und neapolitanischer Botschafter am Bosperus, überraschen ließ. Als er sich nicht reichlich genug bezahlt fand, versuchte er die Scheidung, die sein Werk war, zu hintertreiben. Madame Bohem, welche um seine Ränke wußte, beklagte sich bei der Königin über die Höhe seiner Forderung. Brissac war auf dem Punkt zu unterliegen. Er wäre auf die Insel Palmaria verbannt worden, hätte er nicht die Frau Bohem an einem ihrer schwachen Tage bereitgefunden, sich zur Genüge und vollauf von ihm besänftigen zu lassen, so daß sie schließlich gute Worte bei der Königin für ihn einlegte.*

Bis dahin war Brissac nur ein Intrigant der niedern Klasse gewesen, jetzt aber nahm er einen plötzlichen kühnen Flug und schwang sich in die höheren Regionen seines Fachs, wo er die angeborenen Talente besser ent-

wickeln konnte. Er hatte dazumal außer seinem Oberlieutenantsgehalt und einer Pension von ungefähr 1800 französischen Livres nichts, er nahm sich vor, mehr zu haben, koste es, was es wolle.
Er sah voraus, daß sich Akton auf den höchsten Gipfel der Gunst erheben würde und machte ihm deshalb fleißig den Hof, gab ihm nützliche Ratschläge und nahm sich jenes Ansehen über ihn heraus, das stärkere Geister über die schwächeren zu haben pflegen. Sobald Akton Minister geworden war, beschäftigte diesen der Entwurf, eine Marine zu bilden. Damit in Stand kommen zu können, gab er dem König ein, Frankreich kein Bauholz mehr zu verkaufen. Die Versagung mißfiel dem Hof von Versailles, man hatte der Sache aber einen so scheinbaren Anstrich zu geben gewußt, daß Ludwig (der Sechzehnte) *es nicht eben sehr zu empfinden den Anschein gab. Einige Monate nachher traf das Unglück in Kalabrien ein* (die großen Beben der Jahre 87 und 88), *und Frankreich ließ sogleich eine Fregatte mit Korn dahin abgehen. Das Kompliment, womit dieses Geschenk begleitet wurde, hätte es annehmlich machen sollen. Das Verwandtschaftsverhältnis* (Bourbonentum) *gab Ludwigen ein Recht zu dieser Artigkeit, und Ferdinand durfte sich nicht schämen, daß ein Fürst seiner Familie sich des Elends seiner Untertanen mit annahm. Allein Brissac und auch Akton waren anderer Meinung. Das Geschenk wurde trockenweg ausgeschlagen und das gute Vernehmen, welches bis dahin obgewaltet hatte, gestört.*
Als der König von Spanien (Karl der Dritte, vormals Herr über Neapel) *dieses Benehmen vernahm, verdoppelte sich sein Haß gegen Akton. Er schrieb seinem Sohn und verlangte, er solle den von Habsburg bestochenen und seines Zutrauens unwürdigen Minister von*

sich entfernen. Aber Akton, die Kreatur der Königin und ihr Liebling, der überdem tatsächlich der österreichischen Kabale verkauft war, fürchtete nicht sonderlich Spaniens Zorn. Er ließ die Königin handeln, und der Einfluß dieser listigen Frau auf Ferdinand machte Karls Befehl unwirksam.

Akton aber war es nicht allein, der Vater und Sohn in Zwist hielt. Die Königin, stets mit Österreichs Interessen beschäftigt, wollte den König, ihren Gemahl, zu des wiener Kaisers Partei hinlenken und arbeitete aus allen Kräften daran. Sie unterließ nichts, die bestehenden Mißhelligkeiten zu erhalten und zu vermehren. Darin wurde sie von der Prinzessin von Asturien kräftig unterstützt, die einige üble Nachreden, welche die Neapolitanerin über sie geredet hatte, nicht verzeihen konnte. Seit diesem Zeitpunkt hatte das Kabinett vom Escorial Wiedergutmachungsforderungen an das von Neapel getan, welche dieses abschlagen zu müssen geglaubt hatte. Wiederholte Zurückweisungen hatten Karl erbittert, und da er aus sicheren Nachrichten wußte, daß Brissac der heimliche Anführer der Bourbonengegner war, forderte er dessen Entfernung, worin der neapolitanische Hof zu willigen sich weigerte. Der Vicomte d'Eraria und Las Casas, die nacheinander Gesandte in Neapel waren, suchten, das gute Vernehmen zwischen den Königen wieder herzustellen. Es gelang ihnen nicht, sie wurden zurückberufen. Neapel verlangte auch die Rückberufung des Vicekonsuls Augustin.

So standen die Angelegenheiten, als Akton, der fürchtete, das Opfer einer Übereinstimmung der Kabinette von Versailles und Madrid zu werden, glaubte, ein Ungewitter durch neue Maßregeln abwenden zu können. Er versuchte, den französischen Hof zu besänftigen.

Brissac überzeugte Akton und die Königin davon, daß er, der inzwischen Oberstlieutenant und Kammerherr geworden war, als Franzose und Ritter und seit langem mit Verbindungen nach Frankreich in dieser Angelegenheit höchst nützlich sein könnte. Er wurde nach Versailles geschickt, und die Unterhandlung gelang. Brissac erschien in Neapel als Sieger. Vorgebliche Briefe des Grafen von Vergennes und verschiedener anderer Minister erregten eine hohe Meinung von seinen Talenten und seiner Geschicklichkeit. Man war überzeugt, er habe die Mission mit der erforderlichen Würde negoziiert, und der neapolitanische Stolz war befriedigt. Der so ausgezeichnete Erfolg brachte ihm den Rang eines Brigadiers und ein Gehalt von 1500 Dukaten zuwege. Dieser Sendung war eine andere, geheime, vorausgegangen (die beiden Schwestern hatten wahrscheinlich etwas einander mitzuteilen). *Er war jedenfalls an die Königin von Frankreich abgeschickt worden und wurde durch ansehnliche Geschenke und eine Pension von 500 Dukaten dafür belohnt. Jedoch will man als sicher wissen, daß er auch mit anderen Persönlichkeiten in Frankreich in engem Verkehr gestanden, in Sonderheit sich einige Zeit in Valence bei einem Oberst Bonaparte aufgehalten hat.*
Dieser Ritter Brissac, der also gehört auch zu Goranis Freunden. Freunde, die Freunde kann man sich nicht aussuchen. Sie finden sich an.
Brissac ist irgendwo in einem Weg gestanden, mal in Uniform mit Degen und Dreispitz, mal in Zivil, hat Gorani gestoppt, hat sich lauthals als Franzose bekannt, hat ein Flüstern angefügt, vive la république.
Was soll Gorani davon halten? Und das kann ja wahr sein, was Torres abends zu verstehen gegeben, daß er mit Mirabeau und anderen in Absprache gestanden,

auch eine weitläufige Korrespondenz nach fast allen Städten in Frankreich und Sardinien unterhalten habe, und es ist sicher, daß er erfolgreich die Verhandlungen geführt hat, letzten Jahres, als die französischen Kreuzer den Hafen belagerten, nur, was dabei geredet und welche Bedingungen ausgemacht, das weiß man nicht, kann schon sein, daß Brissac Agent des Konvents ist, Gorani hat sich nichts vorzuwerfen, aber besser, er bleibt vorsichtig, man weiß ja nie.

Brigadier Brissac hat Wachdienst. Nachtdienst im königlichen Park. Das ist selten. Das verdient Aufmerksamkeit.

Die gewisse Kaufmann sei da, hat er gesagt, und will im Park ihr Handwerk ausüben, will sagen, hat er gesagt, die Majestäten wünschen so, daß sie es ausübe.

Da muß er halt auf Wache gehn, wachen, daß die Wächter gut wach sind, wachen, daß kein Fremder den Park mit der gewissen Kaufmann darin störe, du, Gorani, kannst, wenn du willst, mitkommen, da kannst du mal hinsehen, ob es was zu sehen gibt.

Und da sieht er nun.

Er, Gorani, mit einer Kadettenuniform bekleidet, steht mir ganz gut eigentlich, wenn doch nicht, verdammt, ich hätt daran denken müssen, mein linker Fuß hat den zu breiten Rist, warum auch, bin selber schuld, steht Posten zwischen Ummauerung und Park. Sein Karabiner stützt sich, ein Strebepfeiler, gegen den Efeu, der dunkel die Wand bewächst. Durch das Gebüsch gewinnt man Einsicht auf eine Rasenarena, die auf der einen Seite von Bäumen flankiert wird und einer antikischen Vasenstellage, ein Stück Dekorationsarchitektur, Bäumen, die nicht genau zu bestimmen sind. Vielleicht ahornartig.

Die andere Seite ist nur zu erahnen. Natürlich Gewach-

senes, irgendwie doldengrün oder traubenbraun. Jetzt spätfarbig.
Dazwischen eine mächtige Staffelei, die, von hier gesehen, nur den schrägen Rücken vorzeigt und das Stangenwerk. Dahinter muß sich die Kaufmann befinden, die malt also.
Ihr gegenüber, zwischen den Bäumen und vor diesem Stück klassizistischer Gartenlust, Vase mit untermauertem Grund und mit allem, was dazugehört, Flachrelief und Mäanderband, Eierstab und Arkanthusgeblätter, nur, jene Grausamkeit oder Tugendtat, die das Relief für ewig diesem Park beigibt, die ständig geschieht unter dem weit ausgeschwungenen Vasenrand, ist nicht zu sehen, nicht für Gorani, nicht voll erkennbar, er umsieht die Urne nicht ganz, hat einen Ausschnitt vor Augen, ein Teil Knie und jemanden, der sich davor hinbückt, Gott oder König oder Seher, wer weiß, befinden sich zwischen dem sehr hellen Nachtlicht, fast zu grell zum Malen, *o blendender Mond,* Leute.
Da steht wer.
Andere sitzen. Auch Kindergestalten.
Gorani versucht, sich das vorzustellen, das, was dann später einmal auf einer Leinwand zu sehen sein soll. Sicher kaum Veränderungen. Nur der Hintergrund frei daherfantasiert, kein Schloß und nicht die Stadt, eher eine Ebene angedeutet mit Ruinen am Rand und dahinter ein gemächlich steigender Berg, vielleicht Vesuvanklänge, der Vordergrund fein realistisch, das heißt, die Leute und diese Architektur, aber alles sehr edel, dabei recht häuslich, ein einträchtiger Friede, Gräser und ein Kraut in den unteren Bildstrich gestreut, auch Hunde mit aufgestellt, die Rasse undefinierbar, mehr bürgerlich dieses Idyll und die Leute, die blicken alle von links nach rechts, so sieht es dann aus auf dem Bild,

was ja bedeuten muß, daß sie wahrhaftig linkshin schielen, wo Gorani jetzt steht, die Hunde jedenfalls, die sind gar nicht da.
Auf dem umbuschten Rasenplatz, den Gorani beobachtet, bewegen sich zwei. Die haben bisher beisammengestanden, haben einander zugesprochen, ein Flüstergespräch, hatten ihren Häuptern erlaubt, ein Nachdruck, eine Unterstreichung den Worten zu sein, haben mit ganzem Kopf auf den anderen eingenickt, haben das Nicken deutlich weggeschüttelt, es durchgestrichen, der nickte, hat mit der großen Nase eine breite Senkrechte in die Luft geschrieben, das nach hinten geraffte Haar hat sich kaum bewegt, auch sonst ist die Gestalt ziemlich ruhig geblieben, der Mantel schlug keine Falte, und die Schuhe standen fest auf, auch die Kniee unter den engen Hosen zeigten kein Zittern an, nur das Halstuch hatte ein leichtes Beben in sich, die den Kopf hin- und herwarf, Frau mit dem starken Kinn, bekam etwas Fliegendes, ein Wehen, das im Tuch über den aufgesteckten Haaren begann, sich fortsetzte, sich dem Kleid mitteilte, vom Dekolleté über die ausschwingende Bekkenpartie bis herab zu den Füßen, die vom Kleid verdeckt ein Trampelkonzert aufführten, das nicht dem Gras galt, aber von niemandem sonst gehört wurde, auch nicht von Gorani, was sie wohl so zu reden hatten, fragt sich der.
Das muß man sich hier schon fragen.
Jetzt treten sie seitlich zurück, nehmen Gemäldehaltung ein, geben den Blick mehr auf den Vasensockel frei. Auf den stützt ER den linken Ellenbogen, der Kopf sticht hoch in die Luft und wirkt klein dadurch, nur die Nase bleibt deutlich, und, während ER das linke Bein vorwinkelt, so daß man einen gründlichen Blick über die wichtigste Hosenpartie schicken kann, legt ER

den rechten Handrücken dem Gesäß auf und drängt damit auch den Mantel zurück, die andere Hand zieht ER vor die Brust und hängt sie sich, indem ER den Daumen über dem obersten Westenknopf zwischen Weste und Hemd einführt, vors Herz.
SIE hat sich niedergelassen. Da muß irgendein Sitz sein, den Gorani nicht wahrnimmt, nicht wahrnehmen kann bei der Fülle der Stoffe, die SIE um sich zu breiten hat, vielleicht einer von diesen Sesselwagen, die es hier gibt, in die man sich breit einlehnen kann, und die dann geschoben oder gezogen werden, je nach dem und wie schnell man will, und es ist fast anzunehmen, daß SIE auf so einem Sitzwagen sitzt, weil SIE den linken Unterarm wo auflegt und die Hand frei herabhängen läßt, zwischen Daumen und Zeigefinger ein breiter Winkel für die Luft, da kann die Kaufmann zeigen, was in ihr steckt, soll sies mal besser machen als der Michel Angelo, die andere Hand auch sehr deutlich, sehr sorgfältig über den Seidenschoß gelegt, der so breit aussieht, als verberge SIE vier Kniee darunter, aber das sicher nicht, SIE sitzt schließlich unter südlichem Himmel.
Gorani sieht, zwischen IHM und IHR tritt jetzt stark eine Eckkante des Simses heraus, der die Vase hält, ein Grat, der, wenn er sich mit auf das Bild bannt, die künftige Aussicht in zwei Hälften teilt, Männerhälfte, Frauenhälfte, Kopfnickerhälfte, Kopfschüttlerhälfte.
Jetzt aber steht ER, sitzt SIE ruhig.
Die sie umlagern, Hemdenmätze, Kinder verschiedenen Alters, Jugendliche, können nicht so still bleiben, laufen dem Ball nach, springen vor sich selbst auf, werfen der Luft Beine entgegen, helle Geräusche über dem Gras, für die es keine Farben gibt. Andere, sehr mädchenhaft, und deshalb schon fast erwachsen, sitzen seitlich, halten Kleinere auf dem Knie, haben eine Harfe

neben sich, Zeugnis von Bildung und Kunstgefühl, aber niemand spielt. Könnte nicht spielen.
Da wird sie gar nicht recht zurechtkommen mit den Armen und den Beinen und mit dem Singen, und man müßte eigentlich gespannt sein, wie so etwas dann auf einem Bild aussieht, wo alles für immer zur Ruhe kommt. Hauptsache, sie vergißt keinen. Sicher, sie wird eine Zahl gezählt haben, ebenso gezählt haben, wie sich Gorani jetzt durchzählt durch das belebte Stück Nachtgrün, sie, um nichts auszulassen, er, um bestätigt zu sein, daß er Richtiges sieht, ansieht zwei Leute und Mädchen, eins zwei drei vier fünf sechs sieben acht neun zehn elf zwölf dreizehn vierzehn Mädchen, ansieht Maria Karoline mit ihren Töchtern, obwohl ja, und daran ist nicht zu zweifeln, später dies Bild anders heißen wird, wird heißen,
FERDINAND IV. UND SEINE FAMILIE,
Dolle Stimmung bei denen,
neben Gorani steht Brissac,
ich hätt sonstwas verwettet drum, daß sie ihren Plan heut nicht durchsetzt, aber
Gorani blickt auf mit einem Blick, der alle Unwissenheiten freilegt.
Ein tolles Weib.
Recht möglich, daß sie toll ist,
was soll Gorani schon sagen,
ein wenig.
Und solche Bilder,
Brissac sticht mit dem Säbel in die Erde ein, bis der dort feststeht und nur am Knauf noch ein leises Vibrieren behält,
so
Ja, so macht man die Geschichte.
Do-ku-men-te,

Brissac betont jetzt jede Silbe, das Te springt deutlich über den Schluß hinaus, deutlich die Absetzungen, Silbentrennung, deutlich die Sprache mit ihren Unter- und Nebentönen, Brissac weiß bescheid, kennt sich aus, lacht jetzt,
wenn die wüßten.
Wer?
(notwendige Einschaltung:
In den Jahren zwischen 1772 und 1793 gebar Maria Karoline, einstige Erbprinzessin von Österreich, spätere Königin beider Sizilien, achtzehn Kinder, von denen fünfzehn Mädchen und drei Knaben waren; den neapolitanischen Kronprinzen brachte sie erst nach sieben Ehejahren zur Welt. Er starb in der Blüte seiner Kindheit.)
Brissac und Gorani wissen das.

Zweiter Anhang

Wie bekannt, ist Professor William S. Gorani, Dekan der profanhistorischen Fakultät der Universität zu Lannlon, in seinen berühmten Strasbourger Gastvorlesungen von 1805 ÜBER DAS UNWESEN DER WEIBER IM STAATSREGIMENTE auch auf die Königinnen von Neapel, insbesondere auf Maria Karoline zu sprechen gekommen. Da trotz jahrewährender Nachforschungen das Handmanuskript W. S. Goranis nicht hat aufgefunden werden können, ist die historische Wissenschaft auf die vereinzelten und recht mangelhaften Nachschriften seiner Zuhörer angewiesen. Im Folgenden wird der Abschnitt über Maria Karoline wiedergegeben, der einem 1853 in Scholderup entdeckten Kollegheft eines deutschen Studenten entnommen ist. Dabei muß neben dem fragmentarischen Charak-

ter, der jede Mitschrift kennzeichnet, vor allem berücksichtigt werden, daß jener namentlich unbekannte Student W. S. Goranis französische Vorlesung in deutscher Sprache nachschrieb. Trotzdem vermittelt dieses Bruchstück einen lebendigen Eindruck der wortgewaltigen, historisch bestens fundierten und seine Thesen durch plastische Anschauung erhärtenden Redekunst und Überzeugungkraft des wohl einmaligen, leider zu früh dahingegangenen Historikers W. S. Gorani.
Dieser Teil der deutschen Mitschrift wird hier zum erstenmal veröffentlicht, die Schreibweise des Originals ist beibehalten.

Neunte Vorlesung

Meine Herren Kommilitonen, Messieurs!

la reine von Neapel glich ihren Schwestern. Sie liebte ihre Familie, ihre Abstammung, verachtete ihren Gemahl, verabscheute das Land, worüber er schwach genug war, ihr die Herrschaft einzuräumen. Marien Antoinettens Entwurf, ihrem Bruder Lothringen u Elsaß wiederzuverschaffen, ist nur zu erwiesen, u wenn die ungesetzl Konstit Nationalversammel früher aufgehört hätte, mit Nachdruck zu handeln, wie sie anfängl tat, so hätte sie dem unglückl Fr und viel ersparen können.

Kühner als ihre Schwester, od durch die Umständ mehr begünstigt, faßte M K, indem sie alles, was Menschen heilig, mit Füßen trat u in ihrem Herzen die Stimm der Nat erstickte, faßte sie, sage ich, sie faßte, sagte ich gleich als sie Königin geworden, den in allem verständl Entschluß, die Macht des Hauses Österreich auf Kosten ihres eigenen Blutes, des eignen Bluts, vergegenwärtigen Sie sich das, zu vergrößern.

Freude größer, als die, wenn es einer Fürstin an-

gekündigt wird, daß sie dem Staat einen Erben geboren, in dem Augenblick vergißt sie die Schmerzen, von welchen der Rang, den sie bekleidet, sie nicht hat ausschließen können, um alle Gefühle einer Mutt mit dem Ehrgeiz zu verbinden, den eine Reihe von Jahrhunderten geheiligt hat. Es hat Königinnen gegeben, welche Opfer dieser gar- u welche die welche ihnen des Kindes mit dem Leben bezahlt haben. Andere sind vor Gram, über die Entbehrung dieses konventionellen Glücks in u haben traurige Tage gelebt. M K war es vorbehalten, eine Ausnahme dieser Regel zu sein. Jedesmal, wenn man ihr einen Prinzen ankündigte, überließ sie sich dem unbändigsten Schmerz, bekam Zorn, ja, sie verfluchte sich. Nur bei der Geburt ihrer Töcht hat sie sich als eine Mutt-

Katharina von Medici, die Führerin der Franz des sechzehnt Jahrhund ist das einzige Vorbild, welches sich die Köni vo Neap vorgestellt hat. Ebenso ehrgeizig wie die übertrifft an Unkeuschheit, aber in Absicht des Verstandes steht sie weit unter ihr, sowie u in der Kunst zu regieren. Die Medici wollte regieren, dieser Lei sie zu befriedigen vergaß sie, daß sie Mutt war u sah in deren Kindheit sie hätte verewigen mögen, nur das fortune extraordinaire der verlängerten Regentschaft. Man behauptete Einfluß der Maria Stuart ihren Gemahl Franz II. das Leben man weiß Erwachen Karls IX. nach der Bartholomäusnacht Das ganze Leben dieser Fr ist ein Gewebe von Eigenmächtigkeiten, aber sie waren ihr wenigstens, und das wollen Sie bitte beachten, persönlich util, und nie gestattete sie sich welche, die nicht durch den Heißhunger zu regieren veranlaßt worden. Jawohl, M K war in Ansehung ihrer Töcht eine wohlwoll aufs höchste zärtl Mutt schenkte ihnen die aus-

harrendste attention und beschäftigte sich soviel mit ihrer Erzieh als die pflichtvollste Gattin u Mutt nur immer So verhielt es sich keineswegs in Ansehung ihrer Söhne. Gegen die war sie hart, eigensinnig u ließ sich gegen sie von ihrer bösen Laune beherrschen u nahm sich niemals die Mühe sie Einer unnatürl herrschsücht Stiefmutt gleich, weihete sie diese Kinder von dem Augenblicke ihrer Geburt an den härtesten Qualen

Ihr Lieblingsentwurf war ziemlich allgemein bekannt. Selbst dem König sind i Zorn oft Ausdrück entwischt, welche keinen Zweifel daran lassen, daß er von allem, was sie im Schilde führte, unterrichtet war. Sie hatte vor, es durch zu vermittelnde Heiraten so einzurichten, daß das Königreich Neap wieder unter österreichische Herrschaft komme, welches nur bei Verlöschung des männlichen Stammes der neapolit Bourbons statthaben konnt. Die sie unablässig ihrem sind keiner anderen Ausleg fähig. Hätte so hätte man, wo nicht aber doch den man nennen könnte. Allein viele Kinder, die ehe noch eine gegen sie statthaben kann O! Ich will lieber glauben, daß M K die einzige Mutt dieser Art war Kann man es sich vorstellen, daß die Hände, die für die jungen Prinzessinnen nur Liebkosungen hatten, mit Wut über die aus demselben Blut gebildeten Knaben herfielen, Kinder, denen kein anderer Fehler zur Last fiel, als ein Geschlecht, welches die Wonne jeder anderen Frau, wofern sie nicht selber ein Zepter führt, gewesen sein würde? Die Strafen vielmehr Martern oft mit Wut hinderten die Zwecke der Nat durch Leiden aufgerieben schmachteten steter Niedergeschlagenheit u Angst, wodurch die Barberei ihrer Mutt

nie öffnete ein Lächeln ihre farblosen Lippen, mit tränenfeuchten Augen bei dem kleinsten Geräusch bebend kannten sie nicht jenen so ungemischten so interessanten Frohsinn, der sonst die Jugend beseelt und ihr Leben gibt. Der Kronprinz war so oft gemißhandelt worden, daß ihn ein Schauder überlief, wenn er die Stimme seiner Mutt hört, u ehe sie ihn noch anredet, lief er, sich in die Arme des Königs zu werf, eine Zuflucht, die nicht immer verschont wurde. Von alldem habe ich mich selbst in Neap überzeugen können.
Als dieser kleine Dulder starb, überließ sich der Kön dem bittersten Schmerz, obschon das allmähliche Abzehren dieses Sohnes ihn auf den Verlust hätte vorbereiten sollen gegen zeigte die Kön eine solche Gleichgült, welche selbst diejenigen, die Zeugen ihres Betragens gewesen, in Erstaunen nicht eine Traurigkeit zu heucheln, von der ihr Herz nichts weit entfernt, ihren Gem trösten zu wollen, redete sie ihn nur an, um zu spott, indem sprach, sagte sie: als ich ihn gebar, wußte ich, daß er einst sterben müsse. Der geringste Mensch in Neap schien diesen Verlust mitzuempfinden es gab und gibt hoffentlich nur eine M K von Neap. Dafür Sorge zu tragen das ist, meine Herren, Ihre, oder darf ich es sagen, das ist, meine lieben jungen Freunde, Eure Aufgab als Mann u Mensch!
Na die.
Wer die?
Enkel. Nachwelt. Die die Bilder ausforschen, um Lehren zu ziehen, wie es heißt, Historie.
Ja, ja, wenn die wüßten.

(aber sie müßten doch eigentlich wissen, daß)

LÄSSEST DU DEINEN DIENER IN FRIEDEN

Hier, das ist, wo das Haus alle Dunkelheiten versammelt hat.
Gorani steht am Fuß einer Treppe, die steil und schmal mit einem oberen Stockwerk verbindet. Die rechte Hand hat er nach dem Geländer hingestreckt, das soll ihn hinaufführen, wird ihn dorthin begleiten, wo eine breite, von Geflüster, Stimmen, belebte Bahn Licht den Abschluß der Stufen überfällt, dorthin, wo neben einer Tür, die jetzt offenstehen muß, die Treppe endet.
Was für ein Haus! Die überdachte Torfahrt mit dem Seitengebäude, der Verbindungsbogen von Giebel zu Giebel, der breite Aufgang, zwei Schritt zur Straße hinab, und die Flügeltüren, die weit aufgeklappt standen, so daß es leicht war, keine Zweifel aufkommen konnten, keinen Mut abforderte, es einfach war, hineinzugehen, mit den Einsätzen von geschliffenem Glas und mit matten Gardinen dahinter, daß, wenn die Flügel ordnungsgemäß geschlossen wären, sich einander zur Tür ergänzten, kein frechlicher Einblick Platz gewönne, daß aber hinter den Vorhängen noch die Schatten sichtbar blieben, die sich bewegenden Dienersilhouetten, bereit, nicht einzulassen, bereit, zu empfan-

gen, abzuweisen, einzulassen, Tür, der man ansah, der man ansieht, daß sie neu eingetieft ist, erst seit einigen Jahren so breit dasteht, daß sie hinter sich ein Haus birgt, das einen Besitzer hat, der moderner, also französisch, wohnen will, Salons und neue Bequemlichkeit, die Treppe nach dem oberen Stock aber ist alt und eng.

Gorani hat die unteren Stufen abgeschritten. Kein Ächzen. Die Treppe gibt kaum einen Laut von sich, das Geländer spricht nicht über Goranis Berührungen, der Läufer unter den Schuhen verschweigt jeden Tritt. Wenn er, Gorani, er die linke Hand gegen die Wand ausstreckte und über den Putz hinfahren wollte, er fühlte nur die seidenen Tapeten, käme nicht mit der Wand in Berührung, nicht in Hautnähe mit dem Stein, würde von Mustern, Streifen, Bildern aufgehalten, die Bilder, die sind gut zu erkennen, jetzt zu erkennen, jetzt, da er die Treppe fast voll unter sich hat, wo das Licht die Wand schon mehr überhellt. Scherenschnitte, meist von Frauen, Schattenbilder, WURDE IN FRANKREICH NACH DER MITTE DES ACHTZEHNTEN JAHRHUNDERTS MODE, WAREN VIEL BILLIGER ALS DER PORTRÄTSTICH ODER DIE KOSTBAREN MINIATUREN, DER BILLIGKEIT VERDANKEN SIE AUCH IHRE BENENNUNG, UM SICH FÜR DIE DRAKONISCHEN SPARMASSNAHMEN ZU RÄCHEN, DIE ETIENNE DE SILHOUETTE, SIEBZEHNHUNDERTNEUNUNDFÜNFZIG FINANZMINISTER, EINFÜHRTE, SCHALT DIE PARISER GESELLSCHAFT ALLES, WAS EINFACH UND BILLIG WAR, *à la Silhouette*, DIE BEZEICHNUNG WURDE VON DER ACADEMIE FRANCAISE ANERKANNT, *il ne reste que l'ombre*, NICHTS BLEIBT

ALS EIN SCHATTEN, Gorani betritt die obere Plattform, steht mit den Beinen im Licht.
Rechts, wo das Licht herauskommt, eine halboffene Tür und dahinter ein geräumiger Saal mit großen Fenstern, die weit gegen das Luftmeer hin aufgeschlagen sind und auf der Längsseite voll den Sonnenbrei einfließen lassen, der sammelt sich vor den Wänden, fließt über das breite Bett, tropft von den Leuchtern und von der Öllampe ab, die in der Mitte des Zimmers von der Decke hängt, umspült die Regale, bricht sich durch die Tür eine Bahn, schlängelt sich um Goranis Schritt, verliert sich in den Schattenwinkeln der Treppe.
In dem Raum, der zugleich Arbeits-Und-Schlafzimmer zu sein scheint, führt sich ein Gespräch fort. Jemand diktiert etwas, ein anderer, wohl Aufschreiber, bestätigt mit kurzen Rufen, daß er alles verstanden, er aufgeschrieben hat, ein dritter neben dem Bett, sitzt auf dem Stuhl neben dem Bett, hat den Rücken zur Tür. Der Schreibende steht schräg gegen Stuhl und Bett, schräg zum Licht, um den Nacken liegt ihm ein lederner Riemen, der hält das Schreibbrett mit Tinte und Kielen fest, das er vor sich herträgt, vor sich hinhält, um zu schreiben, aufzuschreiben, was diktiert wird, diktiert wird vom Bett her. Da liegt einer.
Gorani stellt sich in den Schlagschatten ein, der sich in dem Winkel zwischen freiem Türpfosten und Quergeländer der oberen Plattform angesammelt hat, und kann so den Raum, der sich vor ihm auftut, fast ganz übersehen, kann zusehen, ohne aufzufallen, kann beobachten, ohne vor Augen zu sein dem, der durch die Tür auf die Treppe hinaussieht. Ohne in der Bahn zu stehn, kann er nun hinsehen.
Der, der schreibt, der geschrieben hat, tut einen Schritt auf das Bett zu, beugt sich zu dem Liegenden herab,

eine leichte Rückenverkrümmung vor dem Nichtsichtbaren, das hinter der Masse Bett vermutet werden muß, den Kopf dichter auf die Schreibplatte gesenkt, die Augen für den Teil einer Sekunde geschlossen,
Hochwürden brauchen nur noch zu unterschreiben.
Nein nicht.
Die Antwort brummig.
Lies erst vor, damit nichts vergessen ist.
Das Bärenfell, das das Bett zwischen den hohen Kantenpfosten mit den runden Holzkugelhäuptern, vier Monde, die um ein Gestirn stillstehn, voll überdeckt, hat sich nicht bewegt. Jetzt überläuft Regung das Fellhaar, eine Woge, die sich am oberen Bettende aufwirft, über den Pelz hinflieht und am Fußende, am unteren Querholz zerschellt. Aus dem Abgrund, der sich hinter dem oberen Pelzberg querzulagern schien, taucht das Bettgestirn auf, der Kopf eines Männchens, das nicht einmal im Liegen den Buckel verleugnen kann, der es ausziert, jetzt, wo sich unter der Glatze ein Gesicht hinsetzt über die Felldecke, ein Gesicht, das seine kugligen Augen aufwirft und den kindlichen Mund breitstellt, jetzt ist der Buckel deutlich zu sehen.
Wie oft hab ich Euch Dummköpfen schon gesagt, daß ich diese Anreden, Hochwürden, Abbé, Abate, nicht hören will. Für Euch bin ich Monsieur Galiani. Wenigstens im Sterben laßt mir die Illusion, daß, wenn Ihr schon nichts anderes, so doch vielleicht das hättet lernen können.
Galianis Gesicht ist vom Ärger mit einer Röte überschossen, die sich über Glatze und Ohren fortarbeitet, sich hinten in den Hals einkriecht und sich unter dem Batist des Nachthemds verliert.
Hochwürden haben ganz recht.
Der Schreiber ist vom Bett zurückgetreten, steht nun

sehr gerade da, einen Kiel in der Rechten, schweigt wieder, wartet.
Galiani wirft sich von der einen Seite auf die andere, von der anderen auf die eine, setzt sich zurecht, entzieht seine Arme jener Decke, die einst einen Bären als Bär auswies, hustet stark, bis das Bett zu einer schwankenden Chaise wird, einer Chaise auf den holprigen Straßen dieser Welt Neapel, der Welt unter der Luft, die vor den Fenstern dahinschwimmt.
Galiani will etwas sagen, findet aber, zu sehr mit Husten beschäftigt, nicht zu einem Wort. Hinter der Fußwand des Betts, wo jetzt ein ziemliches Tal Platz haben muß, da sich Galiani, der ohnehin fast zu klein ist, um als normaler Mensch zu gelten, aufgesetzt hat, zeigen sich Bewegungen an. Ein weißer Haarbausch arbeitet sich das Fell hinauf und folgt der Fährte im Pelz bis dicht an Galiani heran, stellt sich dort auf, betrachtet kritisch das Gehuste, diese ganze Anstrengung eines Menschen, der sich Zeit seines Lebens nicht sonderlich ausgefordert hat, der da war, wie ers für nützlich erdachte, und stets auch sein Auskommen fand, sagt jetzt,
Na, Alter, gib nicht so an.
Aber das ist nicht zu verstehen, nicht für den Schreiber in der Fensternähe, nicht für den, der da so nebenher am Bett rumsitzt, nicht für Draußen-Vor-Der-Tür Gorani, für Galiani vielleicht, wenn er jetzt nur aufhören würde mit Husten und hinhören auf dieses Raulen, kann aber nicht oder will nicht, läßt Vieh Vieh sein, das abdreht, das sich umkehrt, und DA GEHT ES UND LEGT SICH wieder ANS FUSSENDE, in den Angorahaaren verfängt sich das Licht.
Inzwischen ist auch ein Affe dem Bärenfell entstiegen, der springt jetzt, nachdem er auf dem einen Bettpfo-

stenmond Fuß gefaßt hat, irgendwohin ab, liegt in der Luft, ohne zu wissen, ob er ein Ziel über sich findet, streckt eine Vorderfußhand in den Raum hin aus und umgreift die Kette, die die Öllampe von der Zimmerdecke abhält, schwingt mit der Lampenliane von Wand zu Wand, schaukelt, ein alles überwandernder Reflex von Gegenstand zu Gegenstand, so daß das Licht im Raum an Leben gewinnt, nur über Galianis Glatze streift das Zimmerpendel, Pendel und Uhrwerk zugleich, als etwas Schattiges hin.
Der hat sein Husten eingestellt.
Was mach ich nur mit dem Pferd?
Der auf dem Stuhl neben der rechten Fußecke des Betts, der mit dem zu steifen Rücken, der sich nicht einmal an das hintere Querholz anlehnt, schiebt den Kopf nach vorn, schiebt ihn auf Galiani zu, fährt mit der Hand über den Pelz, fragt,
Was für ein Pferd.
Galiani antwortet nicht. Er hat seinen Blick in das Zimmer ausgeschickt, um die letzten Bilder einzuholen, Bilder von der Luft, vom Licht, von den Gegenständen, die die Nachrichten seines Lebens kundgeben, der Katzenschwanz, den er sich eben noch über seinen Füßen auftürmen sah, daneben der Hocker mit den täglichen Garderoben, die er nun endgültig dorthin abgelegt hat, kurzer rabenfarbiger Mantel, steifer Kragen und querliegend der Stock mit dem Elfenbeinknauf, an der Längswand ein Bücherregal, Voltaire, Rousseau und Diderot, die Freunde, das Fach mit den eigenen Schriften, COMPONIMENTI VARII PER LA MORTE DI DOMENICO JANNACONE, CARNE FICE DELLA GRAN CORTE DELLA VICARIA, RACCOLTI ET DATI IN LUCE DA S. ANTONIO SERGIO, AVVOCATO NAPOLETANO, was hat es für einen

Sturm gegeben damals, als dies Panegyrikon auf den Tod Domenico Jannacones, Stadthenkers von Neapel, in den Handel kam, und wie schön und öffentlich sich Don Sergio geärgert hat darüber, dieser Akademist, DELLA MONETA, wofür ich die Einkünfte des Bistums Cantola und auch der Abtei San Lorenzo bekam und den Titel Monsignore, die Titel, so ein Quatsch, und wenn ich bedenke, daß ich dafür den Mantel, lebenslang den Mantel abtragen mußte, dann jedenfalls, dann –, da die DIALOGUES SUR LE COMMERCE DES BLES, und das ist angenehm, am Ende berüchtigt sein, schöner noch als berühmt vielleicht, Frauenfreund, Atheist, jene Quartbände schließlich, die Epigraphen, *charmant et irreprochable Abbé, könnten Sie nicht, aber bitte doch, für Sie eine Kleinigkeit, die russische Kaiserin, gerade Sie, Galiani, ja, doch, nichts leichter, als große Worte anstelle großer Taten, das ist von Ihnen, Galiani, also bitte,*
ja, ja doch, ich weiß, aber jetzt nicht, jetzt nichts mehr, nichts, das ist selten leicht, ein bedeutendes Wort für Eure kleinen Taten zu finden, dann schon die Tür, die halb offensteht. Hinter der Tür die Treppe. Das Licht findet seinen Weg. Es setzt sich fort. Breitet sich aus. Auch, wo es schmaler zu werden scheint, breitet es sich noch aus.
Der mit dem zu senkrechten Kreuz hat die Hand von der Pelzdecke zurückgeholt,
Sie können, mein lieber Abbé, sehen, wie ich Ihnen zugetan bin, die toskanische Gesandtin hatte sich bei mir zum Essen angesagt, sie wollte mich anschließend mit in die Oper haben, aber ich zog vor, Ihnen Gesellschaft zu leisten.
Geben Sie ruhig zu,
Galianis Augen bewandern jenen Teil des Zimmers,

der sich rechts an die Tür anschließt, die Vitrinen mit musealen Kleingegenständen, Medaillen, Kameen, etruskische Vasen, die Truhe mit der Steinsammlung, der Schreibtisch, auf dem die Aufzeichnungen, Gliederung und die so herrlichen Einfälle, für das Katzenbuch liegen, INSTRUCTIONS MORALES DU CHAT EN FRANCAIS, PAR M. D' EGRATTIGNY, ROI, das nun nicht mehr zur Ausführung kommt, an der Wand über dem Schreibtisch das vermeintliche Borgiaschwert, das mich dreihundert Dukaten gekostet hat, der auf die Wand gerichtete Blick wird von der Schaukelspur, die die Lampe mit dem Affen durchs Zimmer zieht, durchkreuzt,
daß Sie mich als Arlekin ansehen, dessen Possen Sie mehr belustigen als die Rezitative der Oper. Also,
Galiani sieht den Besucher mit dem Geierkopf jetzt genau an,
welchen Zeitvertreib, mein aufrichtiger Freund Gatti, erwarten Sie von einem sterbenden Arlekin?
Ehe sich Gatti eine Meinung über Galianis Bemerkung, die jener mit erstaunlicher Ernsthaftigkeit zwischen sie beide hingestellt hat, zurechtdenken kann, lacht es unter der Glatze im Bett doppelt auf, ein hinausgestöhntes Gelächter oder gelachtes Stöhnen, ein Meckern, das zwischen Büchern und Tieren, zwischen Tür und Fenstern hin und her geht, das Gatti dicht umstellt, seine Gedankengänge belagert, leise über den Schreibtisch wegkriecht und zu den Fenstern ausfliegt. Galiani folgt seinem Gelächter mit den Augen nach. Die bleiben, nachdem sie eine Wolkenbildung hinter dem Fenster notiert haben, an dem Federkiel hängen, den der Schreiber, der immer noch nur so dasteht, schreibbereit zwischen Daumen-Zeige-Und-Mittelfinger gepackt hält, wartend auf ein Gerede.

Galiani hat jetzt nichts zu sagen, jetzt noch nichts über das Pferd. Aber geredet werden muß hier etwas, wer nicht einsam liegt, kann nicht mit einem Schweigen absterben, weil niemand wüßte, wer von denen da eigentlich auf einen Tod wartet, und niemand, wann wer dann endgültig verstirbt, und weil kaum zu erwarten steht, daß Gatti bereits wieder einen Mut zum Reden hat, sagt Galiani,
Lies mir vor den Wisch.
In der Fensternähe der Schreiber stellt den Kiel ins Tintenfaß ein. Er beläßt ihn dort, und schiebt seine Hand zurück aufs Papier. Der Kiel, eine zerschossene Fahne, paßt sich dem Zimmer nicht voll an. Er zersticht vor den Fenstern die glatte Fläche der Luft. Was der Schreiber jetzt abliest, Worte, Haupt-Und-Nebensatzverbindungen, die Worte stolpern übers Federgerüst und purzeln auf das Bärenfell nieder oder verwehen sich durchs Zimmer, werden vom Lampenpendel, das die Luft in der Raummitte in Stücke reißt, hochgejagt. Sie fallen zwischen die Bücher nieder, landen hinter der Tür an und legen sich auf Goranis Schultern, ruhen auf seinen Schuhen aus.
Den Degen des Cäsare Borgia vermache ich dem Prälaten Gaetano d'Aragona mit dem Beding, daß er meinen Neffen 300 Dukaten dafür ausbezahlen soll. Für den Fall, daß Monsignore d'Aragona die geforderte Summe nicht bezahlen sollte, beauftrage ich den Vollstrecker meines letzten Willens hiermit, unter diesen Umständen das Schwert mit dem schuldigen Respekt an ihre Majestät, Kaiserin Katharina von Rußland, als Zeichen unendlicher Dankbarkeit für alle mir erwiesene Güte zu übersenden.
Hier hält der Schreiber die Verlesung für eine Sekunde auf. Vom Bett her trifft, wie schon bei den anderen Be-

stimmungen, pünktlich Galianis Grunzen ein, das Zustimmung bedeuten soll und die Aufforderung, den nächsten Passus auch mitzuteilen. Gut. Sehr gut. Eine Kunst das, Testamente zu verfertigen. Galiani bewundert sich.

Die Sammlung jener Steine, die der Vesuv zu meinen Lebzeiten aus seinem Innern gegen mich ausgeschleudert hat, soll dem Heiligen Vater übersandt werden. Die Kiste soll die Aufschrift tragen, BEATISSIME PATER, FAC, UT LAPIDES ISTI PANES FIANT! Anm.

Wieder dieses Grunzen, Laut, den Nase und Rachen gleichzeitig ausführen, auch eine dunkle Stimmbandschwingung mit dabei, und das kurze Lachen, das Galianis Gesicht überläuft.

Das lohnte sich schon: auszudenken, was Galiani denkt, das seine Erben denken werden, und zu erdenken, was sie denken, das sich Galiani gedacht hat, damals vor seinem Tod.

Aber dazu ist jetzt nicht die Zeit.

Von der Treppe her durch die halboffene Tür oder durch die weiten Fenster ist das Geräusch eines Wagens zu hören, der anhält, stillsteht, Stiefelschritte auf dem Pflaster und dann unten im Haus, dort ein leises Wortgefecht, dann die Schritte die Treppe herauf, näher. Galiani blickt nicht zur Tür. Er starrt den Schreiber an. Der versteht.

Mein Museum vermache ich meinem Souverain, dem König von Neapel, doch muß er 6 Tausend Dukaten neapolitanisch Geld dagegen bezahlen, anders ich,

in der Tür, die breit aufklafft, jetzt keine Schranke mehr zwischen Zimmer und Treppenflur beläßt, steht in

Anm. Übersetzung eines aus dem Französischen, Saint Père, fait que ces pierres seraient du pain, übersetzenden Übersetzers: Heiliger Vater, mach, daß diese Steine zu Brot werden!

prächtigster Uniform, die alle Farben vorzeigt, die man hier überhaupt kennt, Akton, der großmächtige General.

Man habe vom bedenklichen, ja hoffnungslosen Zustand des verehrten Abate gehört, die ganze Stadt sei in Trauer um ihn, und die Königin habe höchst eigenst aus ihrer Bestürzung heraus einen Brief an ihren lieben Galiani geschrieben, den Akton persönlich vorzulesen gekommen sei,

auch das noch.

Verehrter, lieber Monsignore Galiani!

Lassen Sie mich zuerst meinem Schmerz darüber Ausdruck geben, daß wir mit Ihnen einen für König und Reich so nützlichen Mann verloren haben. Trotzdem aber muß ich Sie ermahnen, daß Sie wenigstens in der letzten Stunde vor Ihrem Weg ins ewige Leben Ihren allzu freien Geist zügeln und auf die wahren Gedanken des Heils lenken, denn beharrten Sie jetzt noch in Ihrer bisherigen Sündhaftigkeit, so wäre dies eine unbegreifliche Halsstarrigkeit. Entledigen Sie sich Ihrer Fehler und Irrtümer durch einen mustergültigen Abgang von dieser Welt, versöhnen Sie jene, die Ihr Verhalten empört hat, machen Sie das Böse, das Sie gewirkt haben, wieder gut. Wischen Sie Ihren skandalösen Lebenswandel aus, denn schon daran, daß Sie die hohe Gunst und die große Wohltat meines Schreibens noch vor Ihrem Tode zu lesen bekommen, schon daran können Sie die Gnade ermessen, die der Himmel dem Sterbenden spendet.

Und während Herr Akton weiter und weiter liest, und während Karoline an sich selbst Galiani die Existenz Gottes zu beweisen versucht, und während Gatti das interessierteste Gesicht von der Welt zur Tür hin vorzeigt, und während der Schreiber nicht weiß, was er mit sich anfangen soll, und während Galiani überlegt,

ob laut zu lachen oder wütend zu sein hier mehr angebracht ist, schiebt sich ungehindert das Licht im Zimmer weiter von Gegenstand zu Gegenstand, hat die Luft nicht Farbe, nicht Geruch vertauscht, schwingt sich die Lampe von Zimmerdecke zu Zimmerdecke, schwingt sie weit aus, so weit, daß das Öl nicht mehr ruhig verharrt und mitschwingt, aufschwappt und zurückschwappt und aufschwappt, sich selbst überspringt,
Akton wirft den Brief auf den Boden. Er steht mit einem von Zorn verzogenen Gesicht. Über seine Uniform erläuft sich eine breite Bahn Öl ihren Weg. In der Höhe des großen Ordenssterns über der linken Brust beginnend tropft sie sich bis zum Knie fort und bildet auf dem oberen Stiefelrand einen kleinen Rundbach. Akton greift an den Säbel. Er fixiert mit dem rechten Auge die Lampe und das Tier, das durchs Zimmer schaukelt, das jetzt über Akton steht, jetzt über dem Bett, jetzt über Akton, über dem Bett, über Akton, dem Bett, über, Akton hat den Säbel freigezogen. Seine Hand umklammert den Griff, als sei dies der einzig feste Punkt hier, hier die Insel im Meer der Bosheit. Galiani springt im Bett auf, wobei er den Pelz hochwirft und von sich stößt, so daß er erst am Fußende des Betts zusammenfindet und als ein wüstes Pelzgebirge liegen bleibt, die Katze wechselt das Nest und schlingert sich auf den Hocker hinüber, dort auf dem Rabenkittel, da rollt sie sich und gräbt ihren Kopf in den sonst steifen Kragen ein.
Wagen Sie es ja nicht, diesem Tier ein Leid zuzufügen, Leibnizens Seele ist in seinen Körper übergegangen.
Akton steht, für Gorani sehr sichtlich, verwirrt. Galiani, bereits wieder ruhig, kaut seinen Sieg voll aus.
Der Affe hat gleich jenem Gelehrten, das ist nur für Sie, Akton, die anderen Herren wissen dies, die Absicht gehegt, das Geheimnis des Perpendikels zu ergründen.

Der auf dem Bett stehende Galiani dreht sich um und geht die zwei Schritte bis zum Kopfkissen zurück. Jetzt ist sein Buckel sehr deutlich zu sehen, zu sehen an der unterschiedlichen Länge des Nachthemds, das vorn bis tief auf die Zehen hängt und sich dort noch ein wenig aufstützen kann, das aber hinten den Blick für zwei magere Beine mit spärlichem Bewuchs freigibt, sogar erlaubt, in die Kniekehlen einzusehen. Mit den Füßen auf dem Kopfkissen stehend, dreht Galiani den Kopf zu Akton hin, sagt,
Sie haben völlig recht, Herr Minister, mein Reisewagen steht schon zur letzten Abfahrt bereit, man wird nicht zögern, auch den Ihren vorzufahren.
Und weil der Herr Akton noch nicht gleich weggeht, fügt Galiani hinzu,
Sagen Sie meiner Monarchin, daß sie, wie Sie sich selbst haben überzeugen können, vielleicht etwas voreilig gehandelt hat, mich so trefflich für meine Reise ins Jenseits auszurüsten, noch fühle ich mich kräftig genug, um mich in der Hoffnung zu wiegen, ihr wieder und wieder die Hand küssen zu können.
Mit dem weltbekannten galianischen Grunzen reckt er Beine und Hände weit aus, läßt sich im Bett hinfallen, die Füße strecken sich, sie angeln nach dem Pelz, sie klemmen ihn zwischen sich ein und schleppen ihn, indem sie den Knieen Befehl geben, sich anzuhocken, bis vors Gesäß, von wo Galiani das Fell selbst mit den Fingern aufgreifen und über sich ziehen kann.
Akton ist aus der Tür verschwunden.
Das Licht trifft jetzt breit auf die Schattenbilder an der Wand hinter der Treppe auf, so daß die Ebenholzrahmen ovale Schattenkanäle in die Seide eingraben. Eine schmale, oft unterbrochene, eine flüchtige Ölspur zeichnet seinen Weg zur Treppe nach, die, weil er die Tür

weit offengelassen hat, gut bis zur obersten Stufe zu verfolgen ist.
Du wirst schon sehn, ja, das mach ich mit dem Pferd.
Galiani hat sich im Bett wieder zurechtgefunden, sieht sich lange um, stellt fest, daß alles seinen Platz hat, die Bücher, die musealen Gegenstände, der Schreibtisch, das Borgiaschwert, Gatti auf dem Stuhl am Fußende, die Katze, die eben wieder aufs Bett überwechselt und sich hinter Galianis Füßen zusammenkriecht, der wandernde Lampenreflex, vor dem zweiten Fenster der Schreiber. Der wartet immer noch ab, liest jetzt aber weiter, weil wieder ruhige Ruhe im Raum steht, und weil Galiani nicht redet, nur vor sich hinschnauft, sorgsam die Hände mit weitauseinandergespreizten Fingern auf der Decke auslegt und sie lange beblickt und mit den Augen den Handrückensehnen nachgeht, auf ihnen entlanggeht bis zu den Fingerkuppen.
Meine angefangenen INSTRUCTIONES MORALES DU CHAT vermache ich meinem Kollegen, der das Manuskript, das ich mir als Moralsatire gedacht habe, die beweisen soll, daß Katzen oftmals klüger sind als Menschen, denn die Katzenmutter bringt ihren Jungen vor allem zwei Grundsätze bei, die Pflichten gegen den Menschen und den Haß gegen den Dämon Hund, da Mäuse- und Rattenjagd Katzenpflicht ist, und da die Jungen, wenn sie in dieser Richtung ein vorbildliches Leben geführt haben, das ewige Leben in der Himmelsstadt Mausopolis erwartet, deren Mauern aus Parmesankäse erbaut und deren Straßen mit Kalbsschnitzeln gepflastert sind, wo es auch von Ratten und Mäusen wimmelt, die weniger als Nahrungsstoff, denn als Unterhaltung für die Katzenseelen gedacht sind, obwohl auch zu den Lebenspflichten gehört, die Kastratenkatzen mit größter Hochachtung zu behandeln, da diese

Tiere von den Göttermenschen als auserkorene Wesen anerkannt werden, die im Dies- und Jenseits ein glückliches Dasein genießen, besser, oder doch genauso gut, dessen bin ich sicher, als die anderen gegenwärtigen Autoren zuendebringen kann, jedoch soll er dafür eine handschriftliche Abschrift seines Handmanuskripts der Idylle MÄUSEFEST bei dem Vollstrecker meines letzten Willens hinterlegen und soll,
Schreib jetzt erst das mit dem Pferd.
Der bisher vorgelesen hat, der Aufschreiber, legt das Blatt auf das Schreibholz zurück und zieht ein frisches Papier hervor, gelbliches Bütten, das von dem turiner Papierschöpfer Senger stammen muß, der Schäffers, des Superintendenten zu Regensburg, Gemisch aus Pappelwolle, Wespennestern, Hobelspänen, Hölzern, Moosen, Flechten, Stroh, Disteln, Rohrstengeln und Nußbaumblättern noch mit grüngelben Wasserfäden durchsetzt hat, die dem Papier etwas Unzerstörbares geben, wie er sagt, und die sein Zeichen CONFERVA sehr sichtbar hinter der Schrift lassen, legt es auf das Schreibbrett vor seiner Brust, streicht mit der flachen rechten Hand von links unten nach rechts oben über das Blatt, läßt die Hand dann acht französische Zentimeter durch die Luft gehen, bis sie mit dem kleinsten Finger den Federkiel streift, noch drei Finger breit am Kiel vorbeifährt, dann, als der Zeigefinger rechtwinklig zur Feder waagerecht in der Luft liegt, fallen die restlichen Finger mehr oder weniger senkrecht hinab, krümmen sich ein, nur der Daumen bleibt fast gerade, der Zeigefinger schiebt sich hinter die Feder und rutscht am Kiel entlang auf das eingelassene Tintenglas zu, kurz vor der Tintenoberfläche bremst der Finger ab, preßt sich fest an den Kiel, zieht den kaum verwinkelten Daumen und den halbrund eingerollten Mittelfinger mit an den Kiel, die drei Finger

heben den Kiel aus der Flüssigkeit, stoßen noch einmal nach, schieben das sehr spitze Kielende dicht über den Rand des Glases hin, kehren in die Luft ein, folgen ihrer Acht-Zentimeterroute zurück aufs Papier, stechen den Kiel in die samtige Büttenfläche, arbeiten sich dort weiter, lassen den Kiel vorbedachten Zeichen, Figurenteilen, Linienschablonen folgen, die, ohne daß auf dem Blatt etwas zu sehen ist, schon da sind, fertig vorliegen, denen müssen Finger und Kiel jetzt folgen.

Meine Stute Voltaire soll komma es ist mein ausdrücklicher Wille komma im Trauerzug gleich hinter meinem Sarg mitgeführt werden punkt Sie soll meinen alten Jagdwagen ziehen komma auf den folgende Wachsfiguren zu setzen sind doppelpunkt die Königin komma der General Akton gedankenstrich beide haben eine halbe königliche Krone aufzuhaben gedankenstrich komma der König komma der vorn stehen soll mit Händen komma als halte er dort die Zügel punkt Sein Kopf soll nach hinten zum Wagen gedreht sein semikolon die Königin komma die die Hand in Aktons Schoß liegen hat komma dicht bei dem komma was aus Aktons Hose vorn ausbrechen will komma soll mit der anderen Hand dem königlichen Kutscher den Weg zeigen punkt Nach meiner Beerdigung soll das Gespann auf dem Largo del Castello abgestellt werden ausrufezeichen Ende

Dem Himmel sei Dank!

Galiani wirft die Hände in die Luft, läßt die Finger für eine kurze Plauderei hoch über dem Bett stehn und holt sie wie ein Winken auf das Bärenfell zurück. Galianis Affe hat die Rufe der Hände verstanden. Er stößt sich im Umschlagpunkt zwischen Lampenauf-Und-Abschwung vom Ölpendel ab, führt eine Drehung in der Luft aus und landet weich auf dem Bett auf, hockt sich zu Galianis Händen. Der läßt sein Grunzen hören, die-

ses befriedigte Schnaufen, das das Schreibgeräusch des Federkiels, das noch durch den Raum jagt, übertönt, und duckt sich tiefer in das Bett ein.
Doktor Gatti ist auf seinem Stuhl am rechten Bettende immer näher auf Galiani zugerutscht. Er sitzt jetzt, steif wie er nun einmal ist, auf der vorderen Stuhlkante, fragt,
Was haben Sie denn nur mit diesem Pferd.
Ich habe es loszuwerden gesucht,
sagt Galiani, er wickelt dabei den Affenschwanz um seine linke Hand herum auf, und sagt,
es behinderte mich in meinen testamentarischen Anordnungen.
Das will noch nicht viel bedeuten. Es erklärt nichts.
Und also Gatti,
Aber warum bloß.
Galiani arbeitet sich ein Stück aus dem Bett heraus, reckt seine Glatze hoch über den Pelz und sieht Gatti an.
Ich wußte nicht, welchem Artikel er zuzurechnen sei. Immobilia? es hat doch noch eine Art von Bewegung. Mobila? es gibt nur selten eine Anzeige von Leben. Das hätte zu Streitigkeiten unter meinen Erben Anlaß geben können, und derer will ich sie überheben.
Galiani lacht mit weit aufgerissenem Mund, lacht sehr laut, sein Mund stellt sich breit, so breit, als ob er andauernd das Wort BREIT ausspräche, dann wieder a-förmig in die Länge gerissen, unter dem Fell die Beine biegen und strecken sich, und der Buckel bekommt etwas Schwingendes, so daß das Nachthemd unter den Armen zu fliegen beginnt, vom Fußende, vom Querholz her streicht die Katze auf das Gelächter zu, springt hinein in das Lachen, die Augen des Affen reißen sich groß auf und rudern zwischen Galiani und Gatti, der ebenfalls

angefangen hat mit Lachen, hin und her, paddeln sich bis zum Fenster durch, wo auch der Schreiber nicht mehr gelächterlos dasteht, dieses Lachen treibt die Luft zu den Fenstern aus, bricht den Damm der Türschwelle und stürzt an Gorani vorbei die Treppe hinab durchs Haus. An der Wand das Schwert des Cäsare Borgia mischt ein Scheppern mit ein.
Der allzu blecherne Ton läßt das Gelächter verstummen.
Galiani fällt auf das Kissen zurück. Er liegt etwas hilflos, liegt als schmerze ihn seine Buckligkeit, liegt als drücke er sich die Sprache entzwei, jene Worte, die er sich für diesen Fall, für die kommende Minute, zu sprechen vorgenommen hatte.
Die Verstorbenen langweilen sich,
sagt er zur Zimmerdecke hinauf, die ist wieder wie ein ruhiger Himmel anzusehen, ohne den Auf-Und-Untergang eines raschen Gestirns,
und sie haben mir darum einen Einladungsbrief gesandt, damit ich mich ihnen ehestens zugeselle,
die Worte sind leise geworden, so leise, daß sie Gorani kaum noch verstehen kann,
und ihnen etwas Erheiterung verschaffe.
Auch das Letzte fast nur gegen die getünchte Decke hingesagt, in der feine Risse, Quadrat-Und-Rechteckformen, die Wohnkammern eines künftigen Himmels beschreiben.
Galiani nimmt seine Hände vom Pelz, zieht sich mit ihnen den Pelz ganz über den Kopf und holt seine Arme in die Dunkelheit unter dem Pelz nach, so daß nichts mehr von ihm zu sehen ist, Galiani ist tot.
Im Zimmer Lebendes und die Gegenstände behalten ihren Platz.
Gorani durchquert das Licht auf der oberen Plattform

und folgt dem Geländer die Treppe hinab. Er durchsteigt das neue Portal. Er steht vor dem Haus mit der überdachten Torfahrt und dem Seitengebäude, mit dem Verbindungsbogen von Giebel zu Giebel.
Galiani ist gestorben.
Vielleicht auch nicht.
Wer weiß.

Zweiter Teil

ICH WILL EUCH ZU MENSCHENFISCHERN MACHEN

Erstes Gespräch in der Bibliothek.

vor den Mattangriff haben die Götter den Stellungskampf gesetzt,
Gorani ist ins Reden gekommen,
Eröffnung und Anlage sind schon von Wichtigkeit, denn in Partien, die mit Strenge durchgeführt werden, zeichnet der beiderseitige Aufmarsch die Entscheidungen vor, weil alles Folgende davon handelt, die Entscheidungen zu sichern oder zu hindern, jedoch prägt die Art der Entwicklung der Kräfte allen Unternehmungen ihre Merkmale auf, wobei sicher ist, daß eine harmonische Entwicklung mit versteckten Spannungen und Energien Schwung und Freude verleiht, während ein Eiterherd im eigenen Lager Mühsal, Niedergeschlagenheit und Wirrnis ausbreitet, und natürlich gibt es dabei, Sie werden es mir bestätigen können, zierliche, mürrische, brutale, schlaffe, exakte, bizarre, nervöse Eröffnungen, aber wer zuerst auf dem Kampfplatz ist, der beherrscht ihn, bis sich im Pläneschmieden die Fantasie erweist, denn ich glaube, man kann eher ohne Verstand als ohne Fantasie zum Kampf antreten, und der hat recht, der sagt, das Letzte zuerst zu wollen, heißt, die

Krippe, 15. Station

eigene Deckung vergessen, weil Leerlauf, Zeitvergeudung und Gefährdung der Stellung die Folge sind, und weil es nur auf den Sieg, nicht auf Totalzerstörung ankommt, denn in hoffnungslosen Lagen und bei übermäßiger Materialeinbuße gibt man auf, wohingegen andererseits das Abschlachten des Wehrlosen langweilt, aber die Gebärde des Opfers, die dagegen ist die reizvollste des Kampfes, sie heißt Mut und verlangt einen Willen zum Geist, denn immer bedeutet Opfer Hergabe materieller Macht für Unberechenbares, Bewegungsfreiheit, Spannung, Angriff, ein Mehr an Energie, Möglichkeiten, Möglichkeiten, die Metamorphose bewirken, Wandel von Quantität zu Qualität, und erst später finden die Rückverwandlungen statt, Kraft wird zu Stoff, bis das Übergewicht des einen oder anderen die Entscheidung bedingt, bei dem allen aber steht für mich fest, echtes Opfer beruht auf Glauben, Glauben, das kein Wagnis ins Blaue hinein ist, sondern ein Gefühl für Stellungen und Spannungen, ein Abschätzvermögen, dabei können unsere Opfer durchsichtig sein oder trüb, Selbstmord oder Sieg, und allein aus der sicheren Hoffnung auf den Sieg werden die Opfer gebracht und werden sie angenommen, auch dabei spielt, meine ich, spielt Abschätzung die größere Rolle, weil Glauben gegen Glauben steht, und, wer das gewissere Gefühl gehabt hat, weil selten eine Wendung bis zum Grund durchsichtig und nichts ohne Rest ist, den Sieg erringt, jedoch auch dabei, versteht sich, prägt der Ausdruck des Persönlichen, denn nicht einsame Mittelpunktssituation des Schöpfers herrscht, sondern zwei Ideen, jede ein anderes Temperament, ein anderer Scharfsinn, ein anderes Taktgefühl, eine andere Fantasie, da ist kein vis-à-vis dem Chaos, sondern da ist Gegnerschaft der Persönlichkeit, das ist es, Coletta, denn die Kampfführung des Persönlichen

hat Linie, Logik und Zucht, ihre Argumente sind schön, weil die Züge, mit denen sie sich beweisen, sinnvoll und nachprüfbar sind, und obwohl es Vorhaben gibt, die unsinnig dünken, öffnet plötzlich das Ziel dir die Augen, und du erkennst Tiefe und Schönheit, weil eben nicht List herrscht, und weil taktlos ist, wer mit den Fehlern des Gegners rechnet, sondern in Versuchung führen, herausfordern und dabei selbst Blößen freilegen, das steht über der Fallenstellerei, ja, sogar Mut und Humor ist darin, aber den zu begreifen ist das Vorrecht der Fühlenden,
Gorani läßt den Satz in ein Lächeln ausgehen.
Trotzdem,
fügt er noch an,
es hilft nichts, Frauen sind dazu ungeeignet.
Coletta, der, das war deutlich zu sehen, sehr aufmerksam zugehört hat, blickt auf, ärgerlich zuerst, dann mit amüsierter Zustimmung, so einer Komplizenschaft, die mit zwinkerndem Auge die verkehrte Wahrheit dadurch, daß der Mund Beistimmung ausspricht, als lügenhaft kundmacht,
Ja,
sagt Gorani,
eine Erfahrung das alles, das, und was der Regeln noch mehr sind, ÜBERLEG JEDEN ZUG EH DU IHN AUSFÜHRST, EIN GUTES HANDWERKSZEUG EHRT DEN MEISTER, CHINESISCHE STEINE SIND VOM ÜBEL, FREUE DICH ÜBER EINEN GEWONNENEN KAMPF UND ÄRGERE DICH ÜBER EINEN VERLORENEN ABER LASS BEIDES DEINEN GEGNER NICHT MERKEN, BELÄSTIGE DEN DER DICH BESIEGT HAT NICHT MIT BEWEISEN DAFÜR DASS EIGENTLICH DU HÄTTEST GEWINNEN MÜSSEN, ALLE PAR-

TIEN WERDEN DURCH FEHLER VERLOREN, LASS DIR NICHT UNGEDULD ANMERKEN, das kennen Sie ja alles, und auch den Satz der Sätze, VERSUCHE JEDE PARTIE AM SCHLUSS ZU REKONSTRUIEREN WENN DU DAS NICHT KANNST HAST DU DEN BEWEIS DASS DU DEINEN EIGENEN KAMPF NICHT VERSTANDEN HAST
Wirklich, Sie sollten eine Abhandlung über das königliche Spiel schreiben.
Ach, wissen Sie, Signor Coletta, Theorien gibt es genug. Ich referierte wohl. Beheim. Auch Schwarzbach möglich. Ich dachte dabei eigentlich mehr an die Veränderungen. (Pause) Ich meine, daß das ein Kunstwerk sein kann, eine Revolution.
Gorani beugt sich tiefer über das Spiel. Die Schatten auf dem Brett liegen unruhig. Die Figuren bewegen sich. Sie laufen gegeneinander auf. Hier arbeiten, schwarz gekleidet, Papst, Erzbischof, Bischöfe, Priester, die immer ihre winkligen Wege befolgen, gradlinige Äbte und Mönche gegen einen Bürgerkönig, seine belle dame, gegen Ratsherren und winkelzügige Kaufleute, Soldaten und Bauern mit hellen, fröhlichen Gewändern vor Gorani her.
Es beginnt so:
ein Bauer schnürt den Kittel fester um den Leib, lädt sich den Pflug auf die Schultern, watet ins Land aus, um sich zwei Schritt Boden umzubrechen. Kaum hat er sein Gerät ins Land eingestochen, als mit weitausgestreckten Armen sich ein Mönch vor ihm aufstellt, vor ihn zwischen das wilde Kraut, schreit, hier komm du nicht hin, hier ist Gottes Land. Ehe man aufeinander losgeht, was soll ein Bauer schon gegen einen Mönch ausrichten, kann sich nur mit der Wucht seines Körpers gegen die Fluchreden anstemmen, hält auf der Straße der Wagen eines

Kaufmanns still, Frucht muß sein, das beweis ich jedem Pfaffengeschmeiß. Da geschieht es, daß, der übers Land reitet, ein Priester, in kleiner Entfernung verhält und bleibt, um dem Mönch zuzuspringen. Die Sache wird allgemein. Sie spricht sich um. Die Stadt schickt einen Ratsherren aus, der in seinem Mantel aus weißlichem Tuch erst noch dabeisteht, noch zusieht, aber schon droht, juristisch vorzugehen. Dann beginnt er die Verhandlung. Der Bischof, der dem Ohr des Heiligen Vaters so nahe ist, stellt sich schützend vor seinen Priester und verspricht, den Handel ganz oben anhängig zu machen, bedroht den Bürgerkönig mit dem Bann. In der Stadt und in den Dörfern rings umher kommt ein Murren auf, die Bauern greifen zu ihren Geräten, ein erster rückt schützend aus. Aber das Heilige hat seine Autorität. Joseph Capece Turlo, der Erzbischof, tritt mit päpstlichem Wort und Schutz hinter Bischof, Priester und Mönche. Das läßt zur Vorsicht raten. Der König zieht sich aufs Jagdschloß, auf eine Festung hinter volkreichen Dörfern und hinter den Lagern der Leibwache zurück. Man muß dem Volk imponieren. Mönche, mit den Mündern voll bösem Wort, ziehen über Land. Aber das, so scheint es, bewirkt ein Gegenteil, die Bauern stehen sich bei, es geht um zwei Schritt Boden. Man findet dicht zusammen, dichter noch und drohend mit einem Ernst, so daß der Bischof flieht, sich erst neben Priester und Mönchen zur Ruhe stellt und einen Graben freiläßt zwischen den Ratsleuten mit dem Bauernheer und seinen geistlichen Brüdern. Man will nicht zu viel Zeit verlieren. Ein zweiter Ratsherr fährt beim Erzbischof vor und läßt dies melden: alles Land gehört den Leuten, der Bauer hats zur Arbeit, er pflüge dort. Der Erzbischof schickt einen Mönch zu der Verhandlung aus, der droht dem Rat Gewalt, und jener geht zurück für einen Schritt und wird doch neu von Mönchen angefallen. Des Bürgers Wut greift Platz. Sie stürmen das Palais, ein Mönch fällt schwer, und auch ein Kaufmann stürzt zu Boden. Rechtzeitig alarmiert erscheint belle dame und wendet an den Papst sich nun direkt. Der weicht noch aus, und so gelingt es, der Mönche Aufruhr an diesem Platze zu zerstreuen. Der Papst tritt mit dem Erzbischof in die Beratung ein. Das ist der Augenblick, um auf umstrittnem Land die Bauern breit zu sammeln und so zu zeigen, wem das Feld gehört. Der mit den weiten Armen steht noch immer und predigt laut im Savonarolaton, spricht gegen den Besitz der Welt. Man hört ihm zu. Noch hört man. Ja, man beschließt, er soll Erfolge haben, soll Bauern auf den Knieen finden, sich bis zur Stadt hin durchpredigen, soll seinen Sieg lauthals vermelden, bis daß belle dame heimlich den Vatikan umstellt hat und ihren Sieg diktiert. Es läßt sich an. Der Mönch, von den Erfolgen trunken, die er durchs Land erpredigt und die der Brüder Chor besingt bis vor des großen Vaters Stuhl, dringt weiter vor und weiter und gläubig scheint, was eben noch voll Rebellion und Heidentum, man geht nach Haus, man schenkt das Land den Mönchen, man fastet sich zuend, sogar die Garnison verfällt dem frommen Rausch, der Mönch steht groß und einsam, und, während sich belle dame nur einen Bauern und den Ratsherrn, der sie schon stets begleitet, zur Hilfe nimmt, hält jener längst das äußerste, das linkste Nest besetzt, pflanzt dort sein Kreuzlein auf und wird zum Erzbischof,

Gorani führt einen Bauern von ef fünf nach ef sechs. Sein Arm legt für die Dauer der Bewegung ein Schattenbrett über das Spiel. Coletta sieht kurz hoch, sieht Gorani an, dann vergräbt er sich wieder im Geschehen, stützt den Kopf in die Handflächen ein, die Handrücken

sind schmal, die fast mageren Finger stoßen weit ins Haar vor.
Welchen Linienführungen, Figurenfolgen seine Augen nachgehn, welchen Möglichkeiten sie voraus sind, das ist für Gorani nicht zu erkennen, nicht jetzt. Er sieht auf die teilweise von den inneren Handkanten verdeckten sehr unruhigen Lider, unter denen sich nur noch ein Nasenteil und rechts und links daneben je ein Barthügel zu befinden scheinen.
Es ist angenehm, der Stille zuzuhören.
Die Geräusche der Luft. Das Wachsen von Haaren, von Fingernägeln. Der Atem des Holzes. Die Wege, die ständig das Blut befährt. Das Knistern im Staub. Die Gespräche, die das Zinn mit den Kerzen tauscht. Nirgends ist das Schweigen so beredt wie in einer Bibliothek. Hier sind die Schätze der Erde versammelt. Die Geister gehen umher in leisen Schuhen und unterreden sich, die Tölpel führen mit dem Holzschwert ihre Fehden fort, da ist kein Unterschied, nur die Lächler haben hier einen Ehrenplatz. Sie dulden sich. Die Luftschichten über den Büchern bewahren Formeln und Geräusche auf, sie kennen eine Zukunft für die Welt, Schritte über dem Gras, der Gang Zarathustras, ein Reisrutengeraschel, die Tritte zwischen dem Meer, aufbrüllten die Fische, Diotimas verletzlicher Schritt, Versinken ein Unendliches, ewige Peripathie, ein Volk, das im finsteren Land, am Arno Elefanten, die Meditationen Aurels, heraus schießt Lorbeer, und mit Windmühlenflügeln weht es uns an, was Sirenen sagen, was Gherardesca und was der Lillabullero und was Nebel, die mit mächtigen Stimmen einherfahren, anderes, was seit Abdera, was seit Schildburg Gesetz, GLEICHHEIT FREIHEIT BRÜDERLICHKEIT, und die lauten Toten und die leiseren, und die Toten im Rauch, und daß das

Glück verloren macht, daß Unkraut besteht, daß der Krieg ein Meister ist, und in den Ecken dies Hämmern, Gebete, Finger, die winters an ein Tor klopfen, Sätze, die sich rundherum anschlagen, und Augen, die unversehens aufwachen und blind vor dem Licht enden, und mit den lärmenden Freunden die, der, der auf dem Kopf steht und mit wackligen Schuhen Verse aufsagt, um sich ein geneigtes Ohr zu finden, dieser Johann, den man hier überall antrifft, das Geräusch fallender Schuhe, das Schweigen sich türmender Schuhe, der geflügelte Schuh, dieses irdische Vergnügen an unnachahmlichen Sätzen, dieses HANDLE STETS SO und dieses ICH FISCH EIN GERICHT IRRLICHTER IN DEN WIESEN,
hier vertropfte kein Schritt,
Coletta nimmt die Hände vom Gesicht und legt den rechten Arm neben das Brett, blickt auf Gorani, lächelt. Mit der linken Hand greift er nach dem schwarzen König, der hier wie ein Papst ausgeschnitzt ist, und hält ihn, indem er die Figur auf das Brett aufdrückt, mit Daumen und Zeigefinger fest, die Finger der rechten Hand fassen jetzt den Stein oben und schrauben ihm, ein Gewinde im Elfenbein, die Tiara vom Haupt.
Die legt Coletta vor Gorani aufs Spielbrett.
Von dem dem Spieltisch zunächst stehenden Regal zieht Coletta eine jener Dosen herunter, wie sie auf den Schreibtischen überall zu finden sind, kleine geschwungene Behälter, mit dem bräunlichen, dem graugelben Pulver, das so meisterhaft in Leipzig und auch in London zerstoßen wird, das hier, das Coletta zwischen zwei Finger versammelt, so heraushebt, das ist, man riechts, aus dem Schneebergischen, Pulver mit aromatischen Kräutern, besonders Angelika, durchmischt, in Bockau, Sosa oder Schönheyde, Coletta häufelt, nachdem er die Dose auf dem Tischchen abgestellt hat, den feinen

Staub, dicht neben der seinem Körper zugewandten Seitenkante des Rückens der jetzt unbeschäftigten Hand, auf dem Handrücken zu einem geringen Hügel zusammen, hebt unter gleichzeitigem Senken des Kopfes die Hand auf das Gesicht zu, verdeckt nacheinander mit dem Handrücken die Nasenlöcher und atmet das Pulver ein, diese geübte Geste des Schnupfens, die kaum zu beschreiben ist, kaum in ihrer Eleganz.
Woher kommt es, daß die Regenten, deren Kabinette ja mit den Dosen, die sie verehren, wem sie eine Gnade anzeigen wollen, überfüllt sind, selbst keinen Gebrauch, frage ich mich, von den Pulvern machen, Friedrich der Zweite war der einzige Souverain, von dem ich weiß, daß er Tobak schnupfte, und das so häufig, daß er anderen den Gebrauch, wie berichtet wird, desselben hätte verleiden können, der König und die Königin von Neapel gebrauchen keinen, die Prinzen und Prinzessinnen des Hauses Österreich keinen, der Hof zu Lissabon keinen, die Kaiserin von Rußland keinen, der König von Schweden keinen, sie alle haben sich lediglich vorbehalten, die Einkünfte dieses köstlichen Bedürfnisses ihrem Privatvermögen zufließen zu lassen, halten sie es, frage ich mich, wie die Priester mit der Religion, Observanz predigen, um sich selber zu entziehen, oder hat sich bei ihnen etwa schon herumgesprochen, daß das Blattgewächs Nicotiana, das vor zweihundertdreiunddreißig Jahren Jean Nicot der stämmigen Katharina Medici schenkte, den geistigen Fakultäten des Menschen schaden soll, und sind nun, das meine Idee, so bescheiden zu fühlen, daß sie, da sie von dieser Seite höchst wenig einzubüßen haben, sich der augenscheinlichen Gefahr nicht aussetzen dürfen?
Coletta verteilt durch eifriges Naserümpfen den Tabak gleichmäßig über die Schleimhäute, sagt,

Ich gebe auf,
niest dann, die Nasenflügel dehnten sich weit aus, ein feiner Sprühregen überfiel das gemusterte Brett, Coletta hält sich an der Tischkante fest, legt den Oberkörper zurück, bis die Schulterblätter auf der niedrigen Stuhllehne aufruhn, niest, niest noch einmal.
Mit diesen schwarzen Figuren gewinne ich immer. Meine Methode, wissen Sie, ist, den Gegner einzuschnüren. Ich lasse keinen Platz zu breiten Aktionen.
Das ist mir verständlich, hier im Neapolitanischen. Eine allgemeine schwarze Methode, sozusagen. Vier Drittel des Bodens sind kirchliches Eigentum, nicht wahr.
Die Zahl mag stimmen. Es lag an unüberlegter Habsucht. Sie müssen zugeben, meist zahlt sich das aus, eine zweite Dame zu haben.
Ich bin kein Neapolitaner. Nicht, daß ich besser spiele, nein, ich meine, ich hab nicht den Respekt vor den Kutten.
Aber Signor Gorani,
Junger Jakobinermönch notzüchtigt Mädchen und tötet es. 5 Barfüßermönche ermorden ihren Superior. 2 Kanoniker begehen auf dem Chiaia gewaltsamen Einbruch und entkommen mit beträchtlicher Beute: Die Ereignisse einer Woche, zu schweigen von dem, was sich innerhalb der Klöster abspielt. Dafür gibt es keine Justiz.
Bei mehrfachem Mord schon. Natürlich, wenn man des Täters habhaft wird. Innerhalb der Klöster gilt kein Staatsrecht.
Ah, deshalb auch ist der Mönchsstand ein so blühendes Gewerbe in den Sizilien.
Nicht darum.
Coletta hat den Stuhl zurückgeschoben, jetzt steht er auf, streicht die Tabakkrümel aus dem Bart und klopft

die Reste von der Hausjacke ab. Er faßt den Leuchter und watet durch das Dunkel über dem Parkett zum anderen Ende der Bibliothek.

Fortsetzung des Ersten Gesprächs in der Bibliothek und Das Zweite Gespräch.

Colettas Bibliothek hat ein Fenster. Gleich links neben der Tür nimmt es das erste Viertel der Längswand ein. Die Wände sonst sind dicht mit Regalen verstellt, auch über der Tür setzen sich die Buchreihen noch bis zur Zimmerdecke fort, fünf oder sechs Regale stehen quer im Raum, sie lassen nur auf der einen Seite einen Durchgang frei, die Kanäle zwischen den Regalen, Regale, in die die Bücher von zwei Seiten eingestellt werden können, sind schmal, bieten gerade für eine Person Raum, nur zwischen dem letzten Querregal und der rückwärtigen Schmalwand des Zimmers hat ein Spieltisch mit schmächtigen Stühlen Platz, die Fensterbreite bildet vor den durch den Raum gestellten Regalen im Zimmer einen Markt, in dessen Mitte unter vielkerzigen Leuchter ein breiter Tisch gestellt steht. Ein grober Sessel dazu.
Gorani hat sich erhoben. Er folgt an den Regalen vorbei Coletta zum Tisch. Von den Farben der Buchrücken und von der Tönung des Holzes ist nichts zu erkennen, Coletta führt den Leuchter zu schnell durch den Raum, das Licht gewinnt nicht Zeit, sich einen Hof in dem Dunkel freizubrennen, Gerüche, ja. Die ledernen Rükken, Duft von frischem Pergament, von Druckfarbe,

vom Wachs, vom Staub. Der Faulgeruch über Büchern, deren Seiten braune Flecken angesetzt haben.
Coletta ist, den rechten Arm mit dem Leuchter hochgereckt, auf den Sessel gestiegen, steigt jetzt weiter vom Sessel auf den Tisch, entzündet den Leuchter, der von der Decke hängt.
Gorani tritt ans Fenster. Draußen versprüht sich ein leiser Regen, nicht einer von den plötzlichen Schauern, die bauchige Tropfen auf die Straße knallen, wo sie aufschlagen und Wellenkreise um sich bildend zerspringen oder als Blasen die Gossen hinabsegeln, auch nicht so ein Dauerregen, der sich zwischen dem Pflaster zu Bächen formiert und den Pferdemist auseinanderfasert, ihn ins Schwimmen bringt, ein Regen, der sich wie ein Tuch anfühlt und der die Aussicht fast klar läßt. Von der Stadt ist jetzt nichs zu sehen. Die Kühle vor dem Fenster und ein Rauschen in Bäumen zeigen den Regen überhaupt nur an, aber vielleicht ist es das Rauschen allein, das Gorani ein Regnen vermuten macht.
So, Signor Gorani.
Die Bibliothek ist jetzt gut erhellt. Auf den Dielenbohlen, die das Licht weit in den Raum reflektieren, nur unter dem Tisch hat die Nacht jene Dunkelheit versammelt, die sich nicht mit hinter die Regale verkriechen können, steht Coletta. Der beugt sich über den Tisch, über großformatige Blätter mit Zahlen und Vergleichen. Ein Arm fordert Gorani auf, im Sessel Platz zu suchen.
Die Sache ist, kurz gesagt, folgende.
Man rechnet gewöhnlich, daß eine Nation zu ihrer Verteidigung zu den Land-Und-Seesoldaten nur jeden hundertsten Mann einziehen dürfe, jeder Mann mehr würde dem Ackerbau, dem Kommerz, allen Zweigen der Industrie und vor allem der Erhaltung der Art entzo-

gen. Bei einer Bevölkerung von beinahe Viermillionensiebenhunderttausend bedeutete das eine Truppenstärke von siebenundvierzigtausend Mann, das Königreich Neapel unterhält gegenwärtig ein Heer von achtundvierzigtausend Soldaten, nun das mag angehen, da doch, wenn auch keine kontinuierliche Fortpflanzung gewährleistet ist, viele Soldaten verheiratet sind oder außerehelich den Bevölkerungsspiegel im Gleichgewicht halten. Von den verbleibenden viermillionensechshundertzwoundfünfzigtausend Bewohnern wird in den beiden Sizilien zusätzlich die folgende Menge dem ehelichen Leben, das die Grundlage jedes Staates ist und auch sein muß, entzogen,

Erzbischöfe	einundzwanzig
Bischöfe	einhundertundzehn
Weltpriester	fünfzigtausend
Mönche	dreißigtausend
Laienbrüder	dreitausend
Nonnen	dreiundzwanzigtausend
Laienschwestern	zweitausendsechshundert

macht zusammen hundertundachttausendsiebenhunderteinunddreißig, die paar tausend Bastarde jährlich, von denen die Hälft umkommt, noch ehe sie ein fruchtbares Alter erreicht, sind nicht zu rechnen. Bleiben viermillionenfünfhundertdreiundvierzigtausendzweihundertneunundsechzig für den menschlichen Fortbestand sorgende Einwohner, wir wollen die große Zahl Eheloser, ehelos, weil unfruchtbar oder impotent oder kastriert, und ehelos, weil die vielen jüngeren Söhne adliger Familien durch die nur geringen Glücksgüter dahingebracht sind, auf die Annehmlichkeiten einer rechtmäßigen Ehe Verzicht zu tun, nicht noch hinzuaddieren.

Gemäß den Gesetzen der menschlichen Natur müßte folglich das Reich der beiden Sizilien seit langem menschenleer stehen.
Indes,
Coletta, der während der ganzen Zeit keine Bewegung gemacht, nur mit den Armen steif auf die Tischplatte aufgelehnt dagestanden hat, schiebt die Statistiken ordnungsgemäß übereinander, richtet sich vom Tisch hoch und geht, die Wirbelsäule gering durchgedrückt, um den Tisch herum, bis er auf der Gegenseite, nur die eine Tischbreite entfernt, aufrecht vor Goranis Sessel steht,
ist unser Land dennoch gut bevölkert. Aber welcher Ursache verdankt es seinen beträchtlichen Bevölkerungsstand, der bei einer besseren Kooperation,
Coletta läßt seine Hände in die Taschen des Hausrocks einfahren, so daß die Ärmel, die vom Taschenrand aufgehalten werden, Colettas Körperummaß rechts und links in Hüfthöhe je um ein faltiges Stoffgeknüll weiten,
noch um ein Vierfaches gesteigert werden könnte? Der Fruchtbarkeit seiner Weiber, die bei dem stets heiteren Himmel, bei dem angenehm milden Klima viele, ja zu viele Kinder gebären, und das ist auch der Grund, weshalb sich die Klöster mehr und mehr füllen. Hat zum Beispiel ein Hausvater fünf Kinder männlichen Geschlechts, so behält er davon eins, die anderen bringt er in verschiedene Klöster oder auch nur in ein einziges, wenn er dem einen besonderen Vorzug gibt, diese Kinder werden in einem Alter von sechs und sieben Jahren aufgenommen, können jedoch erst im sechzehnten Jahr ihre Gelübde ablegen, schon in frühester Kindheit bekommen sie den Ordenshabit und werden mit anderen Novizen zusammen unterrichtet, es wird nichts unter-

lassen, ihnen Liebe einzuflößen, Liebe zum Orden und zum geistlichen Stand, Liebe zu andern Novizen ihres Alters, was ihnen den Aufenthalt in der Abgezogenheit angenehm macht, und endlich sagen sie sich gegenseitig zu, sich nie zu trennen. Ebenso verfährt man in den Nonnenklöstern. Natürlich,
Coletta zieht die rechte Hand aus der rechten Jackentasche,
es kommt wohl auch vor,
und aus der linken die linke,
aber selten,
läßt die Hände herabfallen, die Arme schütteln sich durch,
daß ein junger Novize, wenn er das Alter, die Gelübde abzulegen, erreicht hat, seinen Entschluß ändert und sich danach, in die Öffentlichkeit zurückzukehren, sehnt, aber,
im Reden reibt Coletta die Ärmelenden glatt, bis Gorani von den Falten, die eben noch sehr sichtbar waren, keinen Bruch, nicht die Spur eines Knicks mehr ausmachen kann,
von seinen Verwandten wird er als ein schlechtes Subjekt zurückgeschickt, denn alles, was er an Nahrung und Kleidung im Kloster bekommen hat, müssen sie in bar ersetzen, und die meisten Eltern sind aufgebracht darüber, ein Kind, dessen sie sich auf immer entledigt hielten, wiederzubekommen, die behandeln es übel, und das zwingt die jungen Leute, in das heilige Leben zurückzukehren.
Coletta, im Kerzenlicht, ist um den Tisch herum und an ihm entlang auf Gorani zugegangen, stellt sich parallel zur Tischkante vor Goranis Beinen auf, stößt sich mit den Füßen von den Bodenbrettern des Parketts ab und setzt sich, unter Zuhilfenahme der Hände, die Un-

terschenkel gefährlich dicht bis vor Goranis Kniescheiben ausschaukelnd, auf den Tisch,
Die zu gut gebärenden Frauen sind es, die, wie Sie es auszudrücken beliebten, dem Mönchsstand zu Dauer verholfen, ihn zu einem blühenden Gewerbe gebaut haben.
Also die Armut,
sagt Gorani.
Wenn Sie so wollen, ja,
sagt Coletta.
Ich sagte lieber,
sagt Coletta,
diese tierischen Verrichtungen.
Sie sind ein Ästhet.
Gorani ist aufgestanden, so daß er jetzt dicht vor dem auf dem Tisch sitzenden Coletta steht.
Ich? Sie.
Nein, Sie.
Aber ich bitte Sie. Sie haben vor noch nicht zwanzig Minuten eine fantastische Theorie von der künstlerischen Vollkommenheit der Revolution entwickelt.
Ich liebe schöne Dinge. Ich fände es gut und wichtig, wenn eine Revolution akkurat geplant und mit künstlerischer Zweckmäßigkeit durchgeführt würde, kurz, wenn sie sich sauberer, das heißt, ihr entsprechender Mittel bediente. Damit sie, wenn Sie so wollen, schön ist. Aber wie Kriege nicht in Manövern entschieden werden, so kann doch auch nicht auf dem Papier, auch auf rousseauschen Buchgefilden, einem NEUEN EMILE etwa, nicht, eine Revolution zum Sieg kommen. Die Umstände, die zu Revolutionen zwingen, bestimmen den Ausgang, hier die Armut und was daraus entsteht, Sie werden es sehen.
Gorani läßt sich in den Sessel zurückfallen, er legt den

Kopf an die Lehne an, sieht zu den Kerzen mit ihrem unruhigen Licht hoch,
das muß doch zusammenkommen, Sie sind Historiker, Coletta.
Der stellt seine Beine wieder auf dem Parkett auf, geht zur Langseite des Tisches und faltet die Statistiken zusammen, sagt,
Sie haben recht. Aber der Grund zu allem, das, was vor der Geschichte lag, Anfang und Ende und Anfang, darum eigentlich bin ich Historiker, der Sinn, Sie verstehen schon, der darin ist, wo das endet, das interessiert mich.
Mich auch

DA ER ABER DAS VOLK SAHE, GING ER AUF EINEN BERG UND SETZTE SICH UND TAT SEINEN MUND AUF

P. Coletta, der Historiker, erzählt.
Bevor die große Revolution den Kontinent zu einem mächtigen Staatswesen vereinigte, (und ich bin sicher, daß es einmal dahin kommt), gab es unter den Reichen Europas im Süden ein Land, das weder auffallend groß und glücklich noch besonders klein und unglücklich war, das aber wegen seiner geographischen und klimatischen Bedingungen zu den schönsten Ländern der Erde gezählt werden mußte. Hohe Berge, von denen während des langen Sommers der Schnee nicht abschmolz, durchzogen es von Norden bis Süden, schattige Wälder umlagerten sie, und groteske Felsen ließen den Gebirgskamm in der Fantasie des Betrachters von Gestalten belebt sein, Dämonen mit knolligen Gesichtern, Götter, deren Häupter in den Wolken standen, an ihren glattwandigen Körpern sich spiegelnd vervielfältigte die Sonne ihr Licht über den Tälern. Ringsum an den Rändern wurde das Land von dem blauesten Meer umspült, das je eines Menschen Auge gesehen hatte, Strände mit blendendem weißen Sand umgrenzten das Land genauso wie steile Küsten, auf denen Meervögel brüteten, und Klippen, vor denen sich die Wellen mit

gewaltigem Aufheulen auseinanderwarfen. Inseln waren aus dem Meer gekommen und umlagerten das Land, felsige Eilande, auch reichbevölkerte Flächen mit Bergen, Feldern und Dörfern. Auf den Inseln und auf dem Festland wuchsen Wein und Mais, Zitronenbäume und Oliven und wegen der milden Winter sogar Palmen und Granatäpfel. Städte mit prächtigen Bauwerken und mit gepflasterten Straßen bezeigten den Reichtum der Herrschenden. Das Land, das nur im Norden fest mit dem Kontinent verbunden, dort an ihn angewachsen war, lag wie ein großer Traum quer im Meer, es stand, eine Oase Sicherheit, vor den Augen des Schiffers auf, und wer es einmal in der Ferne vor dem Bug seines Bootes hatte aus dem unruhigen Gewoge der See heraustauchen sehen, der vergaß nie die Sehnsucht, die ihn plötzlich beschlich, die Sehnsucht, dorthin heimzukehren. Der Anblick der zuerst grauen Ferne, einzelne Gipfel, die sich aus dem Dunst heben, dann Unterscheidung von Bergen und Wäldern, das Hervortreten einiger Gegenden, eine Bucht, die sich breit auftut mit hellem Strandstrich, eine Stadt dahinter mit kupfernem Getürm, einem Schloß in der Höhe, ein Hafen mit sehr deutlichen Masten, dieser Anblick blieb lebenslang vor jedem Auge wach.
Nimmt es noch wunder, daß diesen Landstrich zu besitzen, so weit man auch zurückdenken mag, das ausgemachte Ziel aller Mächtigen und Abenteurer war, und das nicht allein, weil sie die besondere Schönheit des Landes liebten, sondern weil dort König sein auch bedeutete, das südliche Meer mit seiner Schiffahrt und seinen Fischgründen zu regieren. Schon die ältesten Lieder besangen die Gefahren und die Freuden, die für den Seemann darin lagen, sich dieser unbekannten Küste zu nähern und anzulanden, und auch die Lust, dort

zu bleiben, die so groß war. Könige aus allen vier Himmelsrichtungen lösten sich seitdem in der Regierung des Landes ab, und weil das Land immer nur für kurze Zeit in der Hand eines Herrscherhauses war, und weil jeder König voll damit beschäftigt blieb, seine Regentschaft gegen die Feinde, die vom Norden oder vom Meer her ins Land einfielen, zu sichern, wurde das Volk, das die Soldaten zur Verteidigung stellen mußte, und damit das Land immer ärmer. Und je ärmer die Bevölkerung war, und je kostspieliger die Kriege wurden, um so mehr wuchs die Höhe der Mittel, die die Fürsten zu ihrem Unterhalt dem Land abverlangten. Wohl gab es hier und da Unzufriedenheit und auch bisweilen Erhebungen von Sklaven und Fischern, aber da das Land auch weiter sehr schön und sehr fruchtbar war und seine Bewohner billig ernährte, merkte das Volk die eigene Rückständigkeit kaum und war, und darin hat, glaube ich, sein eigentliches Elend gelegen, ziemlich glücklich dabei.

Das änderte sich auch nicht, als man herausfand, daß das Land im Süden ebenso leicht und teuer wie mit Kriegen durch Verheiratung zu erobern sei, und so kam es, daß, ohne daß es jemand groß bemerkt hätte, das Land noch häufiger als zuvor seinen wahren Besitzer wechselte.

Von nun an, da man die Rechte des Blutes zu dem heiligsten Recht erklärt hatte, fuhren anstelle feindlicher Heere Unterhändler und Gesandte mit prunkvollen Wagen über die Berge des Nordens in das Land ein und reisten, die Besitzansprüche ihrer Könige durchzusetzen, von Küste zu Küste. Mit ihnen kamen Gelehrte und Forscher, die entdeckten, daß das Land zwischen den Meeren mit seinen Felsen und Vulkanen, seinem primitiven Fischerhandwerk und seiner rührenden Armut das Land auch ihrer Sehnsucht war, der Sehnsucht, den kahlen Städten jenseits der Berge, der Kälte des Nordens, wo das Meer stets grau blieb, den ruhelosen Geschäften zu entfliehen und hierher zurückzukehren, zurück zu einfachen Dingen, Wäldern, rohem Fisch, ländlichem Wein und dem langen Strand, um sich für immer auszuruhen in der Natur, um zwischen den Bergen, den Meeren zu sein.

Zu dieser Zeit herrschte in Neapolistan, so nämlich hieß dieses Land, und kein Mensch hat jemals erfahren, wann und wie es zu diesem Namen gekommen, ein König, den wir Ferdinand nennen wollen, Ferdinand, weil das ein Name ist, der seinen Träger dazu bestimmt, besonders kühn zu sein, kühn zum Krieg wie zum Frieden, und von seiner Kühnheit zu ewigem Frieden erzählt diese Geschichte.

Als Ferdinand den neapolistanischen Thron bestieg, war er nicht nur noch sehr jung, sondern auch völlig unerfahren in der Kunst des Regierens. Er beschäftigte sich mehr damit, in den Wäldern am Fuß der Berge zu jagen, den Fischern bei ihrer Arbeit zuzusehen und das Geschrei auf den Märkten mit anzuhören. Vor allem aber liebte er es, in der Küche zu stehen und für sich und seinen Hofstaat tausenderlei Gerichte zu erdenken und zuzubereiten, und nicht selten geschah es, daß man auf den Straßen und auf den belebtesten Plätzen der Hauptstadt einen Koch sehen konnte, der hinter einem frei aufgestellten Herd sein Handwerk ausübte und allen Leuten die Kostproben seiner Geschicklichkeit verkaufte. Da sich der König von seinen Untertanen in nichts mehr und in nichts weniger unterschied als durch eine besonders große Nase, die ihm mitten im Gesicht stand, und da das Volk den jungen König sehr liebte, ertönte überall, wo jener Koch mit der auffallenden

Nase seinen Herd aufgeschlagen hatte, der begeisterte Ruf VIVA RE NASONE, hoch lebe König Nase.
Mit der Zeit erregte diese allzu würdelose Bezeichnung jedoch den Unwillen der Hofbeamten, und als sich der junge König mit der Prinzessin eines nördlichen Kaiserreiches vermählte, war es mit dem guten Verhältnis, das zwischen dem König und seinen Untertanen bestanden hatte, ein für allemal vorbei. Der neuen Königin war das Leben im Süden fremd, und weil es ihr nicht gelang, sich ganz einzugewöhnen, und weil ihr die Bewohner mit ihrer Sprache und ihren Sitten verhaßt blieben, ließ sie nichts unversucht, um dem Königshof und der Hauptstadt das Aussehen jener Städte zu geben, die sie von Jugend auf kannte, der Städte hinter den Bergen.
Ferdinand war es schnell müde, seiner Gemahlin mit Widerspruch zu begegnen, und von nun an war er noch häufiger als früher auf dem Meer oder in Wäldern, und wenn er nicht in einem der von der Königsstadt weit entfernten Jagdhäuser war, so vertrieb er sich mit seinen Hunden in der Ebene vor seinem Sommerschloß die Zeit oder ließ sich die Jagdberichte aus Ansbach und Madrid vorlesen.
Die Königin indessen regierte mit einer Schar von Ministern und Günstlingen das Land, alles Männer, die sie aus den Ländern des Nordens hatte zu sich kommen lassen. Keiner von ihnen liebte das fremde Land, jeder war bemüht, so viele Reichtümer, als ihm nur möglich war, für sich selbst zusammenzubringen. Steuereintreiber und Polizisten taten das Ihrige, und alles Volk fing an, gegen die Königin und gegen die Art, wie sie regierte, zu murren, ja, man erzählte sich sogar, die Königin habe behauptet, daß ein Volk, das mit seinen Herren unzufrieden, besser zu lenken sei, und also wolle

sie das Volk lehren, seinen König zu hassen. Auch führte sie die Unzahl der Vorschriften, die das höfische Leben im Norden regelten, in Neapolistan ein, so daß es nur noch sehr selten geschah, daß das Volk den König sehen konnte. Es wurde verboten, König Ferdinand den RE NASONE zu nennen, und wer ihn in Zukunft einmal von Ferne erblickte, oder wer mit anderen über ihn redete, der legte von nun an die Faust an die Nase und rief leise ES LEBE DER, VON DEM NICHT GESPROCHEN SEIN DARF.

Als Ferdinand gewiß geworden war, daß er in seiner Hauptstadt nicht mehr würde ruhig und zufrieden leben können, und daß er seine Untertanen nicht glücklicher machen konnte, beschloß er, für immer in sein Sommerschloß überzusiedeln und in der Ebene vor dem Schloß ein Dorf zu errichten, in dem wenigstens ein paar Familien in Glück und Frieden leben sollten.

Er ließ in der Ebene und auf dem angrenzenden Hügel Leucio Gebäude und Fabriken errichten und legte eine Verfassung für diese Kolonie des Glückes fest. Danach sollte völlige Gleichheit unter den Bewohnern herrschen, alle sollten einfach und gleich gekleidet einhergehen, keinerlei Unterschied und keinerlei Übermut durfte es geben, Ehen sollten nur aus freiem Willen der künftigen Ehegatten geschlossen werden, und deren Eltern besaßen kein Einspruchsrecht, die Mädchen sollten keine Mitgift erhalten, sondern Ferdinand wollte jedes junge Paar mit einem Häuschen und allen zur Gründung eines Hausstands nötigen Geräten beschenken, alle Kinder sollten einen Schulunterricht besuchen und außerdem sollte jedes je nach Talent und Neigung in einer anderen Kunstfertigkeit ausgebildet werden, auch sah die Verfassung Blatternimpfung und alljährlich stattfindende Gesundheitsüberprüfung vor, weil die Kranken aus der Kolonie ausgewiesen wurden, Leichenbegängnisse sollte es nicht geben, und wenn jemand unverhofft sterben würde, dann sollte er in der schlichtesten Weise und ohne Prunk in die Erde gebracht werden, das Tragen von Trauerkleidern wurde untersagt, höchstens ein Florstreifen am Ärmel gestattet, Testamente gab es nicht, der Besitz Verstorbener fiel dem Gemeinschaftsgut der Kolonie zu, die Verwaltung der Gemeinschaft sollte einem Ältestenrat unterliegen, der von den Familienoberhäuptern auf die Dauer eines Jahres in geheimer Abstimmung zu wählen sei, Verbrecher, die die Senioren verurteilten, sollten den königlichen Gerichten unterstellt werden, doch nicht, ohne zuvor ihrer Kolonistentracht entkleidet worden zu sein, um der Gemeinde keine Schande zu bereiten.

Ferdinand schloß sein Verfassung mit den Worten,

ICH GEBE EUCH DIESE GESETZE, BEACHTET SIE, UND IHR WERDET GLÜCKLICH SEIN.

Bald siedelten sich dreißig Familien in der Kolonie des Königs an, gesunde und kräftige Leute alle, denn sonst wäre ihnen die Aufnahme in die Gemeinde versagt worden. Da es fast ausnahmslos Tuchmacher waren, ließ Ferdinand die zu Handbetrieben nötigen Maschinen und Werkzeuge heranschaffen, und schnell waren die neuen Webereien im ganzen Lande berühmt, und ihre Erzeugnisse wurden überall gekauft, besonderer Beliebtheit erfreuten sich die dort gewirkten Strümpfe. Der Verdienst wurde gleichmäßig unter alle aufgeteilt.

Der König kam häufig in das neue Dorf, denn auch er hatte sich dort ein Haus bauen lassen.

Er stiftete Kolonistenehen, fungierte als Taufpate, und es kam auch vor, daß er bei solchen Anlässen den hübschesten unter den jungen Ansiedlerinnen nahe und näher trat. Böse Zungen im Ausland und die Königin behaupteten, König Ferdinand habe sich mit der Gründung des Gemeindewesens lediglich einen Harem anlegen wollen, aber das waren Verleumdungen, die beweisen sollten, daß es friedfertige Könige und glückliche Völker nicht geben könne, denn Tatsache ist, daß die Kolonisten wirklich anfingen, fleißig und zufrieden zu sein.

Da geschah es, daß ein junger Kolone, dessen eheliche Rechte Ferdinand versehentlich geschmälert, aber wer wollte das dem König verübeln, der soviel für die Gemeinde und ihre Bewohner getan hatte, sei es aus Undank oder durch die Reden der Königin verhetzt, hinging und eine Gewehrkugel in das königliche Schlafzimmer einschoß, doch ohne Ferdinand zu treffen, oder vielleicht, ohne ihn treffen zu wollen. Der König, der sich von seiner Herrschaft immer mehr entfremdet sah, fürchtete, daß Mißgunst ihm nun auch sein eigenstes und größtes Werk zerstören könnte, und er setzte alles daran, den Erhalt seiner Schöpfung, das Paradies in der Ebene zwischen den Wäldern, den Bergen, dem Vulkan und dem Meer, das er sich erträumt hatte, für lange Zeit zu sichern. Er ließ auf dem Platz in der Mitte des Dorfes alle Bewohner der Kolonie versammeln und befahl, den jungen Kolonen neben sich auf die Mitte des Marktes zu stellen. Dann verlas Ferdinand laut die Verordnungen, die er der Gemeinde gegeben hatte, und er schloß die Verlesung mit eben den gleichen Worten, mit denen er schon damals die Verfassung geendigt hatte,

ICH GEBE EUCH DIESE GESETZE, BEACHTET SIE, UND IHR WERDET GLÜCKLICH SEIN.

Von der Eindringlichkeit, mit der der König zu ihnen

gesprochen hatte, tief bewegt, gingen alle von der Versammlung weg in ihre Häuser.
Noch in derselben Stunde wurde der Kolone erschossen.
Nach diesem Tag erst begannen die Einwohner von San Leucio, wirklich glücklich zu sein.
Und so,
so schließt Pietro Coletta seinen Bericht,
leben sie jetzt.

FOLGTE IHM VIEL VOLKS NACH, DARUNTER VIELE WEIBER

Nein,
sagt Gorani,
nein,
obwohl es eigentlich etwas Besonderes ist, im Süden, hier in Neapel, sommers Theater zu haben, wo doch, wie jedermann weiß, Theaterspiel von Palermo bis Venedig, Schauriges, Komödie und die schlimmen Opern, von März bis Dezember unstatthaft ist, päpstlich, das heißt, juristisch erlaubt nur zwischen Weihnacht und jedes Mal Aschermittwoch, außer diesen Guckkästen und was man sonst noch so auf den Straßen ausführen kann, Lieder, gesprochene Strophen von schönen Taten, der Bänkelsang, TRAURIGE UND BETRÜBTE FOLGEN DER SCHÄNDLICHEN EIFERSUCHT WIE AUCH HEILSAMER UNTERRICHT, DASS ELTERN, DIE IHRE KINDER LIEBEN, SIE ZU KEINER HEIRAT ZWINGEN, SONDERN IHNEN IHREN FREIEN WILLEN LASSEN SOLLEN, ENTHALTEN IN DER GESCHICHTE HERRN ISAAC VELTENS, DER SICH AM 11. APRIL 1756 ZU BERLIN, IM PREUSSISCHEN, EIGENHÄNDIG UMS LEBEN GEBRACHT, NACHDEM ER SEINE GETREUE EHEGATTIN MARIANNE UND DERSELBEN HÖCHST UN-

SCHULDIGEN LIEBHABER JÄMMERLICH ERMORDET, Handpuppen natürlich und Mandolinenballaden, Scharaden, alle Art Tänze, auch Marionetten. Das hier, wo Gorani einen Holzstuhl mit niedrigem Rückenbrett und steifen Seitenlehnen inmitten einer Art Loge, mehr ein Bretterkabinett mit schmaler Tür, zwei Sitzen und Balustrade zum Zuschauerraum hin, innehat, das ist nicht ein überdachter Straßen-, kein Marktteil, ist ein rohes Vorstadthaus, die Balken kaum mit Stroh und Lehm belegt, in Hafennähe, ein Wagenschuppen früher vielleicht, jetzt Menschenstall mit Bühne, und tatsächlich so etwas wie Theater. Doch das darf nicht zu ernst genommen sein, dieses Wort Theater, man sitzt weder vor der Bühne della Valle, die den vatikanischen Dispens hat und also auch im Mai Juni Juli August September Oktober November spielen, aber nur Kinder unter Vierzehn auftreten lassen darf, und die ja eigentlich an die Strada Fratina nach Rom hingehört, noch in Neapels Prachtbau Theatro San Carlo, das sogar während der Fasten in Betrieb sein kann als einziges hier und seit Jahren die eine geistliche Oper, *Zerstörung von Jerusalem durch Nebukadnezar, Kavallerie- und Invanterie-Angriff auf Tempel und Stadt, in Versen von Sernicola, dasiger Jurist, und in Musik von Giordanello, Kapellmeister*, mit der ganzen tozzischen Singschule zur Ehre Gottes und des angereisten Publikums vorstellt, Frauen auf der Bühne ohnehin nicht zulässig, dafür hat Tozzi seine Soprane, Heldinnen, Liebhaberinnen, Mütter und Zofen ehmals männlichen Geschlechts, Gott will erfreut sein durch die süßsten und hellsten Töne, deren wir fähig, auch der Papst hat seinen Verschnittenenchor, aber das alles findet sich hier nicht vor, hier nicht einmal eine mittelmäßige tozzische prima donna, die die tausend Nuancen

von Beglückung bis Lust auf die Züge der Besucherinnen aufzaubern könnte, die, die Besucher, die sind zahlreich, zahlreich an Alter, Beruf und Geschlecht, denn vor Gorani die siebenundzwanzig geraden seitenlehnenlosen Stuhlreihen sind voll besetzt. Auch die Logen, die die ganze Breite des Zuschauerraumes in Anspruch nehmen, nur rechts und links Platz für je eine Tür, von denen sich durch Wandkerzen ausgeleuchtete Gänge an den Stuhlreihen entlang bis zur Bühne hinziehen, freilassen, und so das Innenhaus des Theaters rückwärtig begrenzen, zeigen nirgends einen verwaisten Sitz.
Gorani stellt die Ellenbogen vor sich auf die mit schon reich zerschlitztem Stoff, ursprünglich blaßfarbene Seide wohl ohne erkennbares Dessin, überspannte Balustradenplanke, taucht das Gesicht zwischen die Handflächen ein, die Daumen, unter die Kinnlade in jenen Winkel gedrückt, den Hals und Unterkiefer gemeinsam ausbilden, und die Finger über den Backenknochen legen sich dem Gesicht gut an, die Augen versuchen, über der Unzahl der Köpfe, ein Gewirr runder Hügel mit meist ordnungslosem Gestrüpp, etwas von den Bewegungen auf der Bühne in sich abzubilden. Die Quergerade der Kerzen, die vor der ersten Reihe, zwischen der kaum erhöhten Spielfläche und dem Publikum also, entlang gebaut ist, erhellt Leute- und Bühnenhaus, das Licht wird von der weißgetünchten Decke bis in die Logen hin verschickt.
Der ihn begleitet hat, Brissac, der jetzt neben ihm sitzt, Brissac beugt sich Gorani zu, sagt,
Na, was glaubst du, antworte ich dem Liebhaber der russischen Katharina?
Reden, das kann man in den Theatern im Süden.
Da kommt man herein, sucht seinen Platz, setzt sich, sitzt, steht auf, wandert vereinzelt oder in Gruppen die

Gänge ab, sieht sich um, wird auch gesehen, tauscht Gruß und Gegengruß, Gerufenes und Gerüchte aus, um sich dann irgendwo wieder niederzulassen, um neu besehen zu werden, die Geschichten wiederholt zu bekommen, und so kann man sich aus den Versionen und aus Verschwiegenem ein Tages-Und-Weltbild zusammensetzen, das lange, bis zum nächsten Theater, ausreicht, nur dann und wann, man weiß, was zu erwarten steht, Geräuschpausen für eine Arie.
Hier, vor Gorani, das Publikum hier ist anders. Und obwohl jeder die Geschichte, die sich vorn abbegibt, genau kennt, und obwohl alle den Text, der auf die Bühne gehört, mit gesammelten Kräften durchs Haus schrein, *Leonilda mia, ti presento il cavaliere Don Giacomo Casanova, Veneziano, amico mio*, verfolgt fast jeder das Stück, als sei, was er zu sehen für würdig getroffen, sein eigenes, das einzige, das wirkliche Leben.
Trotzdem fällt es Gorani schwer, sich auf das Spiel zu konzentrieren, denn die Leute mit den magnetischen Augen, sie lenken ab, sind in Bewegung, rutschen auf ihren Stühlen das Sitzgeld ab, schieben sich von links nach rechts, sich von rechts nach links, von neuem so, so als müßte sich jeder seinen Ausblick auf die Theaterwelt erst zurechterobern.
Wer nicht in einer der Logen sitzt, der muß das hier.
In der ersten Reihe dieses TEATRO DEL POPOLO, das die Sorgen vertreibt, auf dem Mittelplatz, sitzt, fett und kahlhäuptig, Bruder Steffano, das Knollengesicht, schon an die Siebzig nun und immer noch ein obergefährlicher Bettelmönch, der mit ihm, dem Helden dort, dort auf der Bühne dem, Abate, Ritter, Weisheitskünstler, Intrigant, sogar Bibliothekar auch, diesem Herrn Casanova durch Italien gereist ist, damals, nach Ancona damals, nach Macerata, Loreta, Spoleto, ja fast

bis Rom, und der ihn, pestverdächtiger Hungerleider, mit durchgefüttert hat, damals, nach der Ordnung des Heiligen Franziskus, vor, ja, vierzig Jahren, ja, die Kutte, die von einst, die trag ich noch jetzt, und noch immer die Taschen gefüllt, vierzehn, weißt du noch, zwölf an der Vorderseite aufeinandergestockt vom Saum über die Gürtelschnur bis dicht unter den Ansatz der Kapuze, die ich nur fürs Theater hab nach hinten abkippen lassen, die zwei Gesäßtaschen dann, il batticulo, die mir beim Gehen so schwer auf den culo schlenkern, aber doppelt soviel einfassen können, wie die vorn auf Steffanos Leibseite, vor allem das Brot hinten, Weinflaschen, hinten frisches und gesalzenes Fleisch, Hühner, Eier, die Würste, den Schinken und Käse, während ich für Konfekt, Schokolade, Trüffel, Torten in den zwölf anderen ausreichend Platz finde, so daß es leicht ist, damals leicht war, uns wochenlang gut durchzunähren, auch jetzt noch, glaubs nur, reicht, wenn sie ausgelastet, die Kutte, für gut sechs Wochen, aber so was sagt man natürlich nicht vor Öffentlichkeit, auch nicht, daß du dir manchmal hast ein Maultier mieten müssen, die Kutte zu tragen, und ist dir vor Jahren doch eins, das du bis heut nicht bezahlt, unter dem Kuttengewicht zusammengebrochen, später, als man dich für den Danksegen kaum, für die Berichte von ihm mehr bedachte, das waren Zeiten, damals, mit Giacomo, also da war doch, das war, ja, das war in Sorna, da
In der ersten Reihe der Mönch Steffano, der erzählt, erzählt, während vor ihm auf der Bühne Casanova von Rom kommend in Neapel eintrifft, erzählt von Giacomo. Mönche reden leise. Ihre Worte grenzen ans Geheimnis. Sie holen sich von den Heiligen ihr Recht. Steffano beugt sich rechts zu seinem Nachbarn, der seinerseits auf dem Stuhl nach links hin auf Steffano zu-

rutschen muß, um die Bemerkung zu verstehen, auf der anderen Seite von Steffanos Mittelplatz schiebt sich sein linker Nebenmann heran, lehnt sich weit zu ihm aus, um auch was von dem Gespräch mitzuhören, versteht, versteht eigentlich nicht, fast gar nichts, greift Steffanos Arm und zieht den über den Stuhl zu sich her, so daß Steffano seine Geschichte, jetzt dem linken Nächsten erzählend, fortsetzt, während der eben rechts neben ihm Sitzende jenen ersten Satz, den er von Steffanos Rede aufgenommen, an seinen Nachbarn zur Rechten, der sich inzwischen ebenfalls nach links gebeugt hatte, weitergibt, um sich dann von neuem Steffano zuzuwenden und ihn seinerseits an sich zu zerren, so daß er gerade den dritten Satz von Steffanos Geschichte abbekommt, denn der vierte Satz muß wieder nach links, wo während des rechtshin gesagten dritten Satzes sich der vordem links ausgesprochene zweite Satz die Reihe entlang von Person zu Person durchgesprochen, gesagt werden, so daß dann rechts Zeit wird, den gerade gehörten dritten Satz dem Nachbarn beizuflüstern, von wo aus sich dieser Satz dann bis zum rechten Ende der ersten Reihe fortsetzen kann und man gerade die Zeit gewinnt, die, sich auf die entgegengesetzte, dazwischen ein Streifblick auf die Bühne verwagt, Stuhlseite zu werfen, nötig ist, um eben den fünften Satz mit abzufangen, dem der siebente, neunte, elfte, dreizehnte, fünfzehnte Satz folgt, während sich links die Sätze sechs, acht, zehn, zwölf, vierzehn ablösen, sich immer weiter ablösen, sich sogar für Gorani sichtbar ablösen, denn die Leute in der zweiten Reihe müssen sich nun jede Minute neu einen Ausblick auf die Bühne suchen, und wo eben noch Schultern ein Blickfeld freiließen, fahren jetzt Köpfe zusammen, öffnen weit daneben einen Platz für Durchsicht, wohin man sich aber erst zurechtrutschen muß, und wer sich so das Kulissenbild wieder erschlossen hat, vor dem schnellen schon neu die Köpfe einander zu, so daß er sich an den Vorplatz zurückschieben muß, was aber dem, der in der dritten Reihe seinen Sitz hat, die mühsam erstrittene Aussicht verbaut, der also muß seitlich ausweichen und gerät so der vierten Reihe ins Bild, die vierte veranlaßt die fünfte, sich nach rechts und links in Bewegung zu halten, die fünfte schickt die sechste in die bereits immer gerade aufgegebene Stellung zurück, die sechste die siebente, die siebente die achte, die neunte, die zehnte, elfte, erst an der Küste der rückwärtigen Logen findet das Gewell einen Halt, aber ganz vorn, die erste Reihe entlang, da dauert etwas aus, das, wie man vom erhöhten Logenufer aus sieht, Geschichte nach sich hat.

Von der Balustrade, auf der er dicht bei Goranis Ellenbogen die Unterarme hatte liegen lassen, stößt sich Brissac jetzt ab, rutscht von rechts vorn nach links hinten über die Sitzfläche, lehnt sich in den Sessel ein,

Herr von Schuwaloff, habe ich gesagt,

sagt Brissac,

Herr von Schuwaloff, wer, wenn nicht Sie, muß das wissen, Sie die

(Pause)

Pompadour des Landes.

Brissac arbeitet sich mit den Händen die Sessellehne entlang, beugt sich zu Gorani, fragt,

Wie findest du das.

Nein,

sagt Gorani,

nein,

und meint Brissac, und meint,

Fang du nicht auch noch an.

Neben Gorani Brissac schiebt sich den Sessel zurecht,

dann strebt er mit den Fingern die Balustrade an, die Arme strecken sich aus, ziehen Brissacs Körper mit aus dem Stuhl, lassen den Fingern auf dem Stoff einen kurzen Auslauf, ehe sich die linke Schulter in Richtung Lehne rückwärtig fallen läßt, ein Teil des Gesäßes findet in die hintere linke Sesselecke, die Beine schlagen sich übereinander, widerrufen ihren Weg, um sich erneut auf Knie auf Knie zu einigen, jetzt, jetzt rutscht Brissac wieder auf die Balustrade zu, dies Mal mit unüberkreuztem Geschenkel.

Wenn Gorani, anstatt sich von den in ihren Stühlen hin- und rückschwingenden Leuten und von dem bereits ebenfalls wackelnden Brissac in Bann schlagen zu lassen, wenn er sich also über die holzknarrende Bewegtheit hinweg auf Bühne und Spiel konzentriert hätte, dann brauchte ich jetzt keinen gründlichen Bericht abzugeben, Gorani hätte uns über alles, was den Casanova und Neapel betrifft, schon ins Bild gesetzt, nur, was noch kommt, wozu man sich vorn eben anstellig macht, das müßte mit ihm noch erwartet sein, aber so

Zuerst vom Bühnenbild.

Großflächige Malerei, die links eine aufsteigende Treppe andeutet, so daß gleich jeder erkennt, von wo aus die Figuren in die Szene hinabtreten, und hinter einem weiten Bogen, der seitlich von stämmigen Pfeilern abspringt, dann steil zur Mitte ansteigt, sich dort zur Kurve vereint und die Dekoration voll überspannt, täuscht Perspektive ein umfängliches Quadrat vor, eine Art Hof, rings von Fenstern umfaßt, die einem Lichtstrom von zu grellem Gelb Raum lassen, nur die Fenstergalerie auf der Rückseite ist nicht von Licht mit durchgossen, da bleibt Platz für Aussicht. Das alles läßt die Idee einer Villa schon aufkommen, und es könnte fast sein, daß sich der Maler das Haus an der Fontana Medina, wo

sich ja alles abgespielt haben soll, zum Vorbild nahm fürs Gemälde, obwohl man sich auch andere Örter vergleichsweise aussuchen kann, die Villa Malta in Rom oder den Cencipalast, vielleicht sogar Palermos Palazzo Reale, aber der Hintergrund, diese Aussicht da, die ist napolitanisch, ein rauchender Berg, das kennt man. Immerhin, Hintergründe sind austauschbar, und ich weiß nicht, ob Leonildas Quartier solche Aussichten anbot.
Da müßten wir einen Blick unter die Decke werfen können, die den gemalten Raum und die Bühne bespannt, und könnten zwischen Gewölbe-Stuck-Und-Kassettendecke erst über die Echtheit eine Entscheidung fällen, aber die hat der Maler kaschiert, die Decke, die vom Lichthof hat er hinterm Bogen versteckt und hat die vom Raum vorn ganz weggelassen, so daß nichts zwischen Zuschauerhaus und Kulisse den Bühnenplatz überdacht, keinerlei Andeutung, und das, den freien Himmel dort, brauchen sie auch, um Platz für Drähte zu haben, alles herabzulassen, Betten und Sessel, Spiegel, Gläser, ein Nachtgeschirr, danach dann schon den gedeckten Frühstückstisch, was erst Schlafzimmer war, dann chinesisches Kabinett, das wird jetzt intimer Salon, grünseidene Sessel und Kaffeetisch schwirren in die Wolken zurück und machen blauen Stühlchen Platz, die sich, vier an Zahl, niedersenken und in der Mitte des gleichmütigen Raums mit Treppe, Bogen, Hinterzimmer, Licht und Aussicht mit den drei gebliebenen und schon besetzten Stühlen einen Halbkreis bilden, leer dastehen, dazu ein Kanapee, aha.
Da war er also nach Neapel gekommen, auch hier auf der Bühne hatte man ihn, die Casanovanase, das Casanovakinn, Casanovastirn und Casanovaaugen, der Casanovamund, dieses traumhafte Lippenpaar, gleich erkannt, war angelangt, von Wettern unbehindert, sogar

den für die Woche geweissagten Vesuvausbruch hat Sankt Januar verschoben[Anm.], hatte, ehe er sich zum Herzog Matalone begab, den zu besuchen, der Zweck seiner Reise eigentlich doch gewesen war, zu Fuß die Stadt besehen und sich nach Castelli erkundigt, dem Advokaten, der Lucrezia, die er einst, achtzehn Jahre sinds her, fest geliebt, es gab, wie es heißt, da *so wonnige Augenblicke im Tivoli,* nach Neapel geheiratet hatte, hatte erfahren, daß Castelli verstorben und daß seine Witwe außerhalb, zwanzig Miglien weit, wohne, hatte sich selbst zugeschworen, nicht, ohne sie ein Mal umarmt zu haben, von hier abzureisen, und war dann wirklich zu den Matalones gegangen, die er, o günstiger Augenblick, essend fand, *Schnell,* hatte Herr Matalone gesagt, *es soll wer in den Gasthof gehen, in dem Signor Casanova abgestiegen, und alles Gepäck hierher schaffen, und hat er einen Wagen, so soll der in meiner Remise abgestellt werden,* er, Casanova, hatte nichts dagegen gehabt, war verblieben, hat gleich dem Diner sein Gespräch beigewürzt, sich auch auf die Frage, ob er, Casanova, schon wisse, daß er, Matalone, einen Sohn habe, trefflich, obwohl alle Welt lauthals versichert, daß der Herzog ein Muster an Impotenz, aus der Affäre, *Man hat es mir erzählt, ich hab es nicht glauben wollen,* gezogen, *aber ich tu Abbitte wegen der Ungläubigkeit, denn ich sehe den Engel, der dies Wunder bewirkt haben muß,* was, trotz stummer Errötung der Herzogin, erheblichen Beifall gefunden, war mit Freund Matalone durch Haus, Stallung, Galerie zur Bibliothek fortgegangen, hatte sich dort auf Neapels Königshof Satiren vorlegen lassen, die er, durch und durch Unpo-

Anm. des deutschen Herausgebers: Der Ausbruch fand dann 1794 statt, wohl zur Strafe dafür, daß sich trotz Goranis Anwesenheit in der Stadt bis dahin kaum etwas geändert hatte.

litiker, nicht verstand, war endlich, unter Absehung der trockenen Frau Matalone, auf die hiesige Damenwelt und die Aussichten so zu reden gekommen, und hatte sich zu diesem Zweck des Hausherrn Loge im San Carlo erbeten, wurde von dem noch von dem und von dem unterrichtet, auch
auch meiner Mätress werd ich dich vorstelln.
Wie, Herzog, hast ne Mätress?
Ja, Freund, der Formen wegen, denn ich lieb meine Frau, nichtsdestoweniger man hält mich für vergafft, sogar eifersüchtig, weil ich doch dem Mätresschen nie nicht erlaub, Besücher zu kriegen.
Und deine Herzogin?
Eifersucht, bei mir nicht, die Frau weiß, daß ich bei allen potzunfähig bin, außer bei ihr.
Ich versteh. Ist spaßig, eine zu unterhalten, die wo man nicht liebt.
Hab nicht gesagt, daß ich sie nicht lieb, ein Engel, dabei eine Schönheit, proper, erst siebzehn, und all das nimmt nur meinen Kopf in Beanspruch.
Weiß schon, stockhäßlich ist sie.
Wirst sehen, dann kannst höcht selbst ein Urteil
denn so, nur nicht im Volksbühnenton so, so hat das wirklich, jedenfalls ähnlich, angefangen.
Angefangen hat es mit dem Vorspiel, das gerade dialogisch zuende gegangen ist, und dann sind auch alle schnell von der Bühne weggehüpft, haben nicht mal jene Treppenandeutung unter die Füße genommen, sollten das, weil die Kulisse nicht mit zum Vorspiel gehört, auch nicht, die wird erst jetzt gebraucht, notwendig Schlafzimmer Leonildas, da schweben Bett, Tisch und Spiegel, Schönheitsnäpfchen, auch Stühle herab, verteilen sich vor dem Rückbild auf die Spielfläche, zuletzt noch seilt sich an Drähten Leonilda aufs Bett ab, wo sie auf-

recht sitzen bleibt, die Arme schieben sich einem Pudelhund, der abschließend vom Himmel fliegt, entgegen und legen ihn mit sich aufs Bettgedeck, und dann ist schon gleich richtiger Anfang.
Nur wir, wir Zuschauer, müssen so nett sein, uns nicht zu gründlich umzusehen, das wird erst, wenn wir mit Matalone und Casanova die Stufen hinab das Zimmer betreten, möglich, das tun wir jetzt, und damit fängt das Stück wirklich an.
Zuerst Gutentag, die paar knickrigen Schritte zum Bett, Verbeugung, Matalone führt, während er sich auf die Bettkante setzt, auf Leonildas rechter Wange einen Kuß aus, Casanova, der vorm Bett auf die Kniee geht, läßt gleichzeitig den seinigen auf Leonildas linke Hand, die jetzt den Hund losgelassen hat und aus dem Bett hängt, fallen, Matalone, aber eigentlich nicht Matalone, sondern das Publikum, nachdem es vom Bühnenhimmel das Stichwort bekommen, spricht jene geflügelten Worte, *Leonilda mia, ti presento il cavaliere Don Giacomo Casanova, Veneziano, amico mio*, und, indes sich die Worte durchs Haus ausbreiten, hat der Hund das Bühnenbild vom Bett bis zur Treppe gekreuzt, ist aber, noch ehe er ganz aus der Szene verschwunden, in den Himmel aufgeflogen, geräuschlos, ist weg, gleich geht der Chorsatz zuende, und, wie vorausbestimmt, bittet auch Matalone das Kind, es mög sich doch anziehen, damit man dann frühstücken könne, im Kabinett, wie gewöhnlich, dem chinesischen, heute mal anders. Zu dritt.
Aber so schnell geht das nicht.
Noch bleibt Casanova knien, noch bewandern seine Augen, dürfen wir Zuschauer uns vorstellen, das Bett, setzen sich auf der höchsten Erhebung der Füße, den leicht getönten Zehennägeln, fest, lassen sich bis zu den

Gelenken abrollen und nehmen dann, ohne sich von den als vollendet zu bezeichnenden Knöcheln ablenken zu lassen, ihren Weg bis dicht vors Knie, wo die Höschen, die hier ihr Ende finden, einen geringen Anstieg erforderlich machen, aber nachdem Casanova die Spitzenborte überwunden und den kurzen Knieberg erklettert hat, liegt unter dem Schutz der Hose das Schenkelgelände frei bis zum großen, gewinkelten Knick, den die Sitzenden immer ausbilden, Leonilda, unter dem Eindruck so bedeutender Überwanderung, legt sich im Bett zurück, damit Giacomo seine Beschäftigung ungeniert fortsetzen kann, ohne in den Augen der Welt als schamlos, wegen der erheblichen Route seines Kopfes, zu gelten, sein Blick überspringt das struppige Hochtal zwischen den Schenkelenden, das, hosenüberdacht, wie es sich nun einmal darbietet, auch gut als Gletscher bezeichnet sein könnte, landet auf dem Plateau des Bauches auf, um sich, nachdem er den unteren Teil des Basinleibchens mit den rosa Schleifen durchquert hat, endgültig zwischen den Gipfeln des Negligés zu verlieren.
Matalone hatte inzwischen einige Schritte durchs Zimmer vertan, hatte vom Spiegeltisch DAS SOFA, das deutlich erkennbar, des eleganten, jüngeren Crébillon aufgenommen, hatte es, wie aus Versehen, durchblättert und wieder abgelegt, war ans Bett zurückgetreten und hinter Casanova zum Stehen gekommen, der sich mit Augen, Mund und Händen schon ziemlich weit zu Leonilda vorgearbeitet hatte, jetzt stand er auf, beugte sich über das Bett und war Leonilda beim Aussteigen behilflich, sehr locker schwebte sie über den Bühnenboden, so als sei jedem ihrer Glieder, wie bei einer gewissen Art von Puppen, eine Seele zu eigen, da stand sie, stand mit verhüllter Freigebigkeit zwischen Giacomo und Matalone, steht, wartet auf ihr Kleid.

Das schwebt, ein Geflügel, vom Himmel, und man konnte nur die Geschicklichkeit in der Vortäuschung bewundern, mit der die Marionetten die Marionette bekleideten, die sodann, voran Matalone, hastdunichtgesehn, aus dem Schlafzimmer auszogen, die Stufen anwärts, und zwischen Aufflug von Bett, Spiegel, Wandtisch und Herabsturz chinesischer Ständer und Geschirre, bei schwebender Umgruppierung der Stühle, fallen auf der letzten, der gerade noch sichtbaren Stufe, Leonilda und Giacomo in eine Umarmung, drehen sich um sich selbst, erlösen einander und kehren Arm in Arm als Casanova und Demoiselle Leonilda auf die Bühne zurück, treten ein ins Chinesische, gehen aufs Frühstück zu, warten, bei den Stühlen angekommen, auf Matalone, der endlich auch eintritt, da setzen sie sich, und, ohne von Leonildas Händen, die mit Giacomos Fingern unter dem Tisch gleich einige Tätigkeiten begannen, berührt zu sein, stößt sich, ohne Kollision mit Döschen und Tellern, die Kanne über den Tisch, sie gießt über Täßchen und Täßchen und Täßchen unsichtbar etwas aus, möglich Kaffee.

Von den chinesischen, jedenfalls fernöstlichen, Malereien, denen der Raum doch eigentlich seinen Namen dankt, ist hier nichts wahrzunehmen, nichts vom zärtlichen Kolorit, nichts von der angedeuteten, dabei wohl abgerundeten Zeichnung, nichts von der Schraffur, von den Liebesszenen wohl. Was sich einst an der Wand darstellte, das tritt hier im TEATRO DEL POPOLO in die Wirklichkeit, *liebe liebere liebste Leonilda*, und deine Steigerungsformen, *liebstere und liebsteste*, also Papier her, auch Feder, du *liebstestere aller liebstesteste*, da schreiben sie vorn schon den Heiratskontrakt, Einstands-, Aussteuer-, Abstands- und Witwengeld sind schnell festgelegt, und damit ist alles bereits beinahe rechtskräftig, du, Herzog, aufwiedersehn, stör nicht beim Ehegeschäft, da paß ich schon auf, daß ihr was Richtiges zustößt, nur ihre Mutter, verdammt, die Mutter, die müssen wir Zuschauer noch abwarten, weil die da links zu unterschreiben hat, Gegenzeichnung für ihre Tochter, her doch mit dem Mütterlein, bis dahin darfst sitzen bleiben, Matalone.

Gorani also hätte das wissen können. Hätte auch Einzelheiten vermerkt, Details, die sich nicht so, wie das Gewoge vor ihm, in den Augen festhaken, vermerkt zum Beispiel, was da unter dem Tisch vor sich ging, scheinbar darunter vorging, da die Figuren, um Platz für die Drähte zu lassen, weit hinter den Tisch gesetzt waren, Spiel der Finger, wie sie fledermäusig umherfahren, sich durchwürmen und Gänge ausbohren, sich maulwurfig in die Handfläche eingraben, Wechseltakt der Beine, ihr Einanderzustreben, Casanovas rechter Fuß, der auffliegt und sich auf Leonildas linkem niederläßt, und hätte auch ermittelt, daß der Marionettenspieler, dieser geschickte und kenntnisreiche Herre Gott im Bühnenhimmel, der fast noch aus der Schule Briochés stammen könnte, nicht in Mailand, nicht im Teatro Girolamo sein Handwerk erlernt hat, dort nicht gelernt haben kann, weil man da immer im Umgang steht mit großer Gesellschaft und weiß, welches Betragen bei Tisch erwartet wird, obwohl, das mit der Liebe und das mit den Fingern, das ist überall gleich, ob Napoli, ob Milano, nur mit den Füßen das, das nicht.

Da hätte Casanova seinen Fuß ohne Bedenken auf Leonildas Fuß zuschieben und dem ihren die Annäherung durch seitliche Berührung auch unmißverständlich kundgeben können, hätte dann aber Leonildas Antwort abwarten müssen und sich, wenn ihr Fuß von keiner deutlichen Regung durchfahren worden, auf seinen

Startplatz zurückziehen müssen, hätte aber, wenn sich Leonildas Fuß in seinem Gelenk wie eine Schranke gehoben hätte, die gezeichnete Linie unter Leonildas Fuß noch um ein Stück verlängern können, bis sich Leonildas Fuß schließlich über den seinen gesenkt und sich auf ihn gestellt hätte, und so wäre es in der Ordnung gewesen.

Aber Gorani hat ja das alles nicht geschaut, weiß nicht, was wir wissen, sieht dafür jetzt Chinesenschirm, überzählige Stühle und Kaffeetisch in der Höhe verschwinden und nebst anderen Stühlen das Kanapee herabstürzen, hört es auf den Bühnenbrettern aufschlagen, und da hat sich vor dem Zuschauer, ohne daß Matalone, Leonilda, Casanova aufgestanden wären oder sich auf ihren Stühlen umgruppiert hätten, das Kabinett in einen Salon verwandelt, Gorani tritt ein in eine Sphäre privater Öffentlichkeit und gesellschaftlicher Privatheit, bekommt Teil an intimer Repräsentanz, und mit ihm tritt durch die Tür, mehr voll als schlank, etwas Weibliches, mit großem Frisurgebirge und auch in der Brustgegend sehr betürmt, dazu unter dem rechten Auge der kreisrunde Schönheitsfleck, eine Frau folglich, Enddreißigerin, wohl Mutter Leonildas.

Matalone springt auf, wobei auch seine Arme in die Luft wippen, und geht der Mutter Leonildas bis zur Treppe entgegen, die vom *Donna-Lucrezia*-Ruf, den Casanova und mit ihm das versammelte Publikum ausschreit, elektrisiert zwischen der vorletzten Treppenstufe und den Bühnendielen schweben bleibt, in den Beinen, ohnmachtsbereit, einknickt und sich von Matalone auffangen und wieder, was sie ausschließlich der Kraft ihrer Drähte zu danken hat, zwischen Treppe und Bodenbelag auf die Füße bringen läßt,

Sie, lieber Freund, Sie wollen meine Tochter heiraten.

Casanova, von diesem Begrüßungssatz zwischen Sitzen und Stehen in eine Schräglage verbannt, läßt, in der sicheren Ahnung der Zusammenhänge, seinen Mund, der gerade etwas von Freude und Wunder formulieren und aussprechen wollte, noch den kurzen Anlauf bis zu dem Wort Freude nehmen, holt aber, nachdem der Unterkiefer weit zum Eu herabgefallen, die Zunge nicht mehr zum De oben an den vorderen Gaumen zurück, verharrt so, mit breitgesperrtem Mund, zwischen Horizontaler und Vertikaler, vom Verhängnis geweckt sträuben sich seine Haare auf, sie stellen sich unter dem Zwang der Drähte zu Berg,

Apropos, Schönheitspflästerchen.

Weißt du, Gorani, wie, daß die Frau von Epinay und der Galiani, na, du weißt schon, weißt du, wie das bekannt geworden,

fragt Brissac, der gerade wieder auf der Goranis Sitz näheren Seite seines Sessels lehnt,

also das war Anfang der sechziger Jahre, bestimmt, ziemlich bald nach Galianis Ankunft, ja, einundsechzig, im Karneval, auf einem Ball der Epinays, gegen Mitternacht so, im Garten ein Feuerwerk, man geht auf die Terrasse, wirklich ein kunstvolles Feuerwerk, Räder, Figuren, sprühende Blumen, die Epinays waren bekannt für ihre Feuerspiele früher, die Epinay und Galiani blieben drin, sie redeten wohl noch, über Mode, die Frauen, Galiani hatte, vorher beim Essen, seinen Dialog über die Weiber, VON NATUR SCHWACHE UND KRANKE GESCHÖPFE, du weißt, vorgetragen, natürlich weißt du, den Text muß man kennen, erinnere dich, ZUERST SIND SIE WIE ALLE TIERE KRANK BIS ZUR VOLLENDUNG DES WACHSTUMS, NACHHER KOMMEN JENE BEKANNTEN SYMPTOME, SIE MACHEN MIN-

DESTENS EIN FÜNFTEL IHRES LEBENS AUS, DANN KOMMEN DIE SCHWANGERSCHAFTEN UND DAS STILLEN DER KINDER, ZWEI ZERMÜRBENDE KRANKHEITEN, UND WENN DIE ZEIT DER GEFAHREN VORBEI IST, DANN SIND SIE ZWAR NICHT MEHR KRANK, ABER DANN IST ES AUCH AUS MIT IHNEN, war ein großer Erfolg, man sprach darüber, auch von Schönheit und Mitteln, Pudern, Untergarderoben, falschen Haaren, alle hatten so was, Schönheitspflästerchen, die Epinay hatte eins links über der Lippe, war ungewöhnlich, sonst nur auf Stirn und Backen, fast revolutionär, aber nach dem Feuer, als wir in den Saal zurückkommen, ist er verschwunden, ihr Schönheitsfleck, dafür hat Galiani einen. Über der Lippe rechts,

Brissac lacht, schiebt sich langsam durch den Stuhl, er kommt erst auf der anderen Sesselseite einigermaßen zur Ruh.

Gorani, von Brissac und den wie ein Marionettenchor vor ihm hin und her tanzenden Köpfen und Oberkörpern zu sehr in Anspruch genommen, hat wieder den Anschluß an Casanovas Heiratsversuch verloren, hat wohl Lucrezias und Giacomos Entsetzen, auch Leonildas und Matalones Unverständnis noch gesehen, aber schon nicht die bängliche Frage,

Solltet ihr euch bereits eine Abschlagzahlung auf die Zukunft erlaubt haben,

verstanden, kann nur erahnen, was da vor sich gegangen und auch, daß Leonilda-mia in Wahrheit il-cavaliere-Don-Giacomo-Casanova-Veneziano-amico-mios Tochter und daß sie, was sie war, bleiben wird, Kind und Matalones platonisch-teure Freundin, auch, daß es jetzt beidseitig gilt, einen Schmerz männlich zu tragen, und daß Leonilda mit Matalone, ums zu bewerkstelli-

gen, aus dem Salon ausgeflogen, denn das, daß Giacomo und Lucrezia jetzt nur allein die Bühne bevölkern, das, das sieht Gorani wieder.
Lucrezia, immer noch zwischen der untersten Stufe und dem Estrich schwebend, löst sich, ein wenig erschöpft, von ihrem Platz in der Luft ab, stelzt durch den halben Salon und läßt, am Kanapee angekommen, ihre einladende Fülle ins Weich der Polsterung fallen, auch Giacomo beendet jetzt seine Schräglage, stellt sich fest auf, zieht sich an sich selbst ins Senkrechte und geht, nach anfänglicher Zögerei, mit seinen wippenden Schritten auf das Kanapee und Donna Lucrezia zu, von einem noch unbemerkten Draht in die Höhe geführt, steilt sich Casanovas Glied und durchbricht die Ebene des Schenkelansatzes, auf dem Kanapee Lucrezia wirft die Arme aus
Nein,
sagt Gorani,
nein.
Er nimmt die Ellenbogen von der Balustrade, stößt im Aufstehen mit den Kniekehlen und den Händen den Sessel zurück,
Mich bekommt Ihr nie so weit, mit Euch wackle ich nicht mit.
Gorani dreht dem auf seinen Stühlen gläubig hin und her rutschenden Teatro del popolo und dem gleichfalls ewig von rechts nach links mitpendelnden Brissac den Rücken und verläßt die Loge.
In der ersten Reihe, Steffano, gibt gerade rechtshin den siebenhundertdreizehnten Satz weiter, dem jetzt links der siebenhundertvierzehnte folgt.
Er könnte heißen:
Dann überließen sie sich der einzigen, der wahren Schöpferkraft ihrer Natur, der Gewohnheit.

ALSOBALD GING BLUT UND WASSER HERAUS

Was ist das für ein Tag?
Die Sonne steht hoch. Aber noch gibt man einen deutlichen Schatten an die Straße ab. Vormittag.
Das festzustellen ist, auch ohne Kronometer, leicht, Schatten sind breiter im Morgen. Sehr lang gegen Abend. Und blaß.
Aber was für ein Vormittag, ein Wochentagvormittag oder ein Sonntagvormittag, und welche Jahreszeit.
Wüßte ich, ich wäre in Frankreich, und wäre ich in Frankreich, oder wäre ich in Frankreich und wüßte auch, ich bin in Frankreich, es hätte damit keine Schwierigkeit, Winter sind kühl dort, und selten fallen die Sommer so heiß in die Wiesen, daß man ins Fließen kommt, anders gehen die Leute an Werktagen, anders am Feiertag, man erkennt sich an den Schritten.
Aber hier?
Gorani geht, die Leute haben ihr Treiben, das Geschäft, geschäftig zu sein, vom Santa Lucia kommend, ziellos, welchem Ziel folgt einer, der ziellos geht, nach, und was hält sein Schreiten in Gang, durch die Stadt. Vor ihm tut sich ein Platz auf, den Hausquader von unterschiedlicher Höhe einfassen. Die Fensterläden, etwa

tausend kann er jetzt sehen, sind gegen das Licht geschlossen.

Dahinter liegen auf leichten Laken nackt neunhundertneunundneunzig nackte Neapolitaner,

sagt er sich.

Kühle, das kann man sich nur schwer einreden, und, obwohl Gorani nur flüchtig, wie alle Welt in Neapel, angezogen ist, möchte er, eine äquatoriale Wasserleiche, auf seinem eigenen Schweiß davonschwimmen.

Dazu ist hier nicht Platz.

Leute füllen den Raum zwischen den Häusern, und wer nicht Unterredungen abhält oder etwas einhandeln will oder zusieht, der steht so da, der döst vor sich hin, einige schlafen. Lehnen vor einer Wand, liegen auf dem kochenden Pflaster. Daneben mit Würfeln Spielende.

Über das Gespreche und das Leutegeschiebe hinaus ziehen sich durch den Platzhimmel Hälse von Pferden, deren Besitzer schon lange darauf, an Fahrgäste ihre Kaleschen abzumieten, warten, noch warten werden, noch lange, bei dem Wetter fährt niemand und nicht einer Sonne entgegen, warten, bis sich, wo man wieder gebraucht wird, Abend ankündigt. Die Pferdeköpfe hängen tief, tief hinter die Leute ein. Die Haare, die einzeln und in schmalen Bahnen an den nassen Hälsen kleben, und die schlaffen Ohren, das sieht man, eine Einzelheit über dem teigigen Platz, kaum, daß ein Schwanz, Fliegen verfolgend, über die Kruppe fährt.

Leben kann man das hier wohl nicht nennen, einen belebten Platz, nur die Wasserverkäufer haben ihren Handel und die. Die auch, die Melonenmädchen.

Also Geräusche.

Nein, ein geräuschvoller Platz, das auch nicht. Nichts Schrilles und nichts Dumpfes, keine Schreie, kaum ver-

stehbare Worte, ein Gemurmel ohne Deutlichkeit, aber eindringlich. Eine eintönige Eindringlichkeit.
Gorani sieht ein dunkles Getier mit heiserem Plärren durch ein frühsonniges Zimmer in der Bretagne schweifen, ein Fliegen, das nicht vom Fleck kommt, es macht die Stille erstarren, es zersägt das Schweigen.
In Neapel irgendein Platz.
Auf der Goranis Standort gegenüberliegenden Schmalseite des Platzes ist in die Häuserzeile eine Kirche eingestellt, getreppte Türme, bei denen Doppelsäulen die nächstobere Plattform halten mit stark ausgearbeiteten Gesimsen, flankieren ein unter flachdreieckigem Giebelfeld breites Torrund, zwischen oberem Bogenabschluß und unterer Giebellinie zwischen je zwei halben korinthischen Säulenkapitellen und über dem Quergesims thront das Brustbild einer vergoldeten Madonna, kaum Brust, dafür Heiligenschein, Gesicht *ein liebliches,* Hand, die flach zum Hals gehoben ist, mit überlang gestreckten, unwirklich eng nebeneinander gepreßten Fingern, und da die Kirche mit dahinter aufkriechender Kuppel und Kuppelbekrönung, die ihrerseits durch ein Kugelkreuz auf geringem Säulenring, dessen Zweck es ist, dem unteren Kuppelraum ein Leuchten von oben her zu gewähren, da Rundfenster im Kuppeldach fehlen, nur, wo die Kuppel auf dem Turmstumpf aufruht, liegendovale Glasfenster eingeringt sind, deren Licht auf der farbig bemalten Innenhaut der Kuppel höchstens Reflexeffekte zuläßt, gegen das Licht steht und einen klobigen Schatten über den überfüllten Platz streut, so daß die Portalseite eher düster dasteht mit hellem Marienfleck auf der Stirn, aber weiter oben bauen die schmalen Türme mit ihren Säulen Brücken für das Licht, hat sie, obwohl auch innen vielleicht schwingend barock, ordentlich die eine Achse

gewahrt, Richtung von West nach Ost, und schon daran, daß die Sonne hinter der Kuppel ihren Stand hat und daß, wer in die Kirche eintreten will, erst ihren Schatten durchkreuzen muß, ist der Vormittag zu erkennen.
Gorani hat sich über den Platz bis vor die Kirche durchgerudert. Er wendet, während er die wenigen Stufen bis zum Tor ansteigt, nicht den Kopf, sieht nicht über den Platz hin, will nicht länger auf das Marktgebrumm hören, nicht noch einmal hinriechen auf den Platz, nur das, die Gerüche erinnern, nicht, diese heißen Schweißfliegenpferdelichtwasserstaubgerüche, die jeden Gedanken anfaulen, und außerdem, daß er in eine Kirche geht, wer muß das schon wissen.
Das Tor, eine gegossene Arbeit irgendwie, in Felder eingeteilt und mit Figuren und Szenen besetzt, ein Flachrelief, aus dem Figurenteile, eine Hand hier neben der Klinke, weiter unten ein Fuß in römischem Stiefel, auf der anderen Seite bauchige Flasche oder Ampulle, voll herauswachsen, sich plastisch der Berührung preisgeben, ein Hauch von Fingern und Mündern darüber, eine große Landschaft im Hintergrund, ein vesuvähnlicher Berg, Reiter und Mannschaft rings am Rand, Feldzeichen und eine Cäsarenstandarte, auf dem linken Türflügel eine entblößte Figur, kopflos, ein Herr, man erkennts an der Männlichkeit, rechtsflüglich eine Matrone, die einen umbarteten Kopf zwischen den Knieen hält, und das Bauchglas in der Hand, in dem sie das Blut, ein deutlicher Strahl, der dem Halsstumpf zwischen den Knieen entfährt, einfängt, von der Hand des links Getöteten und von seinen breiten vollplastischen Lippen ist alle Patina, die die Tür sonst grauschwarz überzieht, abgeküßt, gelbliches Metall, das, wenn die Sonne draufsteht, aufblitzt, aufblitzt wie die

Klinke des linken Torflügels, der sich, leichter, als es aussehen mag, zurückschiebt und vor Gorani einen Spalt zum Durchtreten freigibt und dann leise und fast wie von selbst zurückfindet.
Da ist kaum etwas zu erkennen.
Eine breite Dunkelheit, die später von Licht überstürzt, überschossen wird.
Gorani watet in das Dunkel ein.
Gorani lehnt sich neben der Tür in den Winkel zwischen Pfeilerbasis und Wandfläche.
Gorani atmet auf. Nein, ganz so kann man es nicht benennen, ein Insicheinfallen eher, ein kurzes Ruhigwerden, ein Atmen ganz tief unten und ohne Laut, bei dem weder Nase noch Mund ihr Tätigsein bemerken, nur das Bauchfell, bis dorthin also kriecht sich der Atem ein, hat Bewegung, und wenn Gorani die Hand auf die Brust legte, er spürte, wie die Rippen herauswüchsen, sich gegen das kühlere Schweigen aufbreiteten, um den Raum, der sie umschwankt, zwischen sich festzuhalten, um der Ruhe hier einen Körper zu leihen.
Wer in der Kirche steht, auch wenn er sich in eine Nische preßt, steht immer mitten drin. Und, obwohl die Zahl der Leute, die die Kirche durchwandern, obwohl keine Messen gehalten werden jetzt eben, beträchtlich ist, auch das läßt Gorani hinsichtlich seiner Wochentagsunsicherheit nicht zur Entscheidung kommen, ist die Stille groß.
Hier ist jedes Geräusch ein Geräusch. Alles hat Ursachen und Höhenlagen, ein Flüstern meint Beantwortung, ein Schritt spricht Sehnsucht aus, wer seufzt, klagt sich an, Schweigen ist ein Gebet an sich selbst, sogar der Wind, wenn er durch die Öffnungen des oberen Kuppelrings herabfährt, hat seinen Namen, und da bleibt nichts unerklärt.

Gorani hat sich daran, erst die Dunkelheit, dann die Helle anzusehen, gewöhnt.
Vor ihm das breite Schiff, das sich hinter der Barriere aus Licht als ein hoher Chorraum fortsetzt. Die schmalen Fenster und dazwischen die noch schmaleren Wandteile zeigen ihm, daß er es hier innen mit Gotik zu tun hat, damit zu tun gehabt hätte, ehe Barock Land und Kirche überfiel, denn die Fenster führen sich jetzt mit rundlichen Bogenabschlüssen vor und haben über sich ein flaches Tonnengewölbe zum Dach mit Stukkaturen sicherlich und sehr buntbemalten Deckenfeldern, aber das kann er nicht erkennen, nicht genau jedenfalls, in der Mitte, der das Querschiff überschwemmt, der Strom Licht liegt noch zu hell. Die Fenster im Kirchenschiff, wohl auch, eine Vermutung nur, die er sich nicht in Zweifel zu ziehen erlaubt, barockisiert, sind nicht zu sehen, geben keine Helligkeit ab, bleiben hinter hohen Altären, die das Schiff rings umwanden, es nur zur Tür und gegen das Querschiff hin offenlassen, Altäre mit Kerzen vor und neben körpervollen Figuren, vor malerischen Heiligen, Heiligengruppen, die sich von hölzernen Engeln und gipsernen Wolken umfliegen lassen und erst in der Decke enden. Abgeplattetes Tonnengewölbe auch hier. Über die Untenstehenden ziehen sich vier Bildfelder hin, die einen bärtigen Mann vorzeigen, vergleiche das metallene Tor, der ist gefangen, ist begraben und findet sich, ein bedeutend schöner Kopf, in einem Frauenschoß wieder, das ihm entfährt, das Blut, hier kein metallener Strahl, ist ein Farbenbach, der fließt röter als blutrot.
Gorani stößt sich mit den Händen von dem Wandwinkel, in dem er gestanden hat, ab und geht, ziemlich der mittleren Achse des Schiffs folgend, unter den Bildern auf die lichtvolle Querregion zu. Leute ziehen in bei-

den Richtungen an ihm vorbei. Er sieht, daß die Mehrzahl der ihn Überholenden bis zum Kreuzschiff vordringt, sich dort, nach vollführter Rechtswendung, auf die Kniee niederläßt, verwartet, aufsteht, nach links abdreht, einen flüchtigen Kreuzschlag gegen den Hauptaltar im Chor absolviert, dann eine Hundertachtziggradkehre vornimmt und durchs lange Schiff zur Tür prescht, zum Platz.

Andere weilen vor den Nebenaltären, hier, wo es mehr düster ist. Rechts vor dem Bild einer Heiligen, Märtyrerin oder Evangelistin, *wenn wir Evangelien von Weibern hätten, Mathilda Marga Luzi Johanna, könnten Sie sich darauf verlassen, daß der Erlöser weiblichen Geschlechts gewesen wäre,* stellt schon Schmidt fest, liegt auf den Röcken ein Geschwader Nonnen, die Behaubung erlittener Jungfernschaft, ihre weißgeflügelten Turbane, schlagen um sich im Gebets-Und-Atemrhythmus, zerwühlen die Luft und schicken ihr Insektenlied aus, ein Lob mit allen Lippen, das nach tausend Zungen verlangt, links steht, warten muß, wer zu sich selber will, vor einem Beichtstuhl eine stille Schlange.

Gorani nähert sich der Vierung. Mit jedem Schritt verweitet sich der Blick, er gewinnt Höhe, er erobert die große Kuppel, die sich darüber umwölbt, jetzt noch sechs Stufen aufgeschritten, da steht man, steht Gorani im Vierungsgeviert, Gorani im Kuppellicht. Die Querarme, die kurzen Kreuzenden beidseitig, bauen sich barocken vor den Betenden auf, Apsiden mit breiten bogigen Fenstern und Halbkuppeln darüber, die, eine untere Halbkuppelzone ist von Fensterovalen über breitem Gesims, das Wand- und Dachregion deutlich trennt, besetzt, in Halbkugelsegmente unterteilt und sorgfältig mit Kassettenformen geziert sind, so daß, HORROR VACUI, kein Auge ruhig bleibt.

Zur Rechten die Seitenkapelle ist stark aufgehöht. Die weite Treppe, deren Stufen, weil das Heer der Gläubigen sie bekniet, Gorani jetzt nicht abzählen kann, endet vor einem sargähnlichen Altar, auf dem sechs übermannshohe Leuchter und ein kleineres Kruzifix Platz haben, die holen den Blick in die Höhe, wo vor dem Licht der rückwärtigen Fenster, durch die nun schon die Sonne breit einfällt, in einer strahlgoldenen Strahlen-Und-Wolkenglorie von Engeln umflügelt auf einem Teppich der Leib Januars, des Enthaupteten, auffährt, das vergossene, das aufgesammelte Blut und den Kopf zwischen den Händen haltend, in den Altar eingelassen stehen zwei Kästen, die den Schädel (Januars?) und das trocken geronnene Blut zeigen, jetzt nur vorzeigen.
Gorani, von der seltenen Heiligkeit des Orts, obwohl nicht Sonntag ist und nicht Mai, wo, o Wunder, das Blut dem, der es dem blanken Geschädel entgegenhält, in den Fingern, so wird es ein gutes Jahr, zu fließen beginnt, überstreift,
Verwichenen Sonntag feierte man allhier gewöhnlichermaßen das Fest des H. Januarii, vornehmsten Beschützers dieser Stadt und Königreichs, und obgleich desselben Blut vor diesesmal auch wieder dem Anschein nach zu fließen angefangen, so blieb doch in der Mitte, vermutlich aus übel geratener Anstalt, ein hartes und schwärzliches Stücke, welches man als eine Vorbedeutung eines bevorstehenden Unglücks vor die Spanier ansiehet,
oder um nicht sehr aufzufallen (woher soll ich das wissen), läßt seine Knie in einer schrägen Geraden nach vorn unten stoßen, bis sich die Oberschenkel und die Unterschenkel einander mitteilen, beschleunigt dann die Bewegungen des rechten Knies, so daß es schneller

auf den Kirchenfliesen aufkommt und die drohende Rückwärtsverlagerung des Körpergewichts aufhält, stützt die hinteren Hosenflächen auf die Hacken, auf die linke zuerst, dann, während er auch das andere Knie auf den Boden herabdrückt, mehr auf die rechte und ruht sich schließlich, als beide Kniee nebeneinander hingekniet liegen, auf sich selber aus.
Sie hier?
Durch die Gebets-Und-Murmelstille hat sich ein Schnaufen zu Gorani durchgegraben.
Der steht auf. Neben ihm taucht die schwere Gestalt des Philippe Karolini aus der Herde der Rücken, die die Treppe zum Heiligtum eng besetzt hält, herauf,
Ich wußte gar nicht, daß Sie. Wohl noch ein frömmlicher Adam, ein restgebliebener.
Daß ich was?
Na, Sie verstehen schon.
Ich finde es im Gegenteil angenehm, solche Örter.
Ich dachte bloß,
Sehen Sie, Signor Karolini, nach den ersten Tagen meines Hierseins war ich davon überzeugt, daß es heute zwei Welten gäbe, eine neue, die bessere, und eine alte. Ich fragte mich, ob es nicht in manchem doch nur wechselnde Formen sind, sich ändernde Methoden. Man bleibt so leicht, was man ist, wirkliche Änderungen sind schwer wie Undinge. Das hab ich hier gesehen, hier, wo mich jeder Schritt zu dem Gedanken zwang, daß Änderungen brennend notwendig sind. Aber wie kann man die Welt und sich selbst ändern, wo fängt man damit an, was nimmt man mit, und wovon trennt man sich, und wer hilft einem dabei.
Hier wissen die Menschen nichts davon.
sagt Karolini,
sie merken kaum, daß sie nebeneinander herlaufen,

sie rennen den ganzen Tag in einem Paradies hin und wider, ohne sich viel umzusehen, und wenn der benachbarte Höllenschlund zu toben anfängt, betäubt man sich hilfreich mit dem Blut des heiligen Januarius, wie sich die übrige Welt gegen Tod und Teufel auch wohl mit
(Pause)
Blute hilft.
Oder helfen möchte,
sagt Gorani,
denn so redend gehen sie durch das dunklere Langschiff.
So gehend treten sie aus San Gennaro, der Kathedrale, auf den Platz.
Was für ein Tag ist das, das Heute?

WAHRLICH DIESER MENSCH IST GOTTES SOHN GEWESEN

Ein anderer Tag vor einem anderen Platz.
Plätze, die sehen hier überall gleich aus, Martinsplatz, Neumarkt, Largo Giovanni Maggiore, die fünfgeschossigen Häuser ebendachig, dicht nebeneinander gestellt, mit schmalen Gassen, Längsgänge mehr, die wie Rinnsale ein steinernes Plateau durchgraben, Gassen für Zugang, Gespräche, Abfluß, dazu Wäsche, fünffach übereinander gestockt, daß auf den Gassen immer eine Art Regen bleibt, doch Schatten zumindest, dazwischen noch Stände, die auf den Plätzen nicht Platz fanden oder sich nicht so ins Licht drängen, die Gassenwände der Häuser bröcklig, wo aus den stets offenen Fenstern, den Türen Brasen steigt und fauliges Obst zwischen die Gasse fällt, Schalen und Kerne, so daß man das Pflaster zwischen den Wänden unter der schmalen Schlammschicht von Resten, Mörtel, Waschgewässern nirgends zu Gesicht bekommt und knöcheltief einsinkt, wer die Gasse betritt, daß noch nach Tagen die Schuh eine Spur Gasse auf die Teppiche legen und man gleich besser barfüßig geht, wie die, die hier wohnen, sehr kinderreich, und das ist auch überall gleich an den Plätzen, auch, daß sie sich mit einer Kirche verziert haben, zentral oder in ei-

nen Platzwinkel gerückt, Largo Donna Regina, Dominico-Platz, nur die Piazza Garibaldi liegt kirchenfrei, die Buden, Wagen, das Drängen, Gedrängtwerden, der Lärm, dieses mittelmeerische Tremolo, das ist auch überall gleich, nur bei diesem Platz, den Gorani vom Hafen kommend ansteuert, ist alles anders, ein wenig jedenfalls.
Das mit den Häusern, den Gassen, den Kindern, dem Budengeschrei, dem zwischen den Wänden aufschwebenden fauligen Nebelgeruch, das alles trifft auch auf diesen Platz zu, nur ist hier alles größer, größer der Lärm, größer der Dreck, größer das Gewühl, verwahrloster die Jungen, größer der Fischgestank, enger dies ganze Viertel, diese Vico rotto-Gegend, der Platz selbst größer kaum als die anderen, Piazza del Mercato, Großmarkt, was hier Obst- und Fischmarkt bedeutet, Armenmarkt, also der richtige Markt.
Die Kirche hier, Santa Maria del Carmine, steht rechts am Eingang des Platzes, genauer gesagt, im südlichen Marktteck, aber gehört eigentlich schon nicht mehr recht mit dazu, gerade noch das Portal hält Verbindung zum Platz, und der nebenstehende Turm zipfelt herüber. Das Portal, simpelste Renaissance, wird von sechs nackten Säulen umstanden, die es gegen das Marktgewoge hin abgrenzen, aber doch recht einfältig, zusammenhanglos zwischen Kirche und Platz bleiben, fast überflüssig, nur die zum Platz hin äußerste hat Funktion, spannt eine weiße Markise, unter der sich in die Kirche gebaut ein Laden befindet, wo Mönche die Gegenstände ihrer Verehrung, Heiligenbilder, Reliquien, Großmuttergottesbilder, Kerzen, Altärchen zum Kauf aushalten, Gorani tritt aus dem Markisenschatten.
Geht über den Platz.
Von Gehen kann man hier nicht so sehr reden. Man läßt

sich treiben. Schieben. Der Geschobene schiebt. Auch fällt es kaum auf, ob man sich unter der Markise oder auf dem Markt befindet, weder die Menge, die einen umkeilt, noch die Helle des Lichts unterscheiden sich erheblich, sie, diese Menge schwärmt immer gleich stark über den Platz, auch an den Sonntagen, mehr noch sonntags, wenn sie vom Land hereinfluten mit ihren Wägelchen, und wenn Gorani aufgrund der Menschenmauer, die ihn umwandet, und der akustischen Sturzflut, die ihn überwellt, zu einem Urteil zu finden hätte, ihm käme nur Sonntag in den Sinn, aber als Uneinsässiger irrt man sich leicht.

Doch mit der Helle des Lichtes das, das ist heute anders.

Der Tag ist mit Wolken, solch einem Palliocirrus-Behang, wie Ploëg sagt, über die Stadt gekommen, und obwohl an den heißen Tagen, und es ist heiß, bedeutend heiß, schwül, die Wolken sehr hoch stehen sollen, laufen sie dicht über die Erde hin, in Kirchturmhöhe, so scheint es.

Tage, die Tage sind hier alle verschieden. Keiner kennt das Licht des anderen, und mit der Stadt, dem Grünland der Peripherie und dem Golf spricht jeder neu seine Farben ab, und keiner hängt über die Stadt eine gleiche Sonne hin. Die Wolken sind ihnen kostbar, kostbar am Morgen, wenn sie das Licht umziehen vom Nachtbraun über das Frühgrün, wenn sie die Straßen mit hellorangenen Seiden teeren, um endlich einer Leere Platz zu machen, die sich ihre Färbungen aus den Pupillen borgt, den Vögeln, Fischen, den Märkten, kostbar vor allem im Abend, wenn die Wolken den Tag und die Nacht gleichzeitig mit Farben befeuern, wo sich die Helle des Lichts mit ihrer eigenen Dunkelheit mischt, und es wichtig ist, zwei Augen zu haben, eins für die Farben

des Tags, eins für die Farben der Nacht, aber so nur mit Wolken kommt selten ein Tag. Blaßschattig. Der schiebt seine Dämmrigkeit über den Markt.
Der Geschobene schiebt.
So kommt Gorani voran. Hier, inmitten der geschwätzigen Geschäftigkeit, hier, zwischen Dattelkörben, Melonenhaufen, Fischkisten, Strohballen, Geschirrstapeln, Holzstößen, Olivenkarren, Papierhändlern, Weinfässern, Stoffauslagen, Käseständen, hier ist die Schwüle fast unerträglich, es muß auf Mittag gehen. Jedenfalls später Vormittag. Beinahe Mittag.
Gorani erkennt, das Menschengeschiebe auf dem Mercato geht nicht ganz planlos vor sich, erkennt das jetzt, da er in der Marktmitte angekommen ist, wo sich einem beträchtlichen Fischstand, den ein Schild mit pittoresken Buchstaben, aus denen sich mühsam FRUTTI DI MARE zusammensetzen läßt, bekrönt, gegenüber ein fast freies Viereck, eine Steinumgrenzung, ein Grundmauernrest befindet mit rußigen Rändern, in der Mitte die Erde lose und mit Verbranntem gemischt, gesprungene Kacheln darunter, die wie feuchte Lappen zwischen den Steinen liegen, Rest jener Kapelle Santa Croce al Mercato, die man zu Ehren Konradins hier errichtet hat, hatte, hier, wo sein triefender Kopf neben den Friedrichs von Baden auf den Marktplatz holperte, einmal sacht aufsprang, eh sich das Blut zwischen das Pflaster verlor, Kapelle mit den stets feuchten Fliesen, feucht, weil die Erde, wie man so sagt, seitdem hier weine, die dastand, hölzern, auf einen basaltenen Sockel gestützt, einundachtzig verbrannte, noch sind die Brandspuren zu sehn mit feuchtfleckigen Fliesen darin, jetzt liegt dies Steinquadrat leer zwischen dem Markt, und von hier aus erst stellt Gorani fest, daß der Menschenbrei den Markt in Rechtecke teilt, ein Netz um Karren

und Stände herum, obwohl es doch eigentlich die Händler sind, die hier ihre Köder werfen.
Neben dem Kapellengrundriß, schon von einem Melonenberg umwinkelt, findet sich, bis in Hüfthöhe hinaufreichend, eine zweite Brandruine vor, auch noch von Ruß überflammt und weitgehend mit Staub betüncht, ein Säulenfuß, porphyrn, wo seine Gedächtnissäule, Konradins Säule mit Bildern, solchen Szenen aus einer Lebensfahrt, gestanden hat, und die man, daß sich der behauene Stein in den Feuern keinen Schaden zuzöge, herabgenommen und neben die Kirche del Carmine an den Marktausgang gestellt, Gorani kehrt diesem stummen Platzzentrum den Rücken, versucht, die Fußflächen anhebend, wobei sich sein Körper, so daß sich zwischen den schrägabwärts laufenden oberen Kanten der Füße und den Beinen ein neunziggradiger Winkel bildet, nach vorn neigt, bis er auf der elyptischen Unterfläche der großen Zehen ruht, wobei die Fußballen als Gewichtsstützen dienen, von den Häusern der westlichen Marktlangseite hinter dem Fischstand vor sich Einzelheiten aufzunehmen. Goranis Blickfeld zerschneidet ein hölzerner Rahmen, so ein Gestänge, das wohl zum Aufhängen von Markisenplanen gedacht ist bei stichigem Himmel, heute, unter dem Wolkentuch, heute fehlen sie, muß mit zu diesem Fischstand gehören, denn jetzt sind Fische unter die obere Stange gebunden, Thunmakrelen, die, wenn jemand heftiger gegen den Stand stößt, mit der Luft einen Schaukeltanz führen, vor, zurück, vor, zurück, mit gespaltenen Schwänzen zerstechen sie den Dunst unter dem Holz, ihre Köpfe hängen hinter die Leute ein. Oberhalb des Rahmens kann Gorani gerade noch die Dachlinie der Häuser erkennen, kaum Schornsteine und anschließend gleich der Himmel, der jetzt schneller über den Markt zu ziehen

scheint, auch deuten sich Wolkenversammlungen an, denn das einträchtige Grau hat Schattierungen, Bläuen und Blaßfarben bekommen. Unter dem Querholz die hängenden Fische verengen mit ihren Rückenflossen und dem durchgängig gekielten Schwanzstück Goranis Blickfeld, so daß nur über der Brustflosse zwischen den Tieren ein mehrfach und breit unterbrochener Durchblick bleibt, und nun kann Gorani von der jenseitigen Häuserfront je einige Fenster des ersten Stocks sehen, und das ist auch schon fast alles. Daneben ein paar handwerkliche Andeutungen, die auf Läden weisen, ein schäbiges Barbierbecken, ein überdimensionaler Taschenchronometer, eine Aufschrift SPECIALE IN MEDICINA, da muß sich also irgendwo hinter dem Fischstand eine Apotheke befinden, auffällig nur das eine Wappen, wohl Wappen Karls des Fünften, denn CAROLUS V steht daneben mit römischen Lettern, das herüberzusehen ist, wo sich zwischen Holzrahmenrand und rechtestem Fisch ein wenig mehr Platz für eine Blicklücke anbietet, darüber in späteren roten Buchstaben TOMMASO ANIELLO, was ja ein berühmter Name ist, und er, Masaniello, wird wohl dort gewohnt haben. In Goranis Kniee ist von dem so lang hingehaltenen Balancestand ein Zittern gekommen, jetzt holt er die Füße ganzflächig auf das Marktpflaster zurück, reiht sich neu in den schiebenden Vorbeistrom ein.
Von den vier Längsachsen, die den Platz leutegefüllt überwandern, gehört die westlichere des Mittelpaars Gorani zu, in der befindet er sich, jetzt schon fast nicht mehr, denn am oberen Marktende hat sich ein Haus mit Fenstern, scheibenlos, in denen Hüte aushängen, wellige Strohgeflechte mit üppigem Federbesatz, Stoffhauben, in der Mitte gerafft und mit Zierschleifen versehen, so daß man jeden Tag ein anderes Geschleife vorn

über die Stirn drehen kann, dazu diese gepunkteten Seidengebinde, die mit zwei langen Zipfeln hinten über die Taille hängen, Turban d'amour, auch ein Modell der Dame Éloffe dabei, radbreites Gemisch von Blumen, Stoffen, Federn und Pelzen, das allein schon ein Fensterloch füllt, quer vor den Menschenfluß gestellt, der kann hier nicht in eine Gasse einmünden, teilt sich also nach rechts und links, spaltet sich weiter auf, verströmt in die Johannes-am-Meer-Straße und in die Pallottinari-Straße, ein großer Teil flutet auf den Markt zurück und setzt in den parallel verlaufenden Langachsen das Gedränge fort, Gorani windet sich aus dem Geströme heraus, stellt sich vor Pirro Juans Hutgeschäft auf, dreht sich um, blickt zum Markt.
Sehr viel ist da nicht zu sehen. Vor ihm die Leute, vielen Schichten und allen Altersstufen angehörig, aber meist doch Arme, darüber das wenige, was von den Ständen über den Menschengrund in die Marktluft hinausragt, am Marktrand die Häuser, in den Fenstern Tücher. Von der Kirche am gegenüberliegenden Platzende ist jetzt nichts zu sehen, nur der Turm ragt auf, viereckige Architektur mit Geschoßrändern, an den Kanten Doppelpilaster, dazwischen ein gestrecktes Bogenrund, das eine Ahnung von Glocken, die sich dahinter befinden müssen, aufkommen läßt, darüber zwei Geschosse einer schmaler werdenden Achteckgeometrie, unten mit Lang-, oben mit Rundfenstern, so daß der Eindruck entsteht, der Turm schöbe sich schmal und sehr lang in den Himmel, Eindruck, den die weit in die Höhe gezogene Zwiebelhaube mit aufgestecktem Kugelknauf nur bestärkt, dann schon dieser Wolkenzug.
Über dem Turm die Wolken sind dunkler geworden. Haben Ballungskonturen bekommen. Ihre Bewegungen kaum merklich jetzt, nur an der Turmspitze ablesbar,

langsam. Eine Richtung fast nicht festzustellen. Kein Drüberhin. Eher ein Kreisen. Von allen Seiten legen die Wolken über den Platz einen Schimmer Regenblau, nur in der Mitte hat sich über dem Markt mit seinem trüben Dunst der morgige Himmel erhalten, ein seltsamer graurunder Rest, von Wolken umdroht, der plötzlich, von einem Luftwind über der Wolkenfläche erfaßt, aufreißt und der Sonne, die eben, wie man jetzt sieht, hinter dem Dunstkreis ihren Zenit erreicht, Einfahrt auf den Markt gibt, Gorani zieht die Augen geblendet vom Himmel zurück.

Von der Plötzlichkeit des Lichts haben die Hüte hinter Gorani etwas Flackerndes, Irres angenommen, sie schicken ihre falschen Farben mit auf den für Augenblicke überhellten Platz, mischen sie der Sonne bei. Die stützt ihr Gewicht auf Goranis Lider. Und obwohl es Anstrengung und Konzentration erfordert, heben sich die Lider jetzt an, leiten den Versuch ein, ins Licht zu sehen. Zuerst die Wolkenränder, die einen Teil der Sonne in glänzende Strahlen zerbündeln, wie auf barokken Deckengemälden so, dann immer weiter in das flammende Jenseits hinein, von rechts schiebt sich, spürbar schnell, etwas Dunkles zwischen das Wolkenfenster, schneidet runde Stücke, größer werdend, aus dem Sonnenkreis, noch ist der Markt satt beleuchtet, die Helligkeiten nehmen nicht ab, im Gegenteil, mit der schwindenden Fläche wächst, als habe wer über den Platz eine Linse aus Luft gelegt, das Licht, Goranis Augen überwandern mit der Schattenscheibe die Sonne, aus dem geringer werdenden Grenzstrich schießt das Licht heraus, bohrt sich in die Pupillen ein, jetzt bleibt nur noch links ein Pünktchen Sonnenstück, das stürzt in Goranis Gesicht, vor ihm der Markt wird dunkel, die Füße tun ein paar leere Schritte, Stille umdreht ihn, der Platz fängt Kreise an. Noch zwei Schritte auf den Platz hinaus oder auf das Haus zu oder um sich herum, dann hört das Pflaster langsam zu schwanken auf, die Schwärze macht einer nebligen Schattenhaftigkeit Platz, aus der tauchen die Konturen der Häuser herauf, Dachlinien und Gassenbuchten, die Umrisse sehr deutlich durch den Nebel, der zieht sich jetzt in die Fenster zurück, rückt alles dichter an Gorani heran, luftleer, die Häuser rutschen über das Pflaster, fahren durch Gorani hindurch, werfen Hohlräume auf, eine reine bläuliche Dämmerung, die die Konturen ausdehnt, sie lang hinzieht, für Sekunden liegt der Markt einsam vor Gorani.

Das kühle Blau tut den Augen wohl.

Aber schon ist es in Bewegung gekommen. Aus dem blauen Schatten der Häuser lösen sich Gestalten ab, von allen Seiten gießen sich Menschen auf den Markt, und ehe sich Gorani auf dem Geviert wieder zurechtfinden kann, ist er schon mitten drin zwischen den Leuten, drängt sich mit ihnen in die Marktmitte, um den Nachströmenden Platz zu machen, die Menschen um ihn herum ärmlich gekleidet, zerlumpte Fischer, Lazzaroni, Bettler, manche haben Gewehre auf den Schultern, Frauen mit Piken, Säbel werden geschwenkt, mit bleichen Gesichtern aus den Schuldtürmen Sträflinge, die ihre Ketten hochwerfen, gestreckte Fäuste, andere halten beschriftete Zettel über den Platz, KEINE SALZSTEUER, KEINE ABGABEN MEHR, KEINE MEHLSTEUER, WOLLT IHR DIE SONNE BESTEUERN, NIEDER MIT DEN SPANIERN, KEINE OBSTSTEUER, von einer anderen Seite ziehen Bauernkolonnen auf den Markt, Reiter mit Sensen und Dreschgeräten, Jungen wedeln mit spanischen Uniformen, jetzt werden Kanonen auf den Platz gerollt, jemand hat sich die Steuerbücher gegriffen, zerreißt sie und streut die Fetzen über die Leute hin, Blessierte dabei, aus den Wunden tropft bläulich das Blut, andere sind von den Bränden gezeichnet, an Armen und in den Gesichtern wirft sich die Haut auf, von den Palästen wird Hausrat auf den Platz geschleppt, fremdartige Blumenstöcke, die man mit sich trägt, aus den Bildern haben die Kinder die Köpfe geschnitten, Carafas Kopf, Arcos, des Vizekönigs Kopf, Racaschieris Kopf, Erzbischof Filomarinos Kopf, und auf Ruten gespießt, hinter Gorani bricht sich eine Gasse durch den Menschen überfüllten Markt, da tragen sie ihre Toten heran, vom Kampf zerfurcht, in Höhe Goranis knickt einer der Träger zusammen, der nimmt dessen Platz ein, kommt so bis zur Mitte des Marktes, wo die Toten, ein Halbring, abgelegt werden, Gorani tritt mit den anderen in die Menge zurück.

Über die Körper vor ihm fährt mattblaues Licht. Das zuckt von den Füßen auf, wo sich hinter den Toten halbhoch ein Mauerwerk befindet, geviereckt, das einen Schutthügel umfaßt, mehr Aschenberg, aus Flammenresten stechen Leuchterfüße, Stukkaturen von Bilderrahmen, Buchschließen heraus, noch mischt die Glut ihr Blau mit dem Blau des Silbers, auf die Steinumfriedung hat man Köpfe geschichtet, diese Banditen, die Herzog Carafa aus der Umgebung in die Stadt befahl, das Volk zu verwirren, die Blässe von den Stoppeln durchbohrt, die Augen herausgequollen, neben der Brandstelle auf dem Säulenstumpf Haupt Carafas, hinter den Toten, dem Brandberg, den Köpfen und vor dem bewappneten Haus Tommaso Aniellos ist aus den noch brauchbaren Brettern der Marktzollbuden, auch hier haben Flammen ihre Muster gezeichnet, eine Tribüne errichtet, so ein Podest, eine Plattform in Schulterhöhe, daß man über den Markt hinreden, rufen, gesehen und verstanden werden kann, rückwärtig schließt eine rohe Bank, lehnenlos, das Podium gegen Aniellos Haus hin ab, da liegt jetzt jemand, schlaff hängen die Arme herab, der Atem stoßweise, Masaniello, und könnte doch besser in seinem Haus ausruhen, im Tribünenschatten dem, auf dem Podest Leute, Männer wie die auf dem Markt, Tagelöhner, Fischer, Bauern, auch Salvatore Rosa mit seiner Malergenossenschaft, Mico Spadaro, Aniello Falcone, Carlo Coppola dabei, die Brüder Fracanzone, Namen, die sich in Kunstgeschichten bewahren, Viviano Codagora, Andrea Vaccaro, über den im Hintergrund auf die Sitzplanke Gestreckten beugt sich der alte Giulo Genoino, hilft ihm, sich aufzusetzen, jetzt dreht er sich von ihm ab, tritt vorn an die Plattform hin, die Priesterkutte hängt lose von seinen Schultern ab, so daß jeder das längliche Leinenhemd in seinem bläulichen Weiß zu Gesicht bekommt, wirft über den Markt sein Kreuzzeichen und deutet mit einer weiten Geste, daß gleich einer sprechen wird, jetzt. Hinter ihm der Sitzende ist aufgestanden, geht schwer die wenigen Schritte über das Holzgerüst, stellt sich neben Genoino, blickt über die Leute hin, sieht jeden an, sein mit einer dünnen Schnur zusammengehaltener Fischerkittel blut- und rauchbefleckt unter dem mageren Gesicht, über dem geschlitzten Stoff treten die Schlüsselbeine heraus und vor der Brust hängt ein quadratischgroßes Medaillon, Maria, die heilige Jungfrau, sehr deutlich über den blauen Platz, die Füße nackt auf den Bohlen, der Mund müde, die neun Tage ohne Mahlzeit und Ausruhn haben mit ihren Nächten scharfe Linien durch das Gesicht gelegt, über den Augen die Lider, fiebrig, die sich nicht schließen wollen, kaum noch zu öffnen, jetzt fährt mit ihren langgliedrigen Fingern, fährt seine spitze Hand

durch die Strähnen des eigentlich welligen Haars, sie bleibt, nachdem die Finger noch einmal die Stirn gekreuzt haben, in der Leere, schafft dort den Worten Platz, die Gorani, obwohl in diesem glasblauen Zwielicht alles, Empören, Trauer, Jubel, stumm vor sich geht, doch, als läse er die Gesichter der Menschen, auf dem Markt die, auf dem Gerüst die, wie einen Brief, versteht,
Brüder, Genossen, freut euch und danket Gott, daß endlich die Stunde der Befreiung gekommen, seht, unter euch steh ich, ein armer barfüßiger Mensch, der, wie Moses das Volk Israel aus der Knechtschaft, euch aus der Hand der Tyrannen geführt, der Fischer Petrus hat durch die Kraft seiner Stimme Rom und den Erdkreis von den Mächten Satans erlöst und zur Freiheit durch Jesus Christus gebracht, nun will ich, Masaniello, ein Fischer wie der Apostel auch, euch von den ungerechten Lasten allen, Steuern, Abgaben, befreien, und wir werden der Stadt und im ganzen Land Freiheit und Wohlstand schaffen, für euch will ich mich gern in Stücke hacken und durch alle Straßen Neapels schleifen lassen, mögen sie mir doch sämtliche Adern öffnen, mir den Kopf vor die Füße tun oder mich als Anstifter an den höchsten der Galgen hängen,
wilder kreisen im Sprechen die Arme umher, ziehen sich an den Leib, die Finger fetzen das Hemd auseinander, mit den Resten bläulichen Stoffs fällt auch auf das Pflaster vor die Tribüne das Medaillon, scheppert auf, das Email springt und streut Splitter aus,
ehrenvoll würde ich und mit Freuden sterben, denn ich habe das Leben gesetzt nicht für Eroberungen, sondern für euch,
Masaniello schwankt, neigt sich auf den Platz hin, dann auf sein Haus zu,

für uns,
Genoino fängt den nackten Körper auf, mehrere springen hinzu, sie heben Masaniello hoch, tragen ihn die Tribüne hinab, die Leute auf dem Markt treten zurück, so daß ein Gang zur Santa Maria del Carmine entsteht, noch auf dem Markt, noch mittendrin, schreit Masaniello,
schreit,
behaltet die Waffen,
der lautlose Schrei bringt den Platz in Bewegung, alles drängt sich den Trägern nach, auch Gorani arbeitet sich mit an die Kirche del Carmine heran, die Menschenmenge um ihn herum, die geschulterten Waffen, die Plakate, die Pferde, die Kanonen verändern sich, verlieren Einzelheit, die Umrisse zerschwimmen, die Tribüne, die Häuser sinken zurück, ein tiefes Blaudunkel stürzt über den Platz, Schüsse fallen, dicht bei Gorani, vier oder fünf, fünf um Gorani herum oder direkt über ihm, Masaniellos Blut wälzt sich aus dem Kirchenportal, ein ölig schwarzer Brei, der den Markt überschwemmt und ansteigt, steigt und hinter die Dächer der Häuser flutet,
Goranis Hände suchen sich an einer Mauer einen Halt.
Mit der Kühle des Steins treibt Ruhe unter die Haut.
Langsam fahren in Goranis Rücken die Finger über Riffelungen, die sich herausheben, kurze Balken nach Ornamentsystem. Keine ebene Wand das, kein Hausgemäuer.
Gorani öffnet die Augen. Grell beschießt sie Helligkeit. Ein Teller Licht, der sich zwischen die Lider stellt. Die schließen sich.
Mit Zitterschlägen.
Gorani dreht sich um, lehnt sich mit dem Körper an das

Steinerne, den Kopf wenig vorgebeugt, so daß die Stirn in die Kälte des Steins tauchen kann, die gefühllose Kühle zeichnet ihr kreisrundes Mal über Goranis Augen ab. Noch ist das Dröhnen der Schüsse zu hören, als käm es aus dem Gestein, entfernter jetzt, jetzt, wo Gorani den Kopf gehoben und sich von der aufgeriffelten Wand, die unter den Fingern eine breite Krümmung andeutet, abgestoßen hat, höher. Gorani hebt die Lider spaltweit, ein lichtes Grau dringt in ihn ein. Dann Differenzierungen. Hell- und Dunkelpunkte, Strichformen. Allmählich heben sich die Riffelungen als Schriftzeichen von ihrem steinernen Untergrund vor Gorani ab. Noch schieben sich die Augen suchend über die Buchstaben, dann setzt Orientierung ein, Entzifferung beginnt.

ASTURISUNGUELEOPULLUMRAPIENS-
AQUILLINUMHICDEPLUMAVITACCEPHA-
LUMQUEDEDIT.

ASTURIS-UNGUE-LEO-PULLUM-RAPIENS-
AQUILLINUM-HIC-DEPLUMAVIT-AC-CE-
PHALUMQUE-DEDIT.

Asturis ungue leo pullum rapiens aquillinum
Hic deplumavit ac cephalumque dedit.[Anm.]

Das Distichon ist Gorani bekannt.

Karl der Fünfte hat es in jene Säule eingraben lassen, die ein gewisser Domenico Punzo di Persio zur Regierungszeit der ersten Johanna in Erinnerung an das durch die Ermordung Konradins Hohenstaufen dem neapolitanischen Volk zugefügte Unrecht an der Stelle, wo Konradins Enthauptung der Überlieferung nach stattfand, aufstellte, altertümliche Porphyrsäule, die ein anscheinend aus dem sechzehnten Jahrhundert stam-

Anm. Mit Habichtskrallen erbeutete der Löwe den jungen Adler, / Riß ihm allhier die Federn aus und schlug ihm den Kopf ab.

mendes weißes Marmorkruzifix trägt, die Szenen aus Konradins letzten Lebenstagen auf vier minderwertigen Bildern aus der nämlichen Zeit, und da die Kapelle, die selbiger Persio zusammen mit der Säule an Ort und Stelle errichten ließ, vor zwölf Jahren restlos verbrannte, wovon noch Aschen- und feuchte Fliesenreste zu sehen sein sollen, hat man die Säule vor die Kirche Santa Maria del Carmine gestellt, dorthin, wo neben dem Portal, dahinter das Langhaus, der Turm aufragt,

und also muß ich mich in Neapel, beinahe auf der Piazza del Mercato befinden, jedenfalls dicht vor der Kirche del Carmine.

Gorani geht, ohne sich von der Säule wegzuwenden, einige Schritte zurück, marktwärts. Über der Säule der Turm. Aus den gestreckten Bogenfenstern fahren dumpf die Schläge des Mittagsläutens herab, ein Gebell, das sich in den Ohren verdoppelt. Daneben die Kirche mit dem säulenumpflanzten Portal klein. Vor der Kirche die Leute dann schon wieder fast groß, Fischer mit ihren Frauen, Lazzaroni, Kinder, die aus dem Portal treten, an mir vorbeigehen und sich auf den Markt mischen.

Gorani dreht sich um, sieht ihnen nach.

Vor ihm der Platz. Das Gewimmel marktlich. Die Buden und Stände von den Schau- und Kaufbeschäftigten umringt, dazwischen die Rufe, quer über den Platz, auch über das schweigende Viereck, das man in der Marktmitte erkennt, hin wie jeden Tag, die Rufe eine Nuance wacher vielleicht.

Über den Menschen, über dem Platz ein endloser Himmel, jetzt wolkenleer, den breit eine strahlende Sonne füllt, die ihr zenitenes Licht bis in die Gassenschluchten verschickt, wo sich der aufsteigende Geruch der Woh-

nungen mit den fallenden Stimmen der Mittagsglocken mengt, kaum Schatten irgendwo. Nur der eine Winkel, wo sich der Carminenturm an die Kirche lehnt, ist mit schattigen Abstücken der obersten Turmgeschosse belegt, so daß hinter seinen Säulen das offene Portal in Dämmerung taucht, dort auf der Schattengrenze steht Gorani, in den Schnallenovalen der Schuhe spielt schon das Licht.
Unter der Wucht, mit der sich jetzt die Sonne vor Gorani in das schattenlose Marktgewühl wirft, nimmt das Hin und Her, das Auf und Ab zu, werden die Bewegungen hastiger, schwellen die Wortwechsel an, wacht hier erst die natürliche Lebendigkeit auf, werden die Melonenkerne genüßlicher auf das Pflaster gespuckt, zerfällt das nur Geschäftliche solches Marktgangs, diese Notwendigkeiten, bekommt die Piazza del Mercato etwas Fröhliches, von irgendwo auf dem Platz oder aus einem der Häuser fällt so etwas wie Musik auf die Kirchwand hinter Gorani, schwingt auf den Markt zurück, die Töne mischen sich dem Marktgeräusch und dem Geläute bei, sind von den Rufen, den lautgeführten Gesprächen schon nicht mehr zu unterscheiden, der Lärm hüllt Gorani ein, daß er fast nichts mehr hört, nicht Worteinzelheiten mehr aufnimmt, auch nicht Höhenlagen, nur das Gefühl für ein Schweigen bleibt, etwas, wobei man sich verständigen kann mit anderen und mit sich selbst, dieser schweigende Lärm zittert unter der Sonne.
Aus dem Marktgewimmel löst sich jetzt eine Sänfte frei, die Träger steuern rasch auf Gorani zu, wenden, bei ihm angekommen, leicht um, stechen zwischen den Säulen in den Schatten ein, verschwinden unter dem Portal im Kirchendunkel. Vom Vorbeizug bleibt ein Gesprächsfetzen im Turmwinkel hängen, *siebenter Juli Sonntag Sonnenfinsternis.*

Ein merkenswerter Tag also,
sagt Gorani, sagt,
wir haben die Sonne geputzt.
Über ihm das Mittagsdonnern hat aufgehört. Nun schickt nur noch der Platz seine Vielstimmigkeit zwischen die Gassen und in den Kirchenwinkel.
Gorani verläßt das Schattenstück, geht, die Augen weit, auf den sonnenhellen Markt vor Aniellos Haus.

WARD ER AUFGEHOBEN GEN HIMMEL

Der Berg gehört dazu.
DEN Bericht muß Gorani noch schreiben.
Schreiben, was man herübersieht, entfernt beginnen, die mehr sanfte Kontur, das Gefüge der zwei Gipfel, die sich in der Bucht abbilden, Portici davor, der Ort, mit nur mittlerer Deutlichkeit, verschiedene Bootsgestänge über dem Wasser zwischen Hafenhier und Stranddort, die überwaldeten Hänge, der kahle Kegel unter dem Rauch, Wasserdampf, der, nachdem er Höhe gewonnen hat, südöstlich abzieht und leichte Aschen über das angrenzende Gehügel verstreut,
oder am Abend schreiben, wenn man den Strand nicht erkennt und nicht die Gratstruktur an den Bergen, wenn man das plane Dach eines Hauses oder Schlößchens erstiegen hat, nachts so über Neapel steht mit Filangieris Schwester zum Beispiel, dieser jungen Person, die an den sechzigjährigen Filippo Fieschi Ravaschieri di Satriano verheiratet ist, oder mit der Dame Giovane, die eine Deutsche ist übrigens aus Würzburg, geborene Freiin von Mudersbach und Freundin des Stadthalters zu Erfurt, der jüngst zum mainzer Koadjutor erhoben, an einem Abend, wenn der Berg gerade in Flammen

steht und den goldroten Qualm in den Nachthimmel ausstößt, so daß jeder Auswurf wie ein Blitz übers Land fährt und die Abhänge und das Meer und die Häuser der Nähe körperhaft ausgeleuchtet stehen und sich der Streif von Gluten einen Weg über den Berg freibricht, wenn der Vollmond als eine zweite Sonne hinter den Säulen des Rauchs herumgeht und die Frau gegen den feurigen Berg und den Mond steht,
schreiben, was man herübersieht, oder schreiben, wie man daraufzukommt, wie die Gipfel höher und höher wachsen, wenn man den Strand entlangfährt bis nach Portici und dann nicht weiß, welchen Berg man ersteigen will und welchen zuerst,
schreiben, daß man doch eigentlich mit dem Berg Somma beginnen könnte, weil jene kalte Spitze neben der rauchenden oft so unbeachtet bleibe, und also müßte man von Portici nördlich durch das Grünland nach Santa Anastasia weiterfahren und von dort den Aufstieg beginnen, würde sich einen Führer mieten, der durch die Gärten, in denen der Wein von Somma jetzt schon weit stünde, noch sehr rasch voranginge bis zu den Kastanienwäldern, wo dann das Steigen begänne, weil die Bergsenkung viel steiler würde, doch Kastanienwuchs setzte sich bis zur Gipfelkante fort mit einer Flora zwischen den Stämmen, die jeden nördlichen Botaniker anlockte, Valeriana, feurige Lilien, Trifolium, purpurnes Antirrhinum, Nelken, und Schmetterlinge für Zoologen, Kleopatra, nur vom Vesuv sähe man noch nichts, da müßte man weiter hinauf, und je weiter man käme, desto wegloser würde der Berg, nicht einmal Hirten hätten hier Straßen ausgetreten, und oft verschwände der Pfad hinter Gebüschen, Abgründen und in Schluchten, man fände steile Rinnen vor, die als trockene Gräben jetzt auf eine nächste Regenflut warteten, deren

Wände bildeten sich in vulkanischer Aufschichtung bald aus Asche, bald aus Lapilli, bald aus fester Lava, und wer wegen der Steine gekommen wäre, der könnte in eine der Schluchten absteigen, könnte mit Hammer und Schaufel den Kristallisationen nachspüren und würde in den Grotten und in den lockeren Wänden Eisenkristalle und herrlichstes Gestein herausarbeiten und könnte, so beschwert, eine der wenigen Quellen auf der Somma aufsuchen, Fontana di Memnone, dann weitersteigen, wo der Berg immer wüster würde, sich die Aschen und die Lapilligebröckel häuften, hätte aber mit jedem Schritt, wenn auch der steile Kamm den Vesuv noch verstellte, einen sich verweitenden Horizont landhinein im Rücken, die Bai Bajaes, die Gipfel von Ischia über Neapel und dem Golf, die Ebene von Caserta und das Gemüse-Und-Weinland Mittelcampaniens bis nach Sarno hin und östlich von den Hügeln, an denen sich das unermeßliche Neapel hinaufzieht, die Ebene vor den Apenninen, den Bergen von Mattese und Santa Vergine, ein Park, von weißlichen Wegen durchschnitten und mit Dörfern, Villen, Kirchen und Klöstern besteckt, auch könnte man die Städte der Ebene abzählen, Santa Anastasia, Somma, Pomigliano d'Arco, Acerra, Afragola, Santa Maria, Capua, Caserta mit seinem Schloß, Maddalini, Marigliano, Nola, Ottajano, Palma, Sarno, Nocera, wo sich die Ebene rechts abschließt, und es könnte doch sein, daß man, um auf den Berg zu gehen, einen Festtag gewählt hätte, Tag der Mutter der Gnaden oder des Heiligen Josephs, des Gebacknesmachers, und aus den Städten käme der Feierschall der Kanonen herauf, so daß es leicht wäre, die Meinung zu hegen, der kalte Berg habe wieder seine Feuer ins Rollen gebracht, ein Gefühl, das zunähme, stünde man erst auf dem Sommagipfel neben dem hölzernen Sommakreuz, zwei Schritte noch auf dem Grat, und man hätte den heißen Kegel vor sich, die Gestalt aus Asche, die keiner beschreiben könnte, beschreiben höchstens den Gegensatz zwischen Campaniens Grün und der plötzlichen Starre, die sich groß gegenüber aufrundete, vom Rauch belebt, der seinerseits durch Schwefelfarben von unten her etwas wie Dasein bekäme, Bewegung, Totlebendiges, und das Verknattern der Kanonen im Rücken des Bergs, wenn, wie gesagt, Festtag wäre, teilte dem Gipfel, als ob auch er UNTERFEURIG, wie Strabo die Gegend nennt, daläge, ein Schwingen mit, obwohl der Vesuv entfernter wäre, als es aussähe, weil der Blick den grauen Krater in gleicher Höhe neben sich hätte und nicht nur steil von unten die Lavahänge, wie ihn sehn würde, wer den Vulkan direkt bestiege, in den Rauch eindränge, von hier aber hätte man zugleich auch den südlichen Hintergrund, Land zwischen Capri und Salerno und das unendliche Meer, und außerdem könnte man deutlich den uralten Sommakrater sehen mit seinem moosigen Grund und den schroffen Lavawänden, und es könnte sich ein anderer bis an die äußere Spitze des Berggrats vorwagen, könnte sich die dreifache Gipfelung und den dreifachen Hinsturz fast senkrecht auf den Fuß des Vesuvkegels zu für eine Beschreibung aufnotieren, hätte so je einen kalten Krater zur Rechten und zur Linken, Felszinken, rötlich, grau, gesplitterte Lava und vulkanisches Geschiebe, und er sähe, wenn er auf dem mittelsten Auslauf des Sommarands stünde, daß sich der Berg halbkreisförmig, der schwarze Abgrund dazwischen, um den Vesuv gebogen hätte, und, wenn der Wind aus Süden stände, würde er von drüben den Dampf mit aufatmen, die Farben des Kegels unterscheiden, graugelb, Farbe der Asche, schwarz, Farbe der Lava, schwarz, wo sie herabfloß über den hochgelben Kraterrand, und jener hätte auch, was dem, der nur den Vesuv bestiege, zu sehen unmöglich wäre, den ganzen Kegel im Blick, die Sanftheit der Form, die Einheit zweier Linien, die ihresgleichen suchte, aber gegenüber dem Somma, der Vesuv könnte sich auch mit einem Nebel überdeckt haben, und ein Wind würde Wolken und Rauch durch die Schlucht und über die Wände treiben, so daß ein Luftkampf, daß fiedernde Gespinste das starre Gestein in ein Leben zögen, bis sich der Nebel endlich an die Füße des Bergs legte, und wieder das Meer frei vor die Augen flöge und irgendwo in den Himmel überginge oder der Himmel ins Meer oder,

oder ich könnte auf den Vesuv steigen, und ich müßte dann von Portici östlich bis Resina weiterfahren, wo sich das Lavagestein scharf in die Rebenvegetation eingegrenzt hätte, denn von hier ginge es schon steil den Aschenhang hinauf, den nur wenige Bäume durchwüchsen, Granaten, deren Blüten, ginge ich im Frühsommer hinauf, eine brennende Röte trügen, als wären es Blumen von Feuer, und es hätte vielleicht lange nicht geregnet und alles, Dächer, Bäume, Kraut, wäre aschgrau mit Staub bedeckt, und der Berg wäre mehr sandig unter dem sauberen Himmel, ich müßte einen Führer, einen mit ledernem Gurt an den Hüften, in den meine Hand beim Steigen eingreifen könnte, nehmen, der mich hinaufzöge, aber es müßte ein Tag sein, an dem der Wind aus Westen stünde, da man nicht gegen den Rauch gehen könnte, und ich hätte, älteste Schuhe anzuziehen, nicht vergessen dürfen, weil die Laven heiß sein könnten und man auf Steinen ginge, die frisch erstarrte Brücken, unter denen sich noch Lava hinabschöbe, wären, und je höher ich käme, desto wärmer würde der Boden und das Gestein lockerer, und ich

würde mich, ehe ich auf den Krater zuginge, vom Anstieg durch einen Blick auf die Stadt ausruhen, könnte dann, wenn der Berg stumm wäre bis fast in den Qualm hineingehen, würde kaum mehr als gratige Felswände sehen, müßte aber, wenn sich ein Donnern unter mir ansagte, der Berg ein Rollen bekäme, ein Felsteil, einen Überhang als Dach suchen, schon schleuderten sich Steine heraus, segelten Aschenwolken empor, Steine, die, wenn sie nicht in den Krater zurückfielen, mit tönernem Scheppern über die Kegelseiten abstolperten, und Asche, die rundum vergrieselte, dann träte ein Schweigen ein bis zum nächsten Gedonner, Zeit, das Erstarren der noch glühenden Steine anzusehen, und ich könnte beobachten, daß unter dem Dampf Lava aus dem Kegel ausbräche, daß sie sehr schmal wäre, sanft abflösse und während des Fortfließens an den Seiten und der Oberfläche verkühlte, und daß sich so ein Kanal bildete, der sich, weil das geschmolzene Material auch unterhalb des Feuerstroms, der die auf der Oberfläche schwimmenden Schlacken rechts und links gleichförmig hinunterwürfe, erstarrte, ständig erhöhte, so daß sich ein Damm aufbaute, durch den sich der Glutfluß WIE EIN MÜHLBACH hinschöbe, aber die Sonne, die sehr hell wäre, ließe die Glut dunkel erscheinen, rostig,
schreiben, was man sieht,
schreiben, was geschrieben steht,
gewiß wäre der Neapolitaner ein anderer Mensch, wenn er sich nicht zwischen Gott und Satan eingeklemmt fühlte
(Goethe),
natura volse monstrar qua giu quanto la su potea[Anm.]
(Petrarca),

Anm. Hienieden wollte die Natur uns zeigen, / Wieviel dort oben sie vermag.

schreiben, daß wir auch zwischen den Bergen entlangkommen könnten, von Resina nördlich über die Lavafelder, wo sich die Gipfel voneinander trennten und die breite Schlucht zwischen sich freiließen, und dort erst würden wir entscheiden, wer links auf den Somma, wer rechts auf den Vesuv stiege, könnten aber vorher im Kirchlein ein Gebet absprechen oder in der Einsiedelei, die von zweihundertjährigen Linden, weil die heißen Regen des Bergs parabolisch Kirche und Haus überflogen hätten, umringt würde, einen Kaffee, zu dem wir auf Stühle und an den Tisch aus Lava gebeten würden, trinken, und könnten uns von den jährlichen Pfingstfeiern hier Bericht geben lassen oder selbst zur Pfingstzeit herkommen, wenn die Leute der Gegend, zwölftausend und mehr, heraufzögen, um die Feuerdämonen zu beschwichtigen, und würden wir Jahre später hier sein, wir könnten ein schwarzes Schild mit gelbem Namen vorfinden, Schrift, die vermeldete, daß die Einsiedelei am Vesuv in die Magdeburger Feuerversicherungsgesellschaft eingekauft sei, und Don Michele, der Pfarrer, könnte uns auch gleich von einem sorrenter Schuster erzählen, der allein auf den Berg gegangen wäre und Lust verspürt hätte, DEM HÖLLENGEIST NICHT ALLEIN IN DEN GLÜHENDEN RACHEN ZU SCHAUEN, SONDERN IHM ALS EIN OBSZÖNER TITANE NOCH EIN SCHIMPFLICHERES ANZUTUN, was er durch Öffnung des Hosenschlitzes auch bewerkstelligt haben könnte, nur hätte ihn bei dieser Tätigkeit ein Schwindel überfallen, und er wäre in den Krater gestürzt, könnte dort aber auf einer dünnen Schicht erstarrter Lava im offenen Kratermund liegengeblieben und nach Tagen von Vesuvfahrern, die ein Wimmern gehört hätten, an Seilen auf die Erde zurückgezogen worden sein, aber der Berg

hätte ihm das obszöne Glied zerstört, und so gehe es, könnte Don Michele die Erzählung beschließen, mit der Gerechtigkeit, und dann könnten wir auch endlich weitergehen, denn vom besoffnen Gutzkow könnte er nicht noch reden, der käme erst nachts vom Süden her auf den Berg gerutscht gegen den Wind und hätte mit dem Lacrimae Christi zu tun und damit, wie man die leeren Flaschen in den Krater einwürfe, wie man zielte, würfe und SIEH, SIEH, MIRACOLO auch träfe, könnten weitergehen, rechts auf den Berg oder links herauf oder, wenn wir zu keiner Entscheidung gekommen wären, nach Resina zurück und von dort nach Portici und den Strand entlang auf Neapel zu, und wir hätten den aufwärts rauchenden Berg im Rücken,
könnte schreiben, was man herübersähe, würde entfernt beginnen, die mehr sanfte Kontur, das Gefüge der zwei Gipfel, die sich in der Bucht abbildeten,
Gorani schriebe nicht über den Berg, könnte nicht über Somma und Vesuv schreiben, weil Torres für einen ewig rauchenden und zuweilen feuerwerfenden Berg noch keine Mechanik erdacht hat, und vielleicht doch, was Gorani immer zu tun bestrebt gewesen wäre, hätte erfinden können, wobei er mit Ausbrüchen, die Gorani begrüßt haben würde, hätte rechnen müssen, ständig und ungewiß, und also hat Torres den Berg, der hier überall dazugehört, nur auf die Wand hinter die Krippe gemalt, ein flacher Hintergrund mit sanften Konturen und einem immer gleichen Rauch, der zwischen dem blaßblauen Himmel steht,
DER Berg ist unersteigbar.

DEM LANDE DER SODOMER UND
GOMORRER WIRD ES ERTRÄGLICHER
ERGEHEN AM JÜNGSTEN GERICHT
DENN SOLCHER STADT.
SIEHE, ICH SENDE EUCH
WIE SCHAFE MITTEN UNTER DIE

Das ist Fantoni.
Fantoni geht mit dem bekannten müden Gang neben Gorani durch die nördliche Stadt. Sie lassen die Gassen hinter sich und folgen der Straße auf eine Anhöhe, die den Blick auf das Castel Sant' Elmo hinten auf dem Berg freilegt.
Jetzt reden sie nicht.
Gorani bleibt hinter Fantoni einen halben Schritt zurück, damit der es leichter hat, den Weg wortlos anzugeben. Fantonis Schreiten ist kein Auf-Und-Abwärtsgang der Beine, nicht echte Gehbewegung, ist ein Vorwärtsschieben der Füße ohne Überlegung und unwillentlich.
Der Berg, den das Kastell Elmo bekrönt, wird von Weinpflanzungen umpelzt, und nur die, so scheint es, halten den Mauerring auf der Höhe fest. Unterhalb des Bergs, zwischen den Gärten schon, wo man vor lauter Gewächs von der Festung nichts mehr sieht, biegt Fantoni vom Weg, der von hier aus als eine steile Treppe in fünfzehn Kehren zum Kastell fortgeht, ab in einen weinüberfallenen Laubengang. Unter den Blättern das Licht steht seltsam grün, Grün, das einen teigigen Kör-

per hat, mit Armen und Zungen, mit einer grobporigen Haut und gefährlich kreisenden Augen.
Fantoni schlägt hinter dem künstlich geschuppten Grün eine Tür vor Gorani auf, faßt ihn, als sie sich hinter der Tür auf gleicher Höhe befinden, am Ellenbogen, schiebt ihn vor sich her quer durch den Raum gegen einen Tisch und bietet ihm, während er selbst auf die Bank, die an der Wand umläuft, hinrutscht, den freien Stuhl auf der Gegenseite des Tisches an, er sagt,
Das ist mein Ort.
Er sagt,
Hier ersäuft in mir dieser Zustand der Welt.
Gorani läßt sich von der lärmenden Düsternis, die die Schenke, obwohl nicht alle Tische rund besetzt sind, füllt, umspülen, er schwimmt mit den Augen über die rötliche Wandtönung, die eine Illusion griechischen Marmors doch nicht aufkommen läßt, und überfliegt die Bilder, die auf den Putz gemalt sind, Fresken, die ihre herkulanumschen Vorbilder ausweisen, die drei Frauen, die mit geflügelten Kindern spielen, jene nackte Schäferin mit der unnachahmlichen Körperbeugung, der schwebende Frauenleib, der sich so zurückbiegt, daß der linke Fuß sich eben noch mit den Zehenspitzen auf den Boden stützt, der rechte in den Mantel verschlungen aber schon quer zwischen der Luft liegt, Schäferin, die, um nicht auf den Rücken aufzuschlagen, den Arm um den Kopf eines Schäfers klammert, denn, den das Bild darstellen will, der Kuß, ist allein Folge des Strebens nach leiblichem Gleichgewicht, herkulanumsch das alles, nur das Nachbild über Fantonis Schultern, das auf der Wand vor Gorani, hat Resina zur Vorlage, jenen runden Stein, den eine Schlange umwindet, die ißt dort das Opferobst ab, das ihr ein Glaube gab, Altarstein, Schlangenstein mit verblaßten Worten, GENIUS

HUIUS LOCI MONTIS, Stein, den Klauer nachschlagen soll für den weimarer Park, weil sich August das Abbild ansah im LE PITTURE ANTICHE D'ERCOLANO, Goranis Blick fällt von der Wand ab und fährt auf den Tisch zurück.

Die Wirtin, mit der sich Fantoni durch ein Kopfzeichen verständigt hat, stellt neben einem Krug zwei Becher auf die Tischplatte, ihre fetten Hände wischen über das Holz.

Gorani sieht die Frau vor sich über den Tisch gebeugt, eine Frau, die alle Eigenschaften besitzt, bei denen der Talmud auf Scheidung erkennt, die mit jedem über jeden und jedes schwatzt, die so laut redet, daß sie noch in den Nachbarhäusern zu hören ist, die allzu große Brüste und zu dicke Backen hat, die einen üblen Geruch abgibt und die ewig schwitzt, jetzt hat sie dem Tisch den Rücken gekehrt, watet los in den Raum.

Also, du bist nicht zufriedener geworden, obwohl,

Gorani stützt die Ellenbogen auf den Tisch auf und stößt die Hände, die sich auseinanderblättern, gegen Fantonis Gesicht,

du im schönsten Land lebst, das man sich denken kann.

Was nützt die Schönheit den Leuten, damit hör auf.

Fantoni gießt Wein ein.

Gehst du noch manchmal in die Destille auf der Rue Matignon? Schon in der Tür fingst du an, MICH DÜRSTET, und dann setzten wir uns an den runden Mitteltisch.

Und wenn Nicolette mir den Becher zuschob, griffst du ihn ihr aus der Hand und sagtest dabei, LASS DIESEN KELCH NICHT AN MIR VORÜBERGEHEN.

Du hattest immer etwas Neues auf Lager, deine Art Scherze, und wir warteten darauf, weißt du noch, wie

du ganz beiläufig erklärtest, die Lobredner der heiligen Jungfrau haben nur sechs Reden von ihr aufgezeichnet, was doch sicher zu wenig ist für die unbedeutendste Frau der Geschichte, aber die wichtigste darunter deucht mich, FILI, VINUM NON HABENT.
Ich weiß. An dem Abend dann hast du uns dein Gedicht vorgelesen.
Fantoni trinkt, ohne den Wein zu kauen. Er sieht auf die blasse Flüssigkeit, die sich, nachdem er den Becher hart auf den Tisch zurückgesetzt hat, nur langsam zwischen den Wänden des Gefäßes beruhigt.
Gorani sieht, Fantoni hat sich kaum verändert, die zwei Falten, die die Stirn wie ein paralleles Schwingenpaar zerschneiden, sind nicht kürzer geworden und furchen sich beim Sprechen immer noch auf, das Haar ist ein wenig zurückgetreten und hat an den Rändern etwas Graues bekommen, die Keilbeine sind eingebogen, so daß, wer Fantoni gegenübersitzt, beide Ohren deutlich sehen kann, die Brauen immer noch breit und mit den gleichen dünnen Haaren, die Augen steil darunter und eigentlich klein, aber nicht tief eingewachsen, weil die Backen fast gerade herabfallen und nur von der schmalen Nase durchteilt werden, die, wenn man sie im Profil ansieht, eine deutliche, aber nicht kantige Krümmung aufweist, der Mund mehr kurz, ohne besonders schmal zu sein, von einem knickflügligen Bart überdacht, und ein Kinn, das man breit nennen könnte, wenn der Bart nicht das Gesicht vom Kinn bis zu den Schläfen eingrenzte und so vom Körper abtrennte, keine Übergänge zuließe, der Bart und auch das Gelächter, dieses voltairesche Meckern, sind geblieben, das ist Fantoni.
Fantoni, einstiger pariser Geometriestudent und Lyriker, der achtundachtzig eine Ode, die nicht übel geraten war, auf die Zeitumstände verfaßt hat, und der, weil

er in jener Dichtung den versailler Hof kritisiert und auch, daß man dem preußischen Überfall auf Holland tatlos zugesehen, DER GALLIER BEISST SICH IN SEINEM ANFALLE VON WUT IN DIE ·LIPPE, Taleyrands, des Scharlatans, Mißfallen erregt hat, und den man, ein unliebsamer Virtuose, des Lands verwies, blickt lange auf Goranis Hände, sagt dann,
Ihr habt es ja geschafft. Wie ist das nun, so ein neues Leben?
und,
Was machst du überhaupt in Neapel?
und,
Meinst du, das Klima für die Revolution ist hier schon günstig?
Was soll Gorani antworten. Daß er, um ein abergläubisches Spielzeug anzusehen, hergekommen war, gekommen auch, um einmal eine Ruhe von den Revolutionären, den lauten Freunden zu haben, fremd zu sein, ein Ichselbst, das die Welt beblickt, sie belachenswert findet und sich damit zufriedenstellt, und daß alles so ganz anders gekommen ist.
Fantoni greift, während er Gorani abwartend ansieht, nach der Kanne, zieht sie über den Tisch und senkt sie, ohne sie von der Tischplatte abzuheben, wie einen Baum über beide Becher. Im Fließen fällt über den Wein vom Rot der Wände und vom Braun des Holzes etwas Rostiges. In den Bechern steht er fast grau.
Ich denke,
sagt Fantoni,
einen, der weiß, wofür er kämpft, der von sich überzeugt ist, weil er seine Richtigkeit glaubt, den müßte man überall herauskennen. Natürlich, die gibt es auch, Moderevolutionäre, aber so einer bist du ja nicht. Oder du, du mißtraust mir.

Gorani schleppt den Becher durch die Luft, zwischen den Lippen stützt er ihn auf, so daß er ihn waagerecht über den Tisch hindrehen kann, läßt den Wein in die Mundhöhle einlaufen, hält ihn dort fest, bis er den Becher zurück auf den Tisch gestellt hat, und fragt, nachdem er den mit Speichel vermischten Saft endgültig eingeschluckt,
Was arbeitest du, Fantoni, dichtest du?
Von Gedichten kann nur leben, wer den Mächtigen zum Mund redet, Laffaro, Gellert, Pfeffel, Klopstock, dieser Herr Goethe
– Lassen wir das, mein Guter! Es ist eine absurde Welt, die nicht weiß, was sie will, und die man muß reden und gewähren lassen –
ich, ich kann das nicht.
Und wovon lebst du?
Wovon schon, ich leite einen Bau.
Fantoni umfaßt zwischen den Augen mit Daumen-Zeige-Mittelfinger die Nase und entzieht sie, eine Hebung des Kopfes, langsam dem Druck der Finger, die Finger fahren den Nasenrücken herab bis zur Spitze, die biegt sich leicht ein.
Ferdinand hatte vor zwei Jahren einen Unfall, mußt du wissen, und er versprach, dem heiligen Franz von Paula eine Kirche zu bauen, wenn er wieder gesund würde, und natürlich, er wurde gesund, aber kaum haben die Ausschachtungsarbeiten begonnen, da profezeit ihm eine Nonne, oder was weiß ich wer, der Tag der Vollendung des Kirchbaus werde auch sein Todestag sein. Er läßt jetzt, um sein Gelübde nicht zu brechen, weiterbauen, aber, damit es nicht so schnell geht, nur von drei Leuten, und den unfähigsten Statiker, den man gefunden hat, hat er zur Leitung des Baus berufen, einen gewissen Fantoni. Wenn sich sein Leben nach unserem

Bauen richtete, er könnte hundertachtzig Jahre alt werden.
Gorani lacht,
Ihr müßt, damit er bald stirbt, und das willst du doch, rascher bauen.
Dann kommen andere. Maria Karoline als Witwe mit ihrem Akton, das wäre weit schlimmer.
Das also bist du geworden, ein Untertan.
Nein, aber wie denkst du dir hier ein Leben aus. Hunger, und was schlimmer ist, Durst zu haben, das ist fast eine Sünde, Sünde wie Selbstmord. Allein macht man keine Revolution.
Du kannst die Verhältnisse beschreiben, kannst zu Änderung aufrufen.
Gedichte, Sätze, Wörter haben allein noch nie etwas Neues bewirkt, nur, was man tut, zählt. Hier,
Fantoni bindet unter dem Hals das Hemd auf, fährt mit der Hand hinter den Stoff und fördert ein kleines Buch herauf, das er, noch bevor es dem Tisch aufliegt, auseinanderklappt, mit dem Daumen der linken Hand nimmt er Verblätterungen vor, preßt es endlich zwischen Kanne und Becher auf das Tischholz,
hier, die wahrste Feststellung. Seit zweihundert Jahren kennt sie jeder Italiener, oder er könnte sie kennen, und der Erfolg, nichts. Zweihundert Jahre lang nichts.
Dann liest Fantoni,
Drei Übel zu bestehn, bin ich geboren, Tyrannenmacht, Verdrehung, Heuchelei. Ich habe mir zum Beistand frank und frei die Liebe, Macht und Weisheit auserkoren. Sie hab ich aus der Nacht hervorbeschworen, die Pfeiler aller Leistung, diese drei Hilfsmittel gegen jede Lügnerei, darin die Erde knirschend sich verloren. Krieg, Pest und Neid und Lüge, Teuerungen, Verschwendung, Trägheit, Ungerechtigkeit sind den drei

Übeln allerorts entsprungen, die Eigenliebe zeugt sie allezeit, sie, die geboren aus Unwissenheit und die zu zwingen mir allein gelungen.
Ich weiß,
sagt Gorani,
CIVITAS SOLIS, Campanella, *sie behaupten, daß die harte Armut die Menschen feil, hinterlistig, verschlagen, diebisch, hinterhältig, landflüchtig, lügnerisch, meineidig undsoweiter mache, der Reichtum aber unmäßig, hochmütig, unwissend, verräterisch, grundlos eingebildet, prahlerisch, gefühllos, streitsüchtig undsoweiter, die echte Gemeinschaft aber mache alle zugleich reich und arm, reich, weil sie alles haben, arm, weil sie nichts besitzen, und dabei dienen sie nicht den Dingen, sondern die Dinge dienen ihnen.* Du vergißt unsere Revolution in Frankreich, das ist ein Beispiel, das wird Schule machen. Alle Revolutionen werden sich auf uns berufen.
Nein, eine Revolution, die veranstaltet wird, damit die, die bisher keine Rechte hatten, jetzt allein Macht besitzen, und die, die besaßen, was es an Vorrechten zu besitzen gab, einmal schmecken, wie weh Ohnmacht tut, so etwas ändert doch nicht. Ein Vorzeichen wird verschoben. Der Name. Das hatten wir hier in Neapel auch. Daran scheitert es immer, Campanella hat recht, die Eigenliebe. Wer gegen die Zeit schreibt, der regt nur Gefühle auf, empört gegen das Scheinbare das Herz, viel mehr ist es bei Euch auch nicht.
Fantoni schiebt das Buch weg von der Tischkante, er schiebt es auf Gorani zu,
Ihr müßt etwas tun, andere Menschen zu machen. Bei Euch ist das leichter jetzt als irgendwo sonst, Ihr habt die Macht. Ihr müßt alles wollen. Oder gar nichts.
Das sagt sich schnell, findest du nicht?

Es hört sich so an, ja.
Wie stellst du dir das eigentlich vor, eine Revolution? So etwas geht nicht über Nacht. Auch bei uns nicht. Alles wollen, schon. Natürlich.
Fantoni steht auf, nimmt die Kanne zwischen die Hände, geht an Goranis Stuhl vorbei in den düsteren Raum.
Goranis Hand fährt auf den Tisch und legt sich auf das Buch, er zieht es langsam zu sich heran. Dann schiebt er es zur Tischkante zurück.
Ich glaube,
sagt Fantoni,
während er eingießt,
wenn Ihr die Macht habt, müßt Ihr beweisen, daß Ihr nicht auch Mächtigkeit mit Stärke, Kraft, Mutwillen verwechselt. Ich weiß, du lachst, deshalb sag ich auch nicht Liebe, aber Macht hat doch etwas mit Gnädigkeit, mit Rücksicht zu tun.
Rücksicht für wen? Die Bourbonen, die Jesuiten, die Koalition, Fantoni, du bist ein Fantast.
Vielleicht. Dafür gibst du dich mit der gekürzten Wahrheit zufrieden, und du weißt es. Ein halbes Campanellazitat hat nur halbe Bedeutungen, das schließt Verschweigen ein, und das ist lügnerischer als Unwahrheiten sagen. Du kennst den Satz, der noch folgt?
Gorani umspült seine Zähne mit dem Getränk.
Deshalb loben sie auch die christlichen Mönche, besonders aber das Leben der Apostel.
Ach, das meinst du,
Du hältst es für unwichtig.
Nein,
sagt Gorani,
nicht für unwichtig. Für absolut und von Grund auf schädlich. Das nämlich hat Euch so zerstört, dieses ES

GIBT EIN OBEN UND EIN UNTEN, ES HAT DAS IMMER GEGEBEN, UND ES WIRD SO BLEIBEN, SOLANGE MENSCHEN SIND. Davon muß man sich befreien. Was du über den neuen Menschen sagst, wird erst möglich, wenn es diese Art Religion nicht mehr gibt.
Es werden andere kommen.
Du willst doch nicht etwa behaupten,
Jawohl, ich will. Was ist denn das Freiheit-Gleichheit-Brüderlichkeitspathos anderes als ein Glaube an Vokabeln, die nicht mehr und nicht weniger besagen wollen oder sollen als das: daß menschliche Besserung möglich ist. Aber weil es bloße Wörter sind, ereignet sich nur eine Verschiebung in den Verhältnissen. Du kannst mir glauben, ich bin ebenso sehr wie du gegen ein Christentum, das in pure Sätze auseinanderfällt.
Ich bin grundsätzlich dagegen, gegen Vertröstungen.
Aber darum geht es doch nicht.
Fantoni beugt sich weit über den Tisch,
Da war einer, der bewiesen hat, daß es möglich ist.
Was.
Das Anderssein. Die Umänderung. Alles Weitere, das waren die Folgen in falschen Verhältnissen, Anpassung und die Blindheit, die alles, was sie hört und sieht, danach, wie sie es sehen und hören möchte, einrichtet.
Dann sieh hin,
Gorani wischt sich mit dem Handrücken den Mund,
guck sie genau an, deine Pfaffen und Mönche.
Du brauchst nicht zu schreien,
sagt Fantoni.
Ich schreie nicht.
Gorani steht auf, mit den Kniekehlen schiebt er den Stuhl zurück,

Ich war heute wieder einmal in eurem schönen dreckigen Gericht, ein Prozeß, kann ich dir sagen, so etwas, ich spiels dir vor.
Gorani gießt sich den Becher voll und trinkt ihn stehend aus.
Ich bin in der Vicarei

(Nach der Sterneschen Regel folgt hier ein Verweis auf die oben gegebene Beschreibung dieses Objekts, vergleiche die Seiten 63 bis 65, und die berühmte Sternesche Leerseite.)

Stell

dir den fast kleinen Raum vor, getrampelt voll von bellenden Mönchen. Da, wo du jetzt sitzt, da stehen sie. Andere Zuschauer sind kaum dabei, nicht einmal die Richter haben ausreichend Platz, ja, gieß mir noch ein, ich, der Vorsitzende, beginne etwa so:

Es steht hier vor dem königlichen Gericht Alphaomega, Mönch des Theatinerordens, der beschuldigt wird, fünf Frauen gewaltsam vom Leben zum Tod gebracht zu haben. Aufgrund dieser Anschuldigungen wurde Alphaomega vor vier Monaten in der Kirche San Luigi verhaftet und ins Castel del' Ovo überstellt. Die Nachforschungen haben ergeben, daß die Anklage in allen Punkten zurecht besteht, es ist Aufgabe dieses Gerichts, ein Urteil zu beraten.

GroßerTumult unter den Mönchen.

Gorani geht zwei Schritte nach rechts und stellt sich vor die Schmalseite des Tisches, die Handflächen drückt er mit einer leichten Neigung des Oberkörpers auf die Tischplatte, die Finger liegen gespreizt.

Es ist, sage ich, der Beisitzer zur Rechten, aufgrund der bei uns geltenden Chikane schwer, eine Person geistlichen Standes von der weltlichen Obrigkeit und ihren Gesetzen zu Rechenschaften zu fordern, dennoch halte ich es im vorliegenden Kasus für unbedingt notwendig, ja, für geboten. Auch der geistliche Stand hat sich den Ordnungen des menschlichen Zusammenlebens zu unterstellen, und, gottlob, bei uns gelten alte gute Gesetze, die Gesetze der Langobarden, der Normannen, der Friedriche, der arragonischen Könige und des Herrn von Spanien, noch herrscht nicht neugallische Willkür, und, damit sie nie ihr rüdes Haupt auch zwischen uns erhebe, befinde ich, es sollte vorsorglich ein tödliches Exempel statthaben.

Unter den Kutten macht sich ein drohendes Gemurmel

breit, ich fahre, um mich nicht erst unterbrechen zu lassen, folgendermaßen fort:
Mag auch jemand wähnen, es sei in den beiden Sizilien noch niemals gehört worden, daß man eine Mönchsperson dem Henker überantwortet hätte, so mag er folgendes Exemplum vernehmen, das nur wegen seines seltsamen Ausgangs Aufzeichnung gefunden.
Gorani führt die Hände über den Tisch, als breite er einen Folianten vor sich aus, mit dem rechten Zeigefinger, den er steil aufstellt, wischt er über die Lippen und blättert groß durch das imaginäre Buch.
Neapolis, den neunundzwanzigsten November siebzehnhundertneunundzwanzig.
So geschahe auch am Sonnabend, abends, eine gleichmäßige Exekution an einem Mönche wegen einer im Castel di San Giorgio a Cremanese in hiesiger Nachbarschaft verübten Mordtat, wobei dieses als etwas Entsetzliches und Unerhörtes passierte, daß, indem der Henker ihn mit aller Gewalt würgete, und der untenstehende ihn zugleich bei den Füßen zog, der Kopf vom Rumpf abrisse, und dieser vom Galgen herunterfiel; er starb mit großer Bereuung seiner Missetaten.
Ein Anwesender ruft,
Gorani stellt sich schnell neben Fantonis Stuhl,
Nach spanischem Recht steht er, wenn er nur einen umgebracht hat, unter dem geistlichen Gericht.
Jawohl, sage ich,
Gorani ist an seinen Platz an der Schmalseite des Tisches zurückgetreten,
wofern es um die eine Bluttat geht, aber handelts sich nicht um deren fünfe? Eine geistliche Person kann gehenket werden, das zu zeigen, war meines Exempels.
Darf ich, sagt der Beisitzer zur Linken,
Gorani tanzt um den Tisch herum und nimmt an der

gegenüberliegenden kurzen Tischseite eine fast gleiche Positur ein,
Thomas von Amato hier erwähnen, und wer hätte den Fall schon vergessen, ich weiß, falle ich mir ins Wort, als ich das gefährliche Grunzen höre, die Hostienschändung ist weit verwerflicher als Totschlag, aber wie gelind ist es doch, nur gehängt zu werden, oder weiß man nicht mehr,
Gorani hebt die Stimme, mit den Armen rudert er predigend über den Tisch,
was Thomasen geschah.
Und dann verlese ich das Protokoll vom zwölften Juno zweiundneunzig,
Der berüchtigte Bettelmönch Thomas von Amato, aus Messina gebürtig, welcher sich in der Karmeliterkirche in Neapel an einer Hostie vergriff, hat folgendes Urteil erhalten; er wird an einen Pferdeschweif gebunden, durch die Straßen geschleppt und an den Galgen gehängt, hier wird ihm die Zunge ausgerissen und der Kopf nebst den Händen abgeschnitten, hernach wird sein Leichnam verbrannt, die Asche in den Wind geworfen und der Name dieses Verbrechers auf ewig vertilgt. Der König von Sizilien hat wegen dieses Bösewichts dem Erzbischof von Neapel schriftlich aufgetragen, in allen Kirchen der Hauptstadt drei Tage lang öffentliche Gebete anzustellen.
Und so, mit noch mehren Beispielen, geht die Verhandlung fort.
Schließlich ruft einer,
Gorani greift den Becher und stürzt sich das Flüssige in den Mund,
Ihr habt, was jedem gilt, das Asylrecht der Kirche mißachtet.
Das haben wir, wohl,

Gorani ist zur rechten Schmalseite des Tisches zurückgehüpft,
mit Grund, hier,
seine suchenden Bewegungen, die die Beschäftigung mit einem Buch vorzeigen, wiederholen sich,
Neapolis, den sechzehnten Juno siebzehnhundertneunundzwanzig, Es hat sich allhier auch noch ein anderer besonderer Fall begeben, es flüchtete sich nämlich ein teutscher Soldat in die Karmeliterkirche, wie ihm nun der Prior anzeigete, es gereiche diese Kirche denen Deserteurs oder Soldaten, so durchgingen, zu keiner Zuflucht und Asylo, und daß diese Kirchenfreiheit nur die Mörder, Räuber, Mordbrenner und dergleichen Leute zu genießen hätten, und daß er dahero, weil er doch allhier keine Sicherheit fände, wohltun würde, wenn er sich anderswo hinbegäbe, so bediente sich der Soldat dieser ihm erteilten gütigen Nachricht und ging freiwillig wieder zur Kirche hinaus, und da er unweit davon einen armen Bettler antraf, so brachte er denselben auf der Stelle ums Leben, um sich also in den Stand zu setzen, die Kirchenfreiheit genießen zu können, wonach er wiederum in besagte Kirche flohe und zu denen Mönchen sagte, sie könnten ihn nun nicht mehr hinausschaffen, nachdem er nunmehro, indem er ebenjetzo einen Menschen ums Leben gebracht habe, der Kirchenfreiheit fähig sei, allein, als der Graf von Harrach, der Vize-Re, von diesem allen Nachricht überkam, ließ er diesen Soldaten aus der Kirche hinwegnehmen und ihn drei Tage hernach arkebusieren.
Ich glaube, wir sind uns einig, sage ich,
Gorani geht hinter der längeren Tischfront auf und ab,
man lasse den Saal ausräumen, damit wir dahin kommen, ein Urteil zu definieren.

Das Zimmer, kannst sitzen bleiben, leert sich.
Gorani bleibt stehen,
Und was,
er sieht Fantoni herausfordernd an,
geschieht jetzt, jetzt im Hof, ich wundere mich, daß nicht Ganz-Neapel davon voll ist, der beklagte Theatiner tritt auf einen der Melonenverkäufer, um, wie man denkt, eine Erfrischung zu erbitten, zu, reißt dem das breite Fruchtmesser aus der Hand und stößt ihm die vom Melonensaft feuchte Klinge zwischen die Rippen in der Herzgegend, beträchtlicher Zusammenlauf, Schreie, das Urteil hat sich erübrigt. Darüber muß ich mich belehren lassen, belehren, daß nunmehr, weil nach einem normannischen, später auch von den Arragonen bestätigten Gesetz, die ursprüngliche Schuld, sofern ein Verklagter zwischen Prozeßbeginn und endgültiger Kundmachung des Urteils eine neuerliche Straftat in der gleichen Kategorie begeht, verfällt, und nur die neue Tat noch Gegenstand des Urteils sein darf, und weil nach den spanischen Rechten eine geistliche Person bei Erweis von nur einer Mordtat frei vom Gericht ausgeht, der Mönch urteilslos,
Gorani bringt den Satz nicht zuende, der Oberkörper biegt sich über den Tisch, aus den Beinen jagen die Kniee heraus, schwer schlagen die Unterarme auf die gescheuerte Tischfläche, der Fuß angelt, er umhakt eins der Stuhlbeine, nach dem Sitz, schleppt ihn bis an den freien, schrägstehenden Unterschenkel heran, Gorani läßt sich auf den Stuhl kippen, dreht die Schultern, so daß sie auf die Lehne stoßen, rückwärts, eine Weinwolke, die über den Tisch fledert und an Fantoni zerschellt, treibt Goranis Lippen entzwei, die bleiben offen, offen noch für eine Satzlänge, diesen Satz mit der Länge,

Da hast du deinen besseren Menschen.
Unter dem Wandbild GENIUS HUIUS LOCI legt sich ein Schweigen breit. Fantonis Finger verschieben über dem Tisch die Luft, sie bauen Zeichen auf, Bilder, Bilder, die, auch nachdem Fantoni sie durch heftiges Armebewegen, das Kanne und Bechern zu neuer Schwere verhilft, ausgestrichen hat, vor Gorani stehenbleiben.
Endlich sagt Fantoni,
Das ist so ein Wesen, der Mensch,
und sagt,
das Wesen, das ist es,
und dann,
das geht mit Messern umher oder fährt rasch hygienisch Guillotinen auf mit schrägem Beil, an den Opfern beweist sich die Macht. Die Witwe Capet laßt Ihr auch noch sterben, schätze ich.
So ist das, ja,
sagt Gorani,
falsche Rücksichten sind sentimental, dabei gefährlich, die Witwe Capet opfert gar nichts, nur die Opfer, die jeder frei bringt, zählen.
Darin hast du recht,
sagt Fantoni,
sich für etwas aufopfern.
Du bist ein komischer Kauz, Fantoni.
Goranis Augen verfolgen eine Fliege, die, nachdem sie den Becher vor ihm angeflogen und auf dem gratigen Rand ihren Rundgang absolviert hat, in den Himmel über dem Tisch einstößt, für eine ewige Sekunde zwischen den möglichen Erden, Fantoni-Becher, Gorani-Becher, Tischplatte, Gorani, Fantoni, Kanne, Nachbarn, hin und her zieht, dann auf Goranis linken Handrücken zuhält, dort auflandet, und jetzt den Rücken in Richtung Handgelenk überquert, ein rechter Arm hebt

sich rechts von den Kleidern ab, er kreuzt langsam an Goranis Brust vorbei, ändert, über dem linken Handrücken angekommen, den Kurs, jagt herab und schlägt die Hand auf den Handrücken auf, der Arm hebt sich, die Hand rollt sich ein, nur Daumen und Zeigefinger bleiben lang ausgestreckt, klemmen den Fliegenflügel, ein Pergament mit den Äderungen des Efeu, zwischen sich, fahren die Route rückwärts und streifen ihre Last mit den noch bebenden Beinen jenseits des Stuhls ab.
Wenn du die Revolution willst, dann mußt du auch die Guillotine wollen, Revolutionen, das geht kaum ohne Blut.
Vielleicht hast du recht. Sicher sogar. Aber etwas anderes ist es, die Gewalt wollen und gebrauchen, etwas anderes, bevor man sie hat, etwas anderes, während man sie erkämpft, etwas anderes, wenn man sie besitzt. Buchstaben verändern wie Zahlen ihren Sinn, eine Haut, hinter der sich verschiedene Tiere bergen, morgen ein neues. Du sagst Revolution und meinst Veränderung der Welt. Ich sage auch Revolution und,
Fantoni schiebt die Hand zur Tischmitte und legt sie auf Campanellas Buch,
meine Änderungen im Denken.
Also Moral.
Nein, weil das ist für dich der Zwang zur Gemeinnützigkeit, Moral nicht. Ein Ethos, ein Wille zu Gemeinsamem.
Fantoni läßt den Daumen unter den Buchdeckel kriechen und kippt das Buch übereinander, er entzieht die Finger der Berührung durch die gedichtbedruckten Seiten und stößt das Buch über den Tisch.
Das bleibt neben Goranis linker Hand liegen.
Der sagt,
Darin versteh ich dich, die Bedeutungen sind es.

Die Deutungen,
sagt Fantoni,
die machen die Sprache so machtlos.
Wegen der Deutung, um deiner Bedeutung willen, brauchst du die Revolution. Du mußt, Fantoni, zu uns in die Republik kommen, wenn du die Menschen mit Erfolg ändern willst.
Aber wollt Ihr ändern, Ihr Machthaber? Das muß beides zusammenkommen, das Machthaben und der Wille zur Besserung, gebesserte Macht durch gebesserten Willen und gebesserter Wille durch gebesserte Macht, verstehst du.
Hier beim salerner Wein, hier zwischen den falben Antiken, hier im verfälschten Licht aus wässrigem Rot und staubigem Grün, das sich ins Violette mischt, in der Bewegung aus Stimmen und Talggeruch, hier versteht man sich scheinbar leicht.
Sagt Gorani,
was ich nicht verstehe ist, wie können wir stundenlang hier so reden zwischen den Leuten, ohne aufzufallen, wie können sich zwei so laut tun, ohne eine Beteiligung auszulösen, Gespräche. Nein, Ihr seid noch nicht reif zur Revolution. Oder schon müde. Oder noch nicht aufgewacht, das seid Ihr, noch nicht bitter genug, immer wollt Ihr noch etwas festhalten, Aberglauben, Bedeutungen. Vielleicht ist es auch das Land, dieser herbstliche Geruch über allem.
Vielleicht.
Fantoni steht auf und legt das Geld auf den Tisch.
Er sagt,
nicht dienen wir den Dingen, die Dinge dienen uns.
Langsam durchwandert er den Raum, sein fahriges Winken, das sich nach allen Seiten ausschickt, veranlaßt die Wirtin, deren Körper bei den schnelleren Regungen

etwas Schwappendes bekommt, neben der Tür gebückte Aufstellung zu nehmen. Auch Gorani bahnt sich, nachdem er ausgetrunken und das Buch vom Tisch aufgenommen und es zu sich gesteckt hat, einen Weg durch die Gaststube, er tritt, von einem Ach-Bleibt-Doch-Bei-Uns-Ihr-Herren begleitet, hinter Fantoni unter das Rankenwerk hinaus, das den Gang zur Straße hinab und zur Treppe hinauf überwachsen hat.
Als sie am Ende der rebenüberblätterten Laube, wo der Himmel plötzlich frei über der Straße aufbricht, stehen, fragt Gorani,
Du kommst mit in die Stadt.
Nein,
sagt Fantoni,
dein Paris ist nichts für mich. Mein Ort ist hier. Ich hab an mir selbst, an meinesgleichen zu tun. Und,
sagt Fantoni,
es ist schön hier.
Er wendet sich nach rechts und tut einen Schritt auf die Treppe zu,
Ich gehe auf den Berg, mir dieses Land anzusehen, dem ich zugehöre.
Gorani geht die Straße hinab. Der Himmel ist weit überwölkt.
Ich werde unter ihm die Straße Toledo durchlaufen, werde durch die Glockengasse und über den Largo del Castello zum Santa Lucia gehen, wo Torres Haus steht, werde das von den Fischen zerschossene Meer einatmen, das von Nebeln überschüttet liegt, und werde über die Eigenliebe und auch über die Unwillentlichkeit nachdenken, DIE ZU ZWINGEN MIR, aber deshalb bin ich ja vielleicht hier.
In Goranis Rücken Fantoni steigt zum Castel Sant' Elmo hinauf.

Gorani hört, daß er den Vers des berühmten Heinsius vor sich hinsingt, STA PES, STA MI PES, NEC VELIS CADERE, MI PES, NI STES PES, MI PES, LECTUS ERUNT LAPIDES [Anm.], vor sich hin.
Das ist halt so seine Art.

Anm. Steh, Fuß, stehe, mein Fuß, und wolle nicht fallen, du mein Fuß, / Stehst du nicht, Fuß, mein Fuß, werden die Steine dein Bett.

Beschluß

des Ersten und Einzigen Kapitels

DIES IST DER,
DER VON DIESEN DINGEN ZEUGET,
UND HAT DIES GESCHRIEBEN

Haben Sie alles gesehen?

Ich hatte Doktor Torres nicht die Treppe heraufkommen und nicht durch die Tür treten hören, und es machte mir Müh, mich aus der Modellwelt Neapel, die mir Wirklichkeit geworden und die ich wie wirklich durchschritten hatte und dort doch auch aufgelebt war, in die Realitäten meiner Umgebung rückzuordnen, zurück in dies Zimmer, zurück in diesen dritten Stock, zurück in das Haus des Herrn Torres, zurück nach Neapel.

Es ist schon spät.

(Ich)

Ach.

(Torres)

Na, wie gefällt Ihnen meine Krippe?

KRIPPE, mittelhochdeutsch, althochdeutsch KRIPPA, altsächsisch KRIBBIA, mittelniederländisch und altfriesisch KRIBBE, angelsächsisch CRIBB, englisch CRIB, das auf germanisches BeJot und westgermanisches BeBeJot hinweist und also durch die hochdeutsche Lautverschiebung zur Doppelkonsonanz PePe wie RIPPE SIPPE ÜPPIG entstanden ist, aber schon in der althoch-

deutschen Tatianübersetzung steht, wo neben dem niederdeutschen Lautbestand der oberdeutsche erscheint mit jenem PePe und diesem E, das einem altsächsischen I entspricht, nur bei Otfrid hat sichs zu KRIPPHA verschoben, das setzt westgermanisches PeJot voraus und hat sich bis ins siebzehnte Jahrhundert vereinzelt als KRIPFE erhalten, wobei auch die tiefstufigen Formen nicht zu übersehen sind, mittelniederdeutsch KRÜBBE, das auf ein KRUBJON zurückgehen könnte, dem aber auch umlautlose Formen vorausliegen könnten, die niemals ein Jot aufgewiesen haben würden, schweizerisches CHRÜPFE oder CHRÜPF, mittelhochdeutsches KRUPFE, mitteldeutsches KRUPPE, aber auch KROPPE und KROPP, niederdeutsch KRÜBBE, aus dem sich das dänische KRYBBE entwickelt hätte, auch KRÜWWE, KRÜP, KRÜF, und aus dem Angelsächsischen CRYPP, daneben noch italienisches GREPPIA und altfranzösisches CREBE, das provenzialisch als CREPIA und CREPCHA bekannt ist, ehe es sich im dreizehnten Jahrhundert ins Französische, in CRECHE, verwandelt, das seinerseits noch ein fränkisches KRIPJA zum Stammwort hat, das sich in CRECCHE, mittelenglisch, und im englischen CRATCH wieder auffindet, aber daneben noch das provenzialische CRUPIA, das das Piemontesische und mit ihm das Venezianische als GRUPIA kennt, obwohl es sich romagnolesisch GROPIA ausspricht, KRIPPE, also FLECHTWERK, das ist so ein Wort.
Krippe,
da dachte ich, Gerüste aus Holz, mit Hölzern abgedeckt und mit Stroh, oder Höhlenfälschungen, bepinseltes Pappwerk, dazu die gewissen Figuren in wechselnder Konstellation, drei Reiter von rechts, schwarz der eine und reitet auf einem Kamel, die andern zu Pferd,

und von Fußdienern ein kleines Gefolge mit Pokalen zwischen den Händen, von links in sich verbückt, nur ein Krummstab hält sie noch aufrecht, Bärtige, auch breite Gestalten dabei, die heben den Kopf und legen die Hand über die Augen, andere knieend oder mit einem Schaf auf den Schultern, und weitere Tiere umher, vier meist, kaum weniger, gelegentlich sechs, ein Widder mit kunstvollem Gehörn, selten ein Hund, Andeutung einer Herde,
oder
die Herde mit den Hütern von rechts und die Reiter von links, vielleicht schon gehend, schon dicht beim Haus, immer gleichfantastisch bekleckst und mit Würde unterm Rock, dahinter das Haus, mit den Figuren von Esel und Ochs, mit dem Stern, den es sich auf das Dach gepiekt hat, den kindischen Engeln und dem Einzelgänger in härenem Braun, diesem Bild dümmlicher Unschuld, das vor dem Haus steht, fast nicht dazugehört, nichts mit sich anzufangen weiß, das, wenn es nicht, was es nicht darf, wegsieht, auf den Mittelgrund hinsieht, ein blaues Rot oder rotes Blau, dem der Ausdruck der Rührung nie gelingt, und sieht auf DAS, aus Wachs ausgeformt und einem Stoffetzen aufgelegt, DAS KIND IN DER KRIPPE LIEGEND,
und so etwas hätte ich von hier ja auch berichten können, hier, wo sich die ebendachigen Häuser mit Krippen zwischen ewigem Grün aufgeschmückt haben, kleiner Lorbeer und Agaven halten die Dächer besetzt, zwischen denen Holzfiguren, heiligenscheinumkreist, jahrlang stumm stehn, mit unter die Zweige gebundenen Engeln, die der Wind hin und her führt, krippenköpfiges Napoli, die Dächer, die hat Torres figurenlos übergrünt, denn das, so sagt er, gehe nicht, daß eine Krippe mehrere Krippen vorzeigt, und hinter den Toren dort,

im Museo della Certosa di San Martino, ist in Torres Krippe die Krippe zu sehen,
zwei volkreiche Berge, die ein Tal durchläuft, rechts türmen sich Häuser auf, Balkone, auf denen das Obst, Knoblauch und Wäsche zum Trocknen ausliegen, im Hintergrund eine Burg, von der sich das Volk, ein breiter Sturzbach, ins Tal ergießt, der Berg links mehr felsig, Katen in die Wand eingeduckt, ein zerfallenes Torwerk, ein geländerloser Steg, unter dem sich eine starre Quelle durchplärrt, zwischen Tal und linkem Hang hat ein geräumiger Hügel Platz, zwei runde Bögen deuten Ruinen einer Basilika an, vor denen wächst ein korinthischer Winkel in die Höhe mit breitem Hauptgesims, zwei Rundsäulen auf der einen, eine Rundsäule auf der anderen Winkelseite, in mittlerer Höhe bildet sich aus Engelleibern ein Dreieck aus, so daß der untere Winkelteil eine baldachinbedeckte Nische abgibt, in der die Frau, die sich auf den Sockel der inneren Säule der linken Winkelseite gesetzt hat, mit dem Kind, das sie auf den Schoß hinhält, spielt, während der Mann dabeisteht mit offenem Kragen und mit über das Herz gelegter Hand, vom Hügel führt leicht gekrümmt eine Treppe herab in den Vordergrund, wo sie sich mit dem Tal vereinigt, im Schnittpunkt der Wege unterhalb des Hügels ist eine Grotte angedeutet, über die jemand ein Markisendach gespannt hat, dort lädt, von Neugierigen umlagert, eine Karawane ihre Schätze ab, Pferde und das Kamel ganz im Vordergrund, das den Kopf auf den Hügel hingedreht hält, ein Teil der turbanhütigen Leute hat schon den Hügel erstiegen und sich um den korinthischen Winkel gruppiert, Warenballen sind dort ausgelegt, und der die Gruppe anführte, der hinaufritt, der steht mit gebreiteten Armen und zeigt die Gaben vor, dessen Pferd wird jetzt den Hügel hinabgezogen, das

steht zwischen den Stufen mit gehobenem Huf, steht, wie die Engel in der Luft stehen, wie sie die Flügel zwischen Auf-Und-Niederschlag über sich in den Himmel querhalten, steht, wie der Bach stillsteht, steht, wie die drei, die sich im Vordergrund mit breiten Gesten starr unterreden, steht, wie das Kamel mit dem steif verdrehten Hals, steht, wie das zweigwedelnde Volk, das sich durchs Tal schiebt, ohne vorwärts zu kommen, steht mit ewig gehobenem Huf,

kein Flechtwerk das, Starrbild hinter verschlossenem Tor,

das,

sagt Torres,

das Tor hab ich mit einem Uhrwerk versehen, das die Türflügel nur in den zwölf heiligen Nächten, um die Geburt des Gottes zu befeiern, aufklappt, das können Sie also nicht sehen, nicht jetzt, Monsieur Gorani,

aber, um so etwas zu beschreiben, hätte ich nicht nach Neapel zu gehen brauchen, Krippen, ein Gottchen vorzuzeigen, Starrbilder einer Einmaligkeit, das gibts überall, da hätte ich auch nach Annaberg fahren können oder bis Worpswede oder wäre am besten doch in Paris verblieben und hätte mich mittels Zeitung, der STRASSBURGER KURIER zum Beispiel, über Neapel informieren, hätte mir auch so eine Meinung bilden können, bilden lassen können, wüßte ziemlich bescheid, verstände, denn dann hätte ich auch das Fünfte Stück des Straßburger Kuriers von siebzehndreiundneunzig gelesen und auch den Artikel über

Neapel. Jedermann kennt die große Anzahl von Bettlern, die sich hier aufhalten und die auf 40 Tausend geschätzt werden. Sie haben ihrer Armut ohngeachtet so vielen Einfluß, daß die Könige deren Häupter zu gewinnen suchen, um auf die Anhänglichkeit dieser Elenden

zählen zu können. Der itzige König hat den Einfall gehabt, ihnen von der französischen Revolution vorzuschwätzen und sie zu fragen, ob sie wohl eine ähnliche möchten, und in diesem Falle angeboten, die Krone niederzulegen. Die Lazzaroni (dies ist ihr Name) begehrten, 2 Tage sich zu bedenken. Während dieser Zeit wurde das Geld nicht gespart, und die Bettler bestätigten den König in seiner Regierung,
nein, ich hätte nichts verstanden, so nicht.
Neapel ist mächiger, mächtig in der steten Bewegung, die durch die Straßen fließt, man lebt zwischen der Luft, den Winden, und sucht nur zum Abend ein Dach, mächtig in den Menschen, die die Kais überströmen, mit der Unzahl der Gefährte dazwischen, diesen zweirädrigen Muschelwagen, bei denen der Kutscher hinten steht und den Fahrtgast vor sich unter die Lenkleinen duckt, mächtig in der schwer durchschaubaren Ordnung, die dem Volk Ziele setzt, Entwicklung und Richtungen angibt, Richtung südwestlich auf Puzzuoli und Ischia zu über die Chiaia, wo wir die Villen vergleichen, Stile, den Palast Gattis, die Seefront des Hamiltonhauses und uns in das Grün der Gärten einsehen, Richtung über den Santa Lucia, mit jener Atempause, wo wir, weil von hier aus gesehen der Golf nicht durch Küsten umgrenzt ist, aufs freie Meer blicken, Zeit haben, Auster und Makkaroni zu essen, auch die Segel zu zählen, Richtung nordöstlich, Caserta, Capua, Rom oder Acerra, Benevento, Foggia, durch die Straße Toledo, die breit ist und sehr lang hinausführt in die Ebene und weiter zu den campanischen Bergen und den Appeninen, Toledo, wo wir uns treffen, uns ansehen, uns erkennen, uns vielleicht auch sprechen, sprechend weitergehen, oder Richtung mehr östlich, die nach Portici, Capri, Salerno weist und nach dem Berg, zum Hafen, der von Booten voll ist

und ist umlagert von Fischern und von Frauen, die Fisch und Früchte ausgellen, und von denen, die nicht so beschrien werden, den Mädchen, die uns der Ruffiano anpreist im Zischellaut, UNA RAGAZZA, FRESCA, BELLA, BELLISSIMA, DI TREDICI ANNI, mächtig auch in der Ruhe unter der Spätjulisonne, im Dunst über den Straßenreihen, überm Gedach, im Dunst, der erst nachläßt, wo sich hinter der Stadt die Weinfelder breiten, Pappeln in die Höhe getrieben, so hat sich das Rankennetz ausgespannt.

Neapel, dieses Neapel, ein FLECHTWERK hier aus Geschichten und Geschichte, Täglichkeiten, Details, die Einzelheit einer Kontur, die Verstehen erbringt, und Zusammenklang, der aus Bildern wächst, und das Morgige,

(Torres)

Sehen Sie, es gibt viele Arten, Gott zu lobehren. Auch das ist eine.

(Ich)

Menschliches. Das sehe ich.

(Torres)

Ein wenig Historie wohl. Aber nur, um über ihr den Gott-Schöpfer vorzuzeigen, den Anfang, das Ende.

(Ich)

Geschichte, das hat niemals begonnen, es wird sich nicht beenden. Daten ergeben keinen Sinn. Menschen in günstigen und ungünstigen Verhältnissen, ungünstige und günstige Leute, ungünstige und günstige Absichten, das sehe ich, und das zeigen Sie, ob Sie es so wollen oder nicht.

(Torres)

Sie können das nicht verstehen. Für uns ist die Geburt Gottes das Zentrum, das wichtigste und schönste Ereignis, das wir kennen.

(Ich)
Der ein Mensch war mit Wollen und Tun. Und so etwas ereignet sich ja wohl hinter der Historie, ein sich fortbreitendes Geflecht aus Absichten und Verfehlungen.
(Torres)
Es hilft nichts, man muß es halt glauben.
(Ich)
Sie haben recht, man muß an IHN, an den Menschen, glauben. Das habe ich hier begriffen, hier bei Ihnen. Das Exempel, verstehen Sie, das er war, und das man vielleicht wirklich braucht für die Auferzucht der Welt.

Torres ist zwischen den offenen Fenstern über Platz und Meer und der Seeseite des Modells entlanggegangen und hat mit fast unmerklichen Handgriffen die Hebelstränge der Mechaniken bewegt, hat die Zahnräder zur Ruhe gebracht,

was Arme und Beine anhob und senkte, steht still, der den Kopf hin und her drehte, versteht und hält ein, wer ging, geht nicht mehr zurück, verharrt und hat sein Ziel erreicht, die die Zähne aufeinanderbissen, um Kraft zu sammeln für den nächsten Schrei, pressen den Mund auf, lassen ihn geöffnet für den erlösenden Ruf, die sich bückten, recken sich hoch und müssen nicht mehr weitersuchen, denen, die an die Tür schlugen und warteten, daß jemand käme und sie einließe, denen tut man auf, die läßt man ein, ohne sie wieder hinauszujagen, die das Tuch über dem Kopf schwenkte, läßt Arme und Tuch fallen und hat schon die Anmut erlernt, der sich die Hände rieb, steht zur Steifheit verdammt und stiftet kein Unheil mehr, der Kauende kaut, sein Fisch nimmt nicht ab, nun stopft ihm Sattheit den Mund, die sangen, halten ihren Ton aus, die das Horn vom Mund nahmen, die Reiter, setzen es vor die Lippen und tuten

ein neues Signal, wer sich zurückgelegt hat, richtet sich auf und bleibt aufgerichtet stehen für jetzt immer.
Noch bin ich, den Rücken gegen den freien Wind, vor Torres Haus, noch den Rücken zur See, einen schwachen Luftstrom zwischen dem Nackenhaar, Hauch des Sinus Puteolanus unter dem linken Ohr, um das rechte das stärkere Wehen von der Strada Campanella heran, noch von der Frische umlebt, noch dem Golfo di Napoli ausgesetzt, noch den Blick auf das Haus und den Blick in die Runde, diesen Halbkreis Stadt zwischen Gipfel und Gipfel, im Halbkreis diesenHalbkreis zwischen Kastell und Kastell, SO WIRD DAS FEURIGE ROSS NEAPEL GEZÜGELT, denn sie liegen der Stadt ja eigentlich mehr vor und im Zentrum, sind Innenstadtteile und Meeresbildwerke, und die Grellheit der Stadt und das Singen der Menge, auch die Fische im Korb, die die Frau heimträgt, haben ihr Lied, und das Schmatzen der Wellen, wie sie sich an den Kai lehnen, überspringt die Festungen der Vorzeit, drängt hinaus, umkreist den Golf.
Noch der Largo del Castello, noch die Mole einen Augen-Blick östlich, noch immer die enge Stadt und die Schenken mitten im Weinlaub unter der Höhe, und westlicher der Damm ins Meer, der dell' Ovo hält, und der Chiaia, das ist noch nicht Geschehnis, Geschichte, Vergessenheit, ich hab das Haus gesehen, hab angesehen sein gerundetes Tor und die hohen Fenster, hab Bekanntes festgestellt, die Markisen über der zweiten Etage, ihre Streifen in Grün und Orange, hab die Farben verglichen mit dem Spektrum meiner Vorstellung, habe die Gleichheit notiert und mit den Augen das oberste Stockwerk erstiegen, dessen Fenster, hinter denen das Modell des Modells aufgebaut war, standen unverschlossen unter dem Dach.

Doktor Torres hat die hölzernen Läden zwischen die Fensterwände gehängt und mich die Treppe hinab zum Tor begleitet.
Jetzt stehe ich auf dem Kai Santa Lucia, den Rücken gegen Torres Haus. Von den Dächern über den Häusern sieht man hier fast nichts.

Joseph Gorani
französischer Bürger

Krippe bei Torres

Ein neapolitanisches Idyll

Aus dem Französischen übersetzt.
Frankfurt und Leipzig
1799

Goranis neues Meisterwerk im Spiegel deutscher Journale:

Axel Cäsar Galiani im Straßburger Kurier, Straßburg.[Anm.]

Ich glaube, daß ich einem Publikum nichts Wesentliches vorenthalte, wenn ich hier auf die Wiedergabe des Inhalts verzichte, der im großen und ganzen nichts als Äußerungen neufränkischer republikanischer Grundsätze enthält, welche der Verfasser im Tone der französischen Gesetzgeber mit Luzifers Stolz vorträgt, und die einem Patrioten kaum befriedigende Unterhaltung

Anm. Trotz vielfältiger Bemühungen war es dem Herausgeber bisher nicht möglich, eine verwandtschaftliche Beziehung zwischen dem Autor der oben auszugsweise wiedergegebenen Rezension, A. C. Galiani, und jenem Praktiker der Aufklärung, Ferdinand Galiani, der, wie unlängst bekannt geworden, unter anderem auch ein neapolitanisches Krippenmodell mehrfach zur Bewußtseinsbildung junger Revolutionäre benutzt hat, aufzuspüren.

gewähren können. So mag es denn kommen, daß viele Leser dieses Buch beizeiten aus der Hand legen und das Geschick segnen werden, das ihnen in einem Land ihr Dasein gab, wo kein Druck, keine Herrschsucht eine geringere Klasse mit Füßen tritt, wo weise Gesetze dem Bürger alle vernünftigen Freiheiten gestatten, wo eine beglückende Religion in Ehren gehalten wird, und wo, wenn sich ja irgendwo, wie bei allen menschlichen Einrichtungen, Mißbräuche einschleichen, gütige Herren und wohlwollende, einsichtsvolle Minister die größte und preiswürdigste Geneigtheit zeigen, ihnen abzuhelfen ...

... Jedoch seien diejenigen unter Goranis Lesern, die das Werk tatsächlich zuende zu lesen und seinen Verfasser selbst zu beurteilen sich vorgenommen haben, auf die Schriften der Herren Voltaire und von Valmire verwiesen, da die Auseinandersetzungen, die der Verfasser der „Krippe bei Torres" mit jenen zweifelhaften Philosophen vordem geführt hat, ihn erst dahin gebracht haben, sich in dieser verirrten Form zu äußern. Unbekanntermaßen stützt der Herr Voltaire seinen Gedankenbau auf die Feststellung, der Mensch habe die fünf Sinne dazu, sich Freude und Schmerz zu übermitteln, und kein einziger sei darunter, der ihn das Wahre vom Falschen unterscheiden ließe. Herr von Valmire hat Voltaires gottlose Ansicht durch die Behauptung, daß der Mensch in allen Stücken unfrei sei, ja, nicht einmal einen unveränderbaren Wesenskern besitze und also keine Möglichkeit zu absoluter Unterscheidung und Erkenntnis habe, bestärkt.

Unser Verfasser nun stimmte von Valmire darin bei, daß der Mensch wohl von seiner Umwelt gebildet und durch Notwendigkeiten gebunden sei, er verstieg sich aber so weit, diesen Satz dahingehend abzuändern, daß

der Mensch sich frei fühlen, ja, daß er sich frei glauben müsse, um zu Unterscheidung, Erkenntnis und Handlung, um zu sich selbst fähig zu sein. Gerade darin liege über das Umwelthafte hinaus die Möglichkeit einer selbst mitgewollten Veränderung des Menschen.
Während dieses Streites, der in der Zeitschrift „Il café" ausgehandelt wurde, räumte der Verfasser freilich ein, daß solche Freiheit wohl immer etwas mit zukunftsgerichteter Imagination zu tun habe, aber eben darum müsse der Mensch von seinen Wahrnehmungssinnen Gebrauch machen, die behauptete Freiheit mit der durch die Natur gegebenen Abhängigkeit ins Verhältnis zu bringen, wenn anders, wozu die Freiheit doch eigentlich von Nutz und Nöten sei, das Staatswesen und die Gesellschaft nicht unverändert ihrem elendigen und ungleichen Zustand überlassen bleiben solle ...
... aber ich gebe dem christlichen Publikum anstelle noch weitschweifenderer Kritik, die die oft unklaren Gedanken des Verfassers auch kaum verdienen, hier ein Gespräch bekannt, dessen eine Freundin des Bruders der Schwägerin meiner Frau einstmals unverhofft Zeuge geworden, und das, deutlich wie nichts anderes, ein Bild von der zwielichtigen Person und des philosophischen wie ästhetischen Antihumanismus des Verfassers der „Krippe bei Torres" abgibt, und das zeigt, daß jemand, der das Quasi-Übermenschliche fordert, in Wahrheit unmenschlich handelt und lebt, was auch die folgende Begebenheit zeigt:
Der revolutionistische Dichter Gorani sitzt schreibend an seinem Tisch.
Da tritt der in seinem Sold stehende Journalist ein, dessen Aufgabe es ist, ihm die wichtigen Tagesneuigkeiten, vor allem aber, was über Gorani selbst gesprochen wird, zu hinterbringen.

„Was gibts Neues", fragt der in seiner Arbeit unterbrochene Dichterling.

„Monsieur, es heißt – – es heißt – –", begann der Journalist ängstlich,

„Was denn, heraus damit!"

„Es heißt, Monsieur habe einen Sekretär – –, der eigentlich ein junges Mädchen ist, das durch Monsieur einer Krankheit verfiel – –, die neun Monate zu währen pflegt."

„Es ist ihre eigene Schuld", antwortete kurz Gorani und schrieb weiter.

„Es heißt auch, daß der Dichter X Euch diesen Sekretär entführen wollte – –, und daß Monsieur ihn darum in eine Irrenanstalt einweisen ließ."

„Nein, nein, nicht aus diesem Grund."

„Es heißt auch, daß Monsieur letztes Werk Krippe bei Torres nicht viel taugt und aus anderer Feder stammt."

Gorani springt wütend auf:

„Sag mir den Namen dieses Verleumders!"